湾区蚝情

WANQU HAOQING

甘利英 著

深圳出版社

图书在版编目（CIP）数据

湾区蚝情 / 甘利英著. -- 深圳：深圳出版社, 2024.7
ISBN 978-7-5507-4017-4

Ⅰ. ①湾… Ⅱ. ①甘… Ⅲ. ①报告文学－中国－当代 Ⅳ. ①I25

中国国家版本馆CIP数据核字（2024）第082483号

湾区蚝情
WANQU HAO QING

出 品 人	聂雄前
责任编辑	雷　阳
责任校对	叶　果
责任技编	郑　欢
书名题字	骆锦树
封面设计	熊秋月

出版发行	深圳出版社
地　　址	深圳市彩田南路海天综合大厦（518033）
网　　址	www.htph.com.cn
订购电话	0755-83460239（邮购、团购）
设计制作	麦克茜
印　　刷	深圳市华信图文印务有限公司
开　　本	889mm×1194mm　1/32
印　　张	8.75
字　　数	210千
版　　次	2024年7月第1版
印　　次	2024年7月第1次
定　　价	42.00元

版权所有，侵权必究。凡有印装质量问题，我社负责调换。
法律顾问：苑景会律师 502039234@qq.com

《湾区蚝情》采访鸣谢

项目总统筹：陈锡洪
项目总策划：赖安贵

代 序

蚝乡豪情
—— 甘利英报告文学《湾区蚝情》印象

有人说,蚝是男人的加油站、女人的美容院、老人的长寿果、小孩的智力库。

真是这样吗?

带着疑问,我翻开了这本书,随着媒体工作者兼纪实作家甘利英女士的文字,走进了深圳市宝安区沙井、福永等地,认识了洪哥、忠叔、开哥、陈少文、杨勇、黎泽洪等蚝门中人。

78岁的忠叔是广东省非物质文化遗产"沙井蚝生产习俗"传承人、沙井蚝文化博物馆馆长。他的办公室里有一张"国宝"——周恩来总理于1958年亲笔签发的国务院奖状。

那是他们的曾经,也是他们的荣耀。

荣光灼灼,如同探照灯,照亮了沙井蚝在大海深处的发育成长,呼唤着千年蚝乡文化深处的涛声豪放。

顺着这束奇异之光,向西瞭望,蚝民已洗脚上岸,蚝田已筑起高楼,但人们朴实的情感中对黎明的渴望却有增无减。

每年冬至,沙井金蚝节闪亮登场,都会叩开人们舌尖上的记忆之门。那吹过万亩蚝田的海风,随着水上升起的袅袅炊烟,来到蓝天下白云间，在阳光下纵情歌舞。

云开雾散，模糊的记忆如花绽放。

在远去的那些热火朝天的岁月里，沙井蚝因其肥嫩、鲜甜、爽脆，从而成为蚝中极品，名扬海内外，引得各界人士竞相折腰、垂涎欲滴。

追根溯源，作者来到历史现场，吹开尘埃、搜罗旧迹。只见一堵堵蚝墙、一座座蚝壳屋，还有许多带"蚝"字的路名、地名、村名，上面结满了沙井蚝人永不枯萎的乡愁。

翻开《沙井蚝业志》《千年传奇沙井蚝》《守望合澜海：沙井蚝民口述史》等图书，我们似乎看到了蚝田的万顷碧波，看到了蚝民在风雨里扬帆逐浪，亦看到了浓浓淡淡、纷纷繁繁、袅袅娜娜的水上炊烟。

无数个忠叔、洪哥、开哥，用他们的勤劳和智慧，在历史长河中追逐着、奔跑着、叹息着、哭喊着、微笑着、大笑着……

的确，他们是一群真正的时代弄潮儿，始终保持着昂扬的姿态，以战鹰的敏捷和矫健，应对时势之变。

改革开放的滚滚洪流，成就了深圳的辉煌，也改变了沙井蚝的命运。二十世纪末至二十一世纪初叶，随着深圳工业化进程加速发展，大量废水排向茅洲河、沙井河，污染了整个合澜海域。

水质变了，沙井蚝业遭遇至暗时刻。

从不轻言放弃的沙井蚝人，开始了艰难的救蚝之路。大约从1983年起，以忠叔为首的沙井蚝民经过反复考察验证后发现，台山等地的海水不受任何污染，其盐度、温度、浮游微生物、水质等都与沙井蚝田水域相似。

于是蚝人们聚智汇力，在思想的碰撞交锋中，一个大胆的想法诞生——异地养殖。

他们坚守沙井蚝的本色和初心，驻守台山，扎根江门，最终异地养殖成功！

虽然远离沙井，但沙井蚝的品质没有变。它用千年的历史传承和文化密码，塑造出独一无二的品质。也正是这种海天的特殊馈赠，把沙井蚝人的心照得亮堂堂、暖融融，当然，也把他们的腰包装得圆鼓鼓、瓷实实。

正是他们的勇敢、勤奋、创新与成功，凝聚成灿烂荣光，辉映着那张值得大书特书的国务院奖状，辉映着周总理潇洒俊逸的签名。

在沙井蚝文化博物馆里，在这张奖状周围，还有许多陈旧泛黄的老照片。平静的大海、陈旧的蚝排、忙碌的蚝民……照片上那些层层叠叠的场景，似在争先恐后地向总理汇报。

旋律激昂，凯歌回荡。

这张奖状，不仅代表一种荣誉，更代表一种永不言弃的蚝乡精神。千年蚝文化，生生不息，与时俱进。

在这千年文化图景中，镶嵌着一代代岭南蚝人勇立潮头的矫健身姿，敢闯敢试的拓荒牛精神呼之欲出。

但是，当时代飞速发展，蚝田被高楼大厦取而代之时，沙井蚝民的记忆和乡愁何以凭吊？

作者翻遍了蚝乡沉睡的档案馆，游走在老房子、老照片、老码头和遗址之间，寻找"蚝痴""蚝王"，寻找那些在蚝田里、在码头上、在风浪中跃动的快乐音符，寻找不怕苦难敢为人先的改革标兵，寻找在海上丝绸之路节点上那些鲜为人知的湾区蚝情引信。

福永海鲜市场的生蚝摊上，每一根绳子上面，都挂着几十斤新鲜肥大的带壳生蚝。

这仅仅是一根绳子吗？

不，它更是一种精神和信仰。它承载着沙井蚝人传承千年蚝文化的使命，见证着沙井蚝人对沙井蚝业、蚝文化矢志不渝的坚守。

要想使这根绳子坚如钢铁，让湾区蚝业一直生机勃勃，不仅需要沙井蚝人、岭南蚝人坚守创新，更需要政府大力支持、社会各界共同努力。而作为文化工作者，甘利英们更是责无旁贷。

不管时代如何变迁，沙井千年蚝乡文化都将为先行示范区的大文明与大繁荣，为粤港澳大湾区的大发展与大建设，为山清水秀的美丽乡村和大美中国高质量发展，加注一抹与众不同的亮丽色彩。

为了这幅看得见山、望得见水、记得住乡愁的和美乡村画卷，甘利英们将继续沐着霞光、冒着春雨、踩着泥泞，一步步地奋力奔赴山野、走向蚝田，在数以万计的生蚝之上，采集一缕缕、一朵朵鲜鲜灵灵的蚝情，并将其发酵成新时代蚝乡精神的红红火火的豪情！

李春雷 2024 年 3 月 7 日于石家庄

李春雷，中国作协全委会委员，河北省作家协会副主席，中国报告文学学会副会长，中宣部"文化名家"暨"四个一批"人才，国务院政府特殊津贴专家。著有散文集《那一年，我十八岁》，长篇报告文学《钢铁是这样炼成的》《宝山》《摇着轮椅上北大》等。

曾获鲁迅文学奖（第三届和第七届）、全国"五个一工程"奖、徐迟报告文学奖（蝉联三届）、全国优秀短篇报告文学奖等奖项。

目 录

第一章　蚝喙声声唤黎明

冲破黑暗的，不只是他 / 003
天亮，开启蚝门 / 008
爱拼才会赢 / 013

第二章　摆渡生蚝立一方

"金不换"里见真人 / 019
蚝宴深处思安危 / 022
福永河畔谋生计 / 025
小额贸易开疆土 / 029
海鲜市场创伟业 / 035
美食当前行善举 / 039

第三章　"沙井蚝王"美名扬

拍一部烟火四溢的微电影 / 045
觅一份历久弥新的乡愁 / 050
寻一个多才多艺的少年 / 053
敬一位坚韧不拔的父亲 / 057
做一位勇于创新的改革者 / 060
来一场史无前例的异地养殖 / 063
创一个红遍四方的品牌 / 066

办一个蚝情四溢的文化节 / 070
读一张举世无双的奖状 / 074
守一份看天看人的传承使命 / 078

第四章　基围文化背书人

中秋，遇见黄油蟹和大东海 / 085
三大招牌菜，辉映餐饮名店之光 / 089
奋斗，一次次华丽转身 / 093
坚守，打造行业标杆 / 098
追梦，为沙井蚝背书 / 102

第五章　一生爱蚝成痴绝

学王阳明，格石塔、格祖屋 / 107
等草木发芽，等孩子长大 / 118
孩子，去乘风破浪种蚝吧 / 126
沙井蚝文化科普教育基地的阳光 / 139

第六章　匠心传承蚝文化

与蚝的不解之缘 / 151
老照片里的悠悠记忆 / 157
五只巨蚝激发的创意 / 163
私房菜里的脉脉蚝情 / 168
蚝门之家出乒坛健将 / 173

第七章　富瑶门里起蚝情

拨开岁月观沧海 / 183
约在关口见亲人 / 188
轻轻叩响富瑶门 / 192
前厅后厨皆干将 / 196
富瑶门里"金屋藏娇" / 200

第八章　到台山去

一群来自深圳的探访者 / 207

第九章　台山蚝业弄潮儿

三起三落"蚝"写春秋 / 215
历尽苦难痴心不改 / 222
峥嵘岁月何惧风流 / 228

第十章　台山蚝文化大使

托起基地的黎明 / 237
开启神奇的蚝门 / 244
不计成败往前飞 / 252
只不过是从头再来 / 260

代后记 / 266

第一章 蚝喙声声唤黎明

高速公路上，一辆货车冲破黎明前的黑暗，从台山出发，一路疾驰。

已是腊月，北风呼呼地吹。岭南的冬天，虽然白日艳阳高照，但是夜风冰冷，依然能把寒冷刺到骨头深处去。

司机老王打了个寒战，下意识地缩了缩脖子，把车窗关紧，握稳方向盘，目光直视前方。此时，凌晨四点左右，前方依然一片漆黑。

路上，行驶的多是货车，它们披着满天星光，车轮与路面快速摩擦，发出欢快的轰轰声，不断把黑黢黢的山峰、田野、城市与村庄甩在身后。

这不是速度与激情的比拼。每年这个时候，老王每天凌晨都会开足马力，驾驶着沉重的货车，准时行进在从台山到深圳的高速路段上。

像这样从台山出发的货车，路上有很多。老王并非孤勇者，他认识路上好几个司机，大家前后照应着，一路精神抖擞。

他们奔赴的目标大都一致：深圳沙井、福永方向。

冲破黑暗的，不只是他

老王牢记满记蚝摊老板的嘱托，驾驶比往日重了一千斤的货车，不敢有丝毫马虎。他白天养足了精神，此时毫无倦意。

车前灯照亮了宽阔的路面，前方弥漫着稀薄的雾气，那被车灯照亮的雾气先是悠然晃荡，但很快像波浪一样，被货车划破，随即又在车尾弥合，再被后面的货车划破。这样不断的划破与弥合，甚至能给像老王这样在夜晚出工的司机们一种冲破黑暗的快感。

他们像是冒着硝烟奔赴前线的英雄。车上运载的物资，虽不是弹药，但跟弹药一样重要，拯救的不是战争，而是人们的味蕾。

车上装的，是鲜蚝，是一箱箱刚从蚝排上摘下的带壳鲜蚝，是千百年来养育了无数蚝民的地之精华、海之骄子。成千上万只又肥又大的鲜蚝，携带着海的气息，一路挥洒涛声。空气中，腥甜的味道被风吹了一路，散了一路。

涛声，让万物澎湃。听着涛声长大的生蚝，让万物之灵为之迷醉。

二十多年来，这些装满生蚝的货车，总是从一个固定方向，驶向另一个固定方向。这方向，如此明确；这味道，如此熟悉。路边的野花闻到了，在树上打瞌睡的各种小生物闻到了，山川、田野闻到了，连马路都在使劲深呼吸。它们开始不习惯这种味道，但时间久了，它们能从中听到海的歌声、浪花的笑声，这声音让万物心跳加快。

万物有灵。它们甚至慢慢感知到，这些生蚝要去哪里，谁在前方热烈期盼。它们渐渐知道了他的名字——关满分。它们因此自告奋勇，成了关满分派来的代表，提前检阅生蚝的品质。检验结果，一百分。像他的名字一样，满分。

晨曦微露，东方既白。车程约三个半小时后，老王驾着货车，终于抵达目的地：福永海鲜市场。

凌晨五点，福永海鲜市场到处都是灯火，摊位上随处可见忙碌的身影。很多货车载着不同的海产品陆续抵达，在停车场附近卸货。

人影绰绰，寒风凛冽。老王停好车打开车门，习惯性地缩了缩脖子。

"老王，你辛苦啦！来，快下来抽根烟。"货车刚一停稳，车窗外就响起了一个熟悉而响亮的声音。

"你们先卸货，我累了，休息会儿先。"老王接过关老板递过来的香烟，用打火机点上，狠狠地吸上一口。呼……他轻轻吐出一股烟圈，原本有些疲惫的身子，一下子又精神起来。烟圈在灯光下升空，晃晃悠悠，像老王此刻的心情一般舒畅。他敏捷地跳下车，和关老板打了个招呼，就到一边的早餐店歇脚去了。

车旁站着的，就是福永海鲜市场满记生蚝摊摊主关满分。他穿着老婆新买的灰色毛衣，身材瘦高，影子在路灯下被拉得很长。两个睡眼惺忪的伙计跟在他后面，其中一个打了个长长的哈欠，另一个用手揉着眼睛。太早了，梦还没有做完，就被老板叫醒了。

现在正是生蚝上市的好季节，对关满分来说，如果不抢在时间前面，早晨太晚接货，白天根本忙不过来。生蚝现开现卖，不像其他海鲜捞起来就可售卖，必须得早点动工，不然让客户等太久，不能及时交货，以后生意就不好做了。

生意不好做，年瘦了，日子也不好过啊。伙计要发工资、房子要交租，两个摊位的租金也不少啊，加上在台山老家还有两个孩子要养、几个老人要孝敬。

这些年是赚了些钱，可都是夫妻俩用命拼出来的。一晃在深圳待了这么多年，十年前，他们手头攒了些钱，但不敢轻易在深圳买房子，一儿一女至今无法接来身边，只能在老家上学，现在就指望着将来能在村里建栋像样的小洋楼，把日子过得再肥些。

本来，吃蚝季节就那么几个月，咬咬牙辛苦一下就过去了。等吃蚝季节一过，只能卖一些"三倍体"白蚝给烧烤店，人是轻松多了，但钱也赚少了，摊位的租金还得照付。若是抓好了这半年，这一年的负担就没那么重了。

这些事情，时时萦绕在关满分的心头。

作为蚝民的后代，二十世纪七十年代出生的关满分，如今也算是个老蚝民了。曾经风里来浪里去，出海养蚝打鱼，他身上烙下很多海的印迹：额头上的三条皱纹，像海浪在起伏；手上的每一条褶皱，怎么都洗不净海的腥味；每日抡起蚝喙的手，老茧越来越硬，如海边礁石一样，经受着岁月风雨的打磨；甚至他的身体和灵魂，都得益于海鲜的滋养，才变得这么壮硕、这么乐观、这么能扛。

他这一生，可谓成也生蚝，败也生蚝。

二十多年前，他正是初生牛犊不怕虎的年纪。那时，他朝气蓬勃、血气方刚，在老家阳江海陵岛养蚝养得风生水起，财源滚滚，日子过得一帆风顺。可是，天有不测风云，他在那个足以令他刻骨铭心的年份，栽了大跟头。那年，台风等天灾加上各种人为原因，蚝排尽毁，亏损几百万元。

这种打击是致命的。但坚毅的蚝民，是不会轻易被打垮的。当看到因养蚝身家上亿的蚝民，也在此次毁灭性打击中坚强地站起来时，关满分痛定思痛，决定放下成败得失，到外面的世界去闯荡一番。

多年前的那个春天，在杜鹃花开满枝头的时候，他积攒起重新出发的力量，离开家乡，离开大海，离开蚝排，来到东莞常平，在工厂一待就是几年，可枯燥乏味的流水线上机器轰鸣，日复一日消耗着他的青春和激情，使他一度看不到前途和希望。

身在工厂的他，满心是对蚝的牵挂。他想做生意，与蚝有关的生意。这个念头像扎了根，在他心里越扎越深。

四年后的又一个春天，他踏着满地被春风吹落的紫荆花，毅然离开工厂，离开东莞，辗转来到刚刚建好的福永海鲜市场。

让他喜出望外的是，在不断调查和了解中，他发现深圳卖蚝的地方很少，而福永海鲜市场却有十几家摊位售卖来自台山等地最好的生蚝。那时，他没有本钱，只能尝试着，每天从海鲜市场买几十斤摊主开好的蚝肉，再去公明、龙华等地的肉菜市场售卖。辛苦辗转中，每天也能赚两百元左右的差价。

有生意头脑的关满分，看到了其间的利润空间，开始有更好的期盼和规划。他慢慢观察，积累人脉资源，积攒原始资金，仅一年之后，时机成熟，他果断出击，租下一个摊位，当起了真正的蚝摊老板。

时光不负追梦人。二十多年来，满记蚝摊的生意靠质量和信誉取胜，从众多蚝摊中脱颖而出。如今的日子依旧是日复一日的重复，但这样的重复，呈螺旋式上升趋势。每一次重复，都是在为美好生活的大厦添砖加瓦。

天亮，开启蚝门

晨光洒在关满分脸上，那古铜色的肌肤，闪烁着金属般的光泽。他动作麻利，打开货车厢门，海的气息扑面而来。如此浓烈的腥味，却是熟悉而亲切的味道。他深深地吸了一口，把头靠近码得整整齐齐的蚝箱，聆听鲜蚝的呼吸，然后用手敲了敲近旁的一只生蚝，算是和生蚝们打了一下招呼。咔咔、咔咔，回音清脆，定是又肥又大的蚝。想起躺在蚝壳里白白胖胖的蚝肉，老关咽了一下口水，眼睛眯成了一条线，神情有些陶醉。

这让蚝民们视若珍宝的生蚝啊！

哐当、哐当……拖车的轮子在地面上来回滚动。很快，整车鲜蚝被运到了近旁的蚝摊上。光线越来越亮了，黎明的脚步声也越来越近了，关满分看着眼前堆积如山的生蚝，满意地拍拍手。他顺手提起一串蚝，足有七八十斤重，上面几乎全是大蚝，你贴着我，我贴着你，中间还沾满了泥水，彼此紧紧抱在一起，附在一根韧如钢丝的绳子上，不离不弃，共赴此生。

今日又有个好收成！

他翻开订货本，上面已密密麻麻地记录了二十来条订货信息，这些都是头天晚上下的订单，今天必须送达。酒店的、个人的，还有一些公司的，这些都是老客户，他们都很信任他，信任他卖的蚝是上等货，更信任他这个人实诚不作假。对于生意人来说，若是得不到客户的信任，生意便无法持续。在这一点上，关满分是自豪的。他身上有蚝民的朴实厚道，也有生意人的精明能干。

黎明的曙光驱散了黑暗，忙碌的一天已经开始。只等蚝一开，秤一称，他叫上跑腿或同城快运，一两个小时内，就可以把蚝送到深圳的任何一个地方。鲜甜肥嫩的生蚝，就将带着海的嘱托，带着卖蚝人和吃蚝人对美好生活的期盼，为这个城市的繁华，贡献美食和文化的力量。

开蚝啰！他招呼着两个伙计，三人在摊位里面的空地上，各自找到位置，戴上手套，左手拿起蚝喙，右手牵起吊绳，先拣大的开。铁嘴又细又尖，一喙下去，便在坚硬无比的蚝壳尾部戳出两个小孔，然后用尖嘴一撬，只两三下，蚝壳就松动了。揭开蚝壳，晶莹剔透的生蚝终于睁开眼睛，看到了这个美丽动人的世界。离开终生相依的蚝壳，从今以后，它们将与人类融为一体，成为能量，成为智慧，成为诗篇。

咔、咔、咔……满记生蚝摊位内，开蚝声此起彼伏。很快，白嫩嫩的蚝肉就装满了几大盆，有六七十斤了。如果按每斤八十元算，这些蚝肉价值五六千元了。完成使命的蚝壳，带着海腥味，被堆积一旁。据说，蚝全身都是宝，废弃的蚝壳也是有价值的，它们将被专人收走，派上不同的用场，或用来建蚝壳墙，或用来入药，继续为人类做贡献。

"人生可比是海上的波浪，有时起有时落，好运歹运，总嘛要照起工来行，三分天注定，七分靠打拼，爱拼才会赢……"七点半钟，关满分的手机响了。铃声是他特别设置的，他喜欢这首《爱拼才会赢》，这首歌能解乏，能给他力量，能让他升起对新生活的希望。这不，正在开蚝的他满头是汗，听此铃声便面露喜色，他脱掉手套，按了通话键。

"老公，早餐煮好了，快带上伙计们回来吃早餐啰。"每天七点半，贤惠的妻子准时打来电话。夫妻俩配合默契，在海鲜市场租了两个摊位。一人负责一个。吃过早餐之后，妻子也将和他一样，在另一个小摊位当起老板娘，拿起蚝喙，一边开蚝，一边卖蚝。

妻子是关满分心中最温暖的那道阳光，不仅人长得漂亮，皮肤白皙、目光明亮，而且温柔体贴、聪明能干，最重要的，是不怕吃苦。他们是同村人，在同一片蓝天下长大，同一片蓝天下相知相爱，又在同一片蓝天下收获幸福。难能可贵的是，他们都拥有勤劳朴实的品质。

夫妻俩夫唱妇随，让海鲜市场好多老板羡慕。有人说："老关，你老婆真漂亮。"关满分笑笑说："她漂亮，我也很帅呀！"关满分长得确实帅，眉清目朗，身材像健过身一样，手臂上鼓起一块块肌肉，极具男人的阳刚之气。

听到有人夸赞自己的老婆，关满分心里其实是美滋滋的，能娶到这样的女子，他何其有幸。为了老婆，为了孩子，为了让家人过上更好的日子，他浑身充满了力量，更加努力地做生意。

老婆的声音和手机铃声一样解乏。看到另一个小伙计吃完早餐来接班，他站起身来招呼大家："大家辛苦了！走，回家吃早餐去。"听说要吃早餐了，两个伙计迅速放下工具，脱掉手套，伸伸酸胀的手臂，晃晃同样酸胀的脖颈,肚子早已饿得咕咕叫了。

此时,万丈霞光洒向人间,福永海鲜市场沐浴在冬日的暖阳中。

关满分正准备离开,远远看见吃完早餐,已在车里睡了一觉的司机老王打着饱嗝来到摊位上。"哇,今天又要发大财啦。"看到已堆成小山丘的蚝箱,老王的眼睛睁得大大的。

"赚的都是辛苦钱。你也该回去了,还得三个多小时才能到家呢。回去再好好休息下,晚上还要出工呢,这些日子就辛苦你了。记得,明天别误了时辰。"关满分说完,匆匆和老王道了别。

他得赶时间,吃饭就一个小时,耽搁不起,饭后就要开始一天真正意义上的忙碌了。再等一会儿,来买生蚝的人多起来,守摊的伙计一个人肯定忙不过来。

"你快回去吃早餐吧。放心,明日一定准时交货。"老王摆摆手,走出关老板的摊位,迎着初升的朝阳,他活动了一下四肢。他看着关老板匆匆离去的背影,背有些微驼,一边走一边捶打手臂。

他叹口气:"蚝民靠体力挣辛苦钱,确实不容易。"这些带壳鲜蚝差不多七元一斤,每天进货五千斤左右,运费要一千多元。那些看似很高的利润,可是关老板和伙计们一下一下敲出来的,敲一只才能卖一只啊。如今工价高,关老板说赚的钱全部拿去付工资了,以前请六七个伙计,现在就剩下两三个伙计了,夫妻俩齐上阵,耗尽了精气神不说,身体各处关节的疼痛,特别是手腕和颈椎的疼痛,一直伴随着他们。加之如果运气不好,敲出来的蚝又小又瘦,或者其中有死蚝,赚得就更少啰。听关老板说,去年十一月有两天,收来的生蚝很大很肥,但开出来后量上不去,虽然卖九十元一斤,还是每天都亏三四千元。

是亏是赚,他们除了让自己勤快些,再勤快些,其他真的无能为力。没办法，靠天吃饭，千百年来就是如此，这是蚝民的命中注定。

他又何尝不是呢？每日来往于台山和深圳之间，赚一些辛苦运费。可正是因为有了他们的命中注定，这座城市才更有烟火气息。想到这，老王感受到了工作的意义，脸上露出了释然的笑容。养足了精神的他，径直走向自己的货车，准备回程，为新一轮的奔波做准备。

呜——老王开着货车绝尘而去，那两吨半来自台山海域的生蚝已经在关满分的摊位上等待四方食客。

这让人垂涎三尺的美食，即将走向无数人家的餐桌。

爱拼才会赢

太阳慢慢升起来，越升越高。海鲜市场渐渐热闹起来，大门口的海鲜摊已开工，水缸里的生猛海鲜张牙舞爪、活蹦乱跳，里面干货店、海鲜店的卷帘门哗啦哗啦，次第响起，老板们正准备开门迎客。大姑娘、小媳妇、阿公、阿婆等各色人等，有的开车，有的步行，开始陆陆续续从这里进进出出，用心挑选一天的食材。

被关满分用蚝喙敲醒的黎明，迎来了阳光明媚的一天，迎来了美食飘香的一天，也迎来了元气满满的一天。

不到一个小时，他就和伙计们精神抖擞地回到摊位。关太太跟在老公身后，看到大摊位上堆成小山的蚝壳，脸上露出了欣慰的笑容。她一脸和气，叫伙计搬了几箱未开的鲜蚝到另一个由她看守的小摊位上。

这真是个不怕吃苦的女人，她独自守在小摊位上，干着和男人一样的粗活：开蚝、称蚝、卖蚝，应付自如。到了中午，她还得提前回去煮饭。他们深知开蚝卖蚝的辛苦，时间久了手都会变形。为了让伙计们安心,夫妻俩在海鲜市场附近租了两间房,每月三四百元租金,专门用来做饭。住的地方,是租的一百多平方米的大房子,环境要好很多。

夫妻俩辛苦着,快乐着,彼此安慰着。

"老公,我过去那边了。"关太太拍了拍丈夫的肩膀,夫妻俩相视一笑,迅速各归其位,甚至都来不及用语言表达更为细腻的情感。关满分和伙计们又坐到位子上,戴上手套,拿起蚝嗦,咔、咔、咔地开起来。

"小关,给我来八斤大蚝。"买蚝人是福永本地村民陈叔,今年七十多岁,迈着矫健的步伐来到满记蚝摊跟前。"陈叔,今天家里又要大团圆啊!"关满分动作麻利,边说边称,很快将八斤生蚝用几个袋子装好,递给陈叔。

"是啊,今天老婆过生日,孩子中午都回来吃饭。"关满分知道,福永和沙井的本地人对蚝爱到极致,从不错过吃蚝季节,一个人一次吃一两斤蚝丝毫不在话下。正是因为他们对生蚝的情有独钟,不管是沙井蚝还是台山蚝,永远供不应求。关满分也因此可以在这里立足,一干就是二十多年。

这不,一大清早满记蚝摊便是一片繁忙景象。相比其他摊位,这里更有生意兴隆的迹象。不断有人光顾,有人询价。

"老板,生蚝多少钱一斤?"

"大蚝八十元一斤,中蚝六十元一斤。"

"这么贵啊?"

"这不算贵了。"

关满分有时会告诉买蚝人,以前他的父辈们种蚝非常辛苦,常常半夜两三点钟去种蚝、挖蚝、拖蚝。现在年轻人吃不了这个苦，以后啊，只怕蚝会越来越贵了。

"我的蚝好吃又靓，不好吃不给钱，送给你吃。"

"好，给我来二斤大蚝。"

"这里有二斤二两，再送你六个中蚝，六六大顺。"

关满分豪气干云，他深知客户心理，老板说送，实际上客户哪好意思不给钱就走呢，而且这样的客户一旦吃蚝上瘾，就会成为这里的常客。他有这个自信，他的蚝好吃，而且他人大方开朗，凭良心做生意。二十多年来，他手上积攒了很多这样的客户。其中有个福建人，住在福田，每周都会开车过来买上七八斤，一来一回，光是过路费就一百多元。可他不在乎，去哪里能买到如此好吃的海味呢。

除了给一些家庭供蚝外，在摊位一侧，还摆放着很多五斤装、十斤装的桶装鲜蚝，这些主要是为本地的私房菜馆而备。桌上的记录本上，是关满分昨晚写下的今日订单：松岗丰泰城市酒店三十五斤，白石龙夏叔二十斤，生记二十斤，华侨城十三斤（外加蚝壳一袋），东莞强仔十二斤（下午走顺风车），林姐五斤（今晚发顺丰快递）……一共二三十条信息，加起来有一两百斤的订单呢。

关满分心里有数，他每完成一个订单，就打一个钩。在全部订单快要完成的时候，日影已西斜了。动作快的时候，傍晚六七点钟就可以完成所有订单，然后收工回家，吃老婆煮好的热气腾腾的饭菜。

咔、咔、咔……开蚝声迎来了黎明，也送走了黄昏。一天就这样结束了，他们不辞辛苦，不负时光，尽管日子有时会像开蚝的手一样，因为过于劳累而变形走样，会隐隐作痛，但更有甜香，有慰藉。

晚上吃完饭后，夫妻俩计算着当天的利润，那时，快乐会从灵魂深处溢出眼眶。他们忙完还会打个电话给远在阳江的儿子和女儿,听听他们的声音,看看他们逐渐长大的身影。和儿女通完电话,老婆会给关满分的手腕和颈椎抹上一些舒筋活络油,然后用同样开过蚝的双手,为老公轻轻地按摩。所有的辛苦,在这样的温情面前,皆烟消云散。

(本文首发《澎湃新闻·镜相》)

摆渡生蚝立一方

第二章

福永是福地。凤凰于飞,梧桐是依。喈喈喈喈,福禄攸归。伶仃洋在此,正气歌在此,生蚝在此,洪哥在此。

洪哥全名陈锡洪。陈氏,是沙井与福永等地的望族。在陈氏大宗祠里,洪哥同其他陈氏子孙一样,在可慎终追远、寻根问祖的祭祀中,让归属感更为赤诚热烈。

归属感是心灵的沃土。有了它的滋养,洪哥的生命之树便节节攀升,葳蕤繁茂,春天花香四溢,秋天硕果满枝。

"金不换"里见真人

双目炯炯、皮肤黝黑、骨骼清奇、声调顿挫。初见洪哥,先觉普通,再觉神奇。

看他泡工夫茶——先烧水,消毒,温茶器;再洗茶,泡茶,滤茶,分茶,倒茶。每道程序都一丝不苟且有条不紊。端起茶杯,茶气缭绕,茶香脉脉。那茶汤,红褐色,很厚重,就像厚道的洪哥。

洪哥的神奇,首先在舌尖。

每次去洪哥那里,总会有一顿精美的海鲜大餐。多数时候,鲜虾鱼蟹皆是点缀,生蚝才是主角,蒸煮煎炸,享尽尊荣。

面对美食,每次都如初见。面对我止不住的赞叹,盘中蚝肉总闪着得意的光,与我深情对视,诱我频频举筷,忘记了各种减肥誓言。

每当此时,洪哥便眯着眼,笑一笑,不说话。一会儿眉毛一扬,嘴里飘出一句:"这只是工作餐啦。"

多么高级别的工作餐!全是舌尖上的美味。

"洪哥的烹饪大师之名在当地可是远近闻名的。他经常亲自下厨，将三样简单的食材——生蚝、烧鹅、青菜，做成美味佳肴。刚出锅的油煎生蚝，颜值倾城，香味倾国。烧鹅、青菜，虽是配角，那也光彩照人，让人食指大动、直咽口水。"

看我发愣，同事安贵在一旁添油加醋。不过，这油和醋可都是货真价实的，它们让盘中美食愈发香甜。

"这么夸我，我可受不了。你们仔细看，最大的功臣是它。"洪哥摆摆手，指着盘踞在盘中的一簇绿色小叶儿菜。

刚开始，我眼中哪见绿色，完全沉浸在白花花香喷喷的白色诱惑中。洪哥这么一提醒，盘中被我忽视的绿色蔬菜，迅速感应，在每一盘珍馐里发出呼唤：我在这儿！

看见了，它们或裹在汤汁里，或被压在鱼身下，或潜入蚝肉里。我夹起一根，竟是奇香扑鼻。

洪哥一边观察我的反应，一边眯着眼，不动声色地说："这叫金不换，和紫苏叶一样，是做海鲜时必不可少的去腥佐料。我楼顶上种了好多呢。"

金不换！名字有些俗，却俗得理直气壮！果真是大俗里藏大雅。

这陌生植物是何方神圣，长相如何，扑鼻香气从何而来？在好奇心的驱使下，饭后我便迫不及待地上楼，要去会会这个美食大功臣。

阳光灼灼，秋风瑟瑟，是谁茎枝轻扭，叶随枝动，紫色的小花在风中摇曳生姿？

莫非，这就是金不换？四顾，无它，那就是了。

初次见面，我满脸疑惑，带着十二分敬意，俯身低头，靠近花叶，深吸几口，奇香阵阵，侵入肺腑，瞬间神清气爽。

大香之气可去除大腥之味。真是一物降一物!

金不换长得貌不惊人,但叶里藏金。在识它之人眼中,给黄金都不愿换。洪哥将它们种在花盆中,它们彼此相连,共同撑起一片蓝天。

其花紫色,细小如蚁,花序呈层层叠叠的塔状,有时多达九层,故又被称为"九层塔"。

它们独守一方天地,没有与百花争艳的烦恼,它们深知自己的价值,无需张扬,只需迎风揽月、自在成长,静待生命的高光时刻。

物小乾坤大。这是草的气节:你若需要,我就在这里随时恭候;你若不需要,我便在这里独自芳香。

我看得出了神。

为了探寻这神奇之源,我从洪哥家楼顶挖了两株回家,种在自家阳台上。它们像是洪哥的信使,忠心耿耿地执行着某项任务,很快在一个陌生的地方扎下根。日日观之,两株小草好像商量好了,使劲往同一个方向生长。

万物生长,一生向阳。

看着看着,我仿佛听到了自在与昂扬的鼓点,在福永大地上咚咚响起,在洪哥的生命里有节奏地敲击。跟洪哥打交道越多,越能体会到这种鼓点的节奏,它们在洪哥回首前尘往事时的大写意里起伏跌宕,铿锵有力。

蚝宴深处思安危

　　金不换里，藏着绵绵天意。所有安排，似乎都缘于天意的指引。

　　那天，阳光格外灿烂。正午时分，我们来到福永海鲜市场。这里是海鲜王国，更是洪哥一手打下的江山。

　　站在洪哥位于三楼的办公室，透过明亮的玻璃窗向外眺望。这里是深圳最有代表性的一角，有时代变迁尤其是改革开放四十余年留下的深刻烙印。曾经的茫茫沧海与万亩农田，如今在时代的飞速发展中难觅踪影，但天空还在，土地还在，人们的乡愁和记忆还在。

　　承载着洪哥等本地人儿时记忆的福永河，在阳光下波光粼粼，从楼下悠然流过。清洌的河水，倒映着蔚蓝的天空，像一条碧蓝的丝带，在花草楼宇间若隐若现，自东向西，最终汇入珠江。水清岸绿，偶尔一只白鹭凌空飞起，忽而落在岸边的芦苇丛中，惊起对对依恋着花朵的蝴蝶。

　　"吃饭啰！"洪哥亲切的招呼声，把我从幽幽思绪中拉回。这是一顿令人难忘的丰盛午餐。人生第一次享受全蚝宴：蚝汤、蒸蚝、煎蚝、蚝豉……一顿本地人普通的午餐，竟是我这个在深圳生活了二十多年的川妹子，今生难得的特殊体验。以前虽也吃过蚝，却没有吃过这么优质的蚝。蚝摊老板按照洪哥嘱咐精挑细选，厨师发挥专业水准用心烹制。

这个值得纪念的日子，处处皆呈圆满瑞相。

在我看来，这天正午的阳光，仿佛带着天意，以耀眼的明媚探路，全力寻找让使命抵达的路径。阳光仿佛带着思考的力量，用力穿透玻璃窗，只为能斜射在刚撬开的蚝肉上。

那一刻，我目不转睛，盯着又肥又嫩的蚝肉，那是我此生见过的最漂亮的蚝肉。阳光照射下，蚝肉晶莹剔透，其中的纹路纵横交错，清晰可见。佛家有"纳须弥于芥子"之说，因此，我认定这些蚝肉的纹路里藏着大千世界，或许炊烟缭绕，或许风云变幻，或许惊心动魄。

"先喝里面的汁水，又香又甜，喝完再吃原味的蚝肉，不用放任何佐料。"见我发愣，洪哥特意提醒。香气飘飘，蚝香随着蒸汽扑入鼻息，撬开我的味蕾。我早已按捺不住，用力一吸，鲜甜的汁水入口，竟是说不出的清甜美味。再咬一口肥美的蚝肉，原汁原味、鲜甜爽嫩，果真是人间极品。

蚝即牡蛎，有"海底牛奶"之称。莫泊桑在《我的叔叔于勒》中有一段描写吃牡蛎的文字：父亲忽然看见两位先生在请两位打扮很漂亮的太太吃牡蛎。一个衣衫褴褛的年老水手拿小刀一下撬开牡蛎，递给两位先生，再由他们递给两位太太。她们的吃法很文雅，用一方小巧的手帕托着牡蛎，头稍向前伸，免得弄脏长袍；然后嘴很快地微微一动，就把汁水吸进去，牡蛎壳扔到海里。

毫无疑义，文中的父亲被这种高贵的吃法打动了。可如此高贵的吃法，对于味蕾已觉醒的我来说，自然是顾不上的，于是大快朵颐，甚至边吃边赞叹，放手做个进大观园的刘姥姥，撇下其他鲜虾鱼蟹，徜徉于蚝汤、煎蚝、蚝豉之间，吃得满嘴流油，酣畅淋漓。

洪哥见我吃得欢，笑盈盈坐在一旁，讲起了昔日养蚝种田的往事。

只见沧海桑田，云烟飞逝。伶仃洋的沙滩与礁石一定还记得，他与儿时伙伴一起，入海摸鱼抓虾时，欢笑声多么爽脆；在厚厚的硬壳里静度时光的生蚝一定还记得，那个曾于万亩蚝田中，迎接日升日落的懵懂少年，在迎风出海时，高唱的《滚滚红尘》多么生猛；凤岩古庙的钟声一定还记得，曾经如何加持过一个想要改变命运、造福乡土的青年。

记忆风起云涌，而我面前的洪哥云淡风轻。

如今，作为深圳市宝安区餐饮服务行业协会会长、深圳市宝安区水产行业协会会长，以及两家公司董事长的洪哥，没有一点老板架子。他指着窗外的福永河，笑称自己就是个蚝民，在这块曾是一片滩涂、遍地芦苇的热土上，飘荡着他和乡亲们永远的乡愁。

幸福节节攀升，乡愁却根深叶茂，不时提醒他们，要时刻警惕小富即安的思想。

在洪哥心中，在当收租婆、收租公，靠分红过日子的安逸里，要懂得饮水思源、居安思危，祖祖辈辈勤劳质朴的传统不能丢，农耕文化和乡土情怀不能丢，弘扬与传承蚝乡文化的使命感不能丢！

洪哥把我拉到窗前，指着窗外的福永河和周围林立的高楼说："以前，这一片都是滩涂，芦苇到处都是。"

洪哥口中的以前，指的是二十世纪六十年代。

福永河畔谋生计

那是一个社会大变革的时代。那时,坑坑洼洼的福永河畔,辽阔的滩涂一眼望不到边。风吹芦苇,苇絮翻飞,宛若十里飘雪。物质极度匮乏的年代,福永河畔依然不乏蒹葭苍苍、白露为霜的诗意。

1964年8月,一个秋高气爽的日子,一个婴儿的哭声惊醒了河畔的秋风,芦苇喜得在风中摇摇摆摆。陈家祠堂的香火旁,又新增了一盏灯火。

彼时,福永还是农村。对于农村家庭而言,家里每多一口人,负担就加重一分。对于农民而言,生活无非是在日复一日的日出而作、日落而息的农耕中延续。洪哥在家里排行老二,上有一个姐姐,下有三个弟弟。姐弟五人幼小之时,五张嘴巴等着吃饭,生活的重担常压得父母喘不过气来。

在那个朝不保夕的年代,能填饱肚子就不错了,读书,是一种奢望。好在,洪哥有一个好父亲,也有一个好母亲。父母咬紧牙关,坚持让洪哥读完了初中。

而才读了三年书的父亲，却是洪哥心中永远的榜样。作为福永村生产队队长，他十分聪慧，不仅会算账，并且写得一手遒劲有力的好字，是远近闻名的才子。这手字，如父亲刚毅耿直的性格一样，充满正气。虽然洪哥怎么都学不好父亲的字，但父亲刚毅耿直的性格遗传给了他，在血脉里奔腾，化作一股奋进的力量，影响他的一生。

父亲的刚毅耿直与母亲的温柔贤惠相得益彰，为家庭营造出祥和安宁之气。母亲是洪哥心中一道温柔的光，她虽然一天学都没上过，但通情达理、勤劳朴实，还是个干活能手，作为父亲的贤内助，撑起了家里的半边天。

父母因为要参加公社劳动，根本没有时间管教孩子。被放养长大的孩子，从来不惧怕风雨。动乱的年代，教室里甚至放不下一张安静的书桌。兄妹几个都没有正儿八经读过书，即便是读书，也是边读书边干农活。

作为长子，洪哥小小年纪就责无旁贷地担起了家里的重任。

让他印象深刻的，是随母亲去赶集。

那时，每家每户都有自留地。清明至谷雨时节，是种植黄姜的最佳时期，父母就在自留地里种了市场紧俏的黄姜。11月左右，黄姜快要成熟时，会散发出好闻的香味。洪哥常常被这种香味吸引，蹲在旁边，用手抚摸那些翠绿的叶子，盼望叶子下面抱成团的黄姜长得又胖又多，这样就会有一个好收成。收成一好，就会为家里的生活带来一些改变，说不定还能多打几顿牙祭呢。

日出日落，花谢花飞。

初冬时节，终于等到黄姜的叶子发黄，发出成熟的信号。于是，选一个晴朗的日子，全家出动，就像掘宝一样，喜滋滋地从地下挖出几百斤黄姜，如果全部拿去集市上卖，能换回不少零用钱，再采购油盐酱醋等生活必需品回来。这样，生活就能在酸甜苦辣的烟火气中，为孩子们稚嫩的脸上，多涂抹些粉红的霞彩。

想要把黄姜卖个好价钱，必须得赶早。

因为父亲要出工，这个任务就落到洪哥和母亲的肩上。遇上赶集的日子，母子俩带上小杆秤，挑着装满上百斤黄姜的箩筐，天未亮就出发了。过桥头、越塘尾、攀越大王山，跋涉十几里山路，六点钟左右，晨曦初露时，终于到了沙井墟市。

"幸好人还不多。"母亲松了一口气，然后眼观六路，迅速挑了个有利位置。不用吆喝，菜贩子很快围拢过来。能干的母亲拿着杆秤，麻利称重，洪哥则在一旁打下手。不一会儿，黄姜就被菜贩子买走了。

早起的鸟儿有虫吃。看着一袋子零钱，母亲伸出右手，用袖子抹一把额头上的汗珠，沾着泥污的脸笑开了花。作为奖励，母亲会带着洪哥，去包子铺买几个热气腾腾的肉包子解解馋。肉包子香喷喷的，欢乐奔向了洪哥的五脏六腑。吃着包子的洪哥，从一次又一次这样的经历中，学到了做生意的第一本经。

彼时的宝安，是一个农业县。而邻近的香港，却是一个国际化大都市。在宝安，一个劳动力一天只能挣几毛钱，而在香港却能挣几十块钱。

这边是连饭都吃不饱的荒凉之地，那边却是灯火璀璨的东方之珠。尤其到了夜晚，深圳河两岸，明与暗之间、繁华与落寞之间的差别，深深刺痛了宝安人的心，让在贫困中挣扎的宝安人发出了不甘的诘问。

没有什么可以阻挡人们对美好生活的向往。哪怕前面有暗礁、有漩涡、有猛虎、有怪兽。

于是，在二十世纪六七十年代，一场惊心动魄的"逃港潮"惊醒了这片土地，也把宝安人的生活激出了别样浪花，更为深圳发展史留下了抹不掉的印记。

去香港淘金成了彼时广东人梦寐以求的选择。整个宝安县暗潮涌动，同洪哥一般大的发小哪里按捺得住，很多人寻机就去了香港。1978年洪哥十四岁，十六岁的姐姐为了使家里摆脱贫困，铤而走险，也跟着村里人去了香港。

东方风来满眼春，一场伟大的变革即将到来。1979年，洪哥初中毕业后就辍学回家，成了一个劳动力。洪哥爱听广播，从广播里隐隐约约感到时代在发生变化。这一年，有一位老人在中国的南海边画了一个圈，天地间响起了滚滚春雷。

这个在海边长大的孩子，开始真正走向社会，自谋生路，成为时代大潮的弄潮儿。

这一年，洪哥十五岁。

小额贸易开疆土

这个十五岁的少年，借着改革开放的春风，想方设法让脚下的土地发出福音。

地处南海之滨的福永，本身就是自带矿藏的福地。聪明的福永人，在滩涂上开疆拓土，围海造稻田和蚝田。1980年，村里分田到户。洪哥家分得了几十亩蚝田和十几亩稻田。村民们欢欣鼓舞，父母脸上也有了久违的笑容。

农民终于成了土地的主人，到处都是生机，到处都是活力，一切都欣欣然，农民扛锄头和连板的双臂，也变得更为有力。有了蚝田，就得下海耕作，洪哥家同其他蚝民一样，持有"下海耕作证"。有了下海耕作证就可以光明正大去香港，不用再像以前以"逃"的方式了。

洪哥想和姐姐一样，去香港打工赚钱养家，让家人过上更好的日子。可作为家中长子，如果就这么甩手一走，家里很多活儿就没人干了。弟弟们尚且年幼，父母要耕田，他不能撇下他们，家里的蚝田和稻田都需要劳动力,光靠父母如何忙得过来。

父母每天起早贪黑,累弯了腰。每当看到他们踏着夕阳的余晖,驼着背走回家的画面,洪哥便心有不忍,他决定留下来。

在海边长大的洪哥,从小就习惯了做弄潮儿,感受冲浪的快感,所以骨子里早已刻下了明月清风与万里海潮的基因。他留下来了,村中长辈却问他:"洪仔,你这个胆小鬼,不去香港赚大钱吗?"显然,这个未去香港的少年,在村人眼中似乎缺少胆识。面对老人们善意的询问,洪哥笑笑,不作过多解释。他的目光中没有丝毫后悔与困惑,而是凝聚起坚定的信念与力量。既然选择留下,就一定要干出一点名堂。

他相信人们常说的那句话:是金子总会发光。他相信自己是金子,相信自己不去香港也有发光的一天。

他开始走向蚝田的万千生蚝,迎接照耀在蚝田里的每一缕阳光。他日日踏沙而行,戴月而归,同父母一起早出晚归。他在年少的光阴里耐着性子,等待发光的种子在日升日落中萌芽生长。

时机时机,待时而机!不多久,他就在福永滩涂上看到了时机。伶仃洋畔的福永,一直不乏丰富的水产资源。于是,在农闲时,他提着大篓子去滩涂上抓鱼虾蟹,再拿到集市上售卖。这是一笔不小的收入,除了买些日常生活用品,还略有盈余,可以补贴家用,让父母脸上添几丝带皱的笑容。

而到了收获的季节,蚝田的收入也是一笔不小的财富。

那时,从滨海大道一路到沙井,微生物丰富的水域环境是生蚝茁壮成长的天地,所以生蚝连年丰收。但让蚝民们皱眉的是,由于市场供过于求,生蚝价格越来越便宜。在焦虑中人们发现,在内地供过于求的生蚝,在香港却备受欢迎。

同村民们一样，洪哥的心里突然照进来一道光，那些沉睡的火种，迅速燃起。机不可失！他征得父母同意后，除了管理好自家蚝田，开始大量收购生蚝、鱼虾等海产品，精心谋划着出海，到曾经人人向往的地方——香港，去销售福永本地的海产品。

就此，洪哥走上了当时所谓的"小额贸易"之路，打开了一扇通向新生活的大门。

第一次扬帆启航，第一次走向东方之珠。海浪滔滔，如同洪哥的内心，激情澎湃。那艘出海到香港的船，载重二十吨，洪哥与三个同乡合伙共用。第一次、第二次……那颗激动的心变得稳重起来。每次出海时，大家同舟共济，彼此照应。从内地带过去的海产品，因为新鲜质优，很受香港人欢迎，在市场上待不多久就销售一空，换回一把一把的港币。

海边长大的英俊少年，视野日渐开阔，早已深谙贸易往来规则，俨然一位有模有样的商人。但洪哥的心，有海风在吹，有生蚝在呼唤，所以他同伙伴们一起，并不迷恋香港的花花世界。他们卖完海产品，或在享受完一碗港式牛杂面后，就走向杂货商铺或中低档超市，用港币购买内地的稀缺物品，比如家用电器、布匹、衣服、食品、录音机、录音带等。这些商品在内地可是时髦货，如同一股"洋"风吹来，不断激荡着内地的"土"风。

有了"洋"与"土"的碰撞，洪哥的生活渐渐发生了变化。他记得，那时一百元港币能换四十元人民币，但用一元港币买的录音带，在内地却可以卖到一元五角人民币。所以从香港买回来的小商品，让他狠狠地赚了一把，积累出一笔创业资本。

有了这笔资本，那个少年渐渐长大，情思飞扬，青春飞扬。

"如果没有遇见你,我将会是在哪里,日子过得怎么样,人生是否要珍惜……"洪哥格外喜欢邓丽君的歌。二十世纪八十年代,邓丽君的歌风靡内地。走在大街小巷,都能听到收音机或录音机里她软糯甜美的歌声,年轻人更是以能哼唱她的歌为荣。在这股清新的文艺之风中,人们的思想慢慢得以解放。解放了思想的人们,更让邓丽君的录音带一盒难求。

作为邓丽君的歌迷,洪哥嗅到了先机,每次从香港带回来的邓丽君录音带都供不应求,洪哥的钱包渐渐鼓了起来。

就这样,以洪哥为代表的福永青年,无形中促进了内地和香港的贸易往来,在我们国家改革开放初期,成为内地"先富起来的一部分人"。

利润高,风险也高。航行大海之上,不是每一次都风平浪静,偶尔凶险也会不期而至。洪哥虽然自小在海边长大,早已见惯了大风大浪,但每次与风浪相遇,都是以命相搏。这样的小额贸易终究不是长久之计。因为种种原因,到1984年时,做小额贸易的人越来越少了。

从这一年起,深圳城市化进程加剧,福永发生了翻天覆地的变化,许多两三层的小洋楼,像雨后春笋般,在福永大地上冒出来,改变着曾经贫穷的村貌。洪哥家也盖起了楼房。

贫穷不再,梦想登场。

小额贸易中发了光的"金子",照亮了追梦人的心。二十岁的洪哥踌躇满志,开始寻找梦想最终的落脚点。接下来,从1984年到1990年这六年中,他做了各种尝试,做土方工程、开的士、给各大酒楼送海鲜,甚至炒外汇。他想赚钱,想创业,他必须主动寻找创业的最佳领域与合适时机。

那几年,国家改革开放的力度越来越大,步伐也越来越快,深圳这片改革热土热火朝天，政府出台各种优惠政策吸引港资、台资等资金，大量"三来一补"企业涌向深圳各区。福永村一度工厂如云，来自五湖四海的外来打工者，成了这个村庄的客人，成了福永经济发展的推动者。

改革开放的洪流不可阻挡，同时开阔了福永人的视野，福永村和深圳市旅游公司合资成立了东南企业公司，主要经营旅游、餐饮、贸易等项目。有小额贸易经验的洪哥，参与了公司的筹建。东南企业公司正式营业后，洪哥成了公司的一名业务员，他拿出当年做小额贸易的干劲，信心满满。

机会仿佛长了眼睛，看准了洪哥这位实干家。1990年，公司推行承包制。洪哥觉得这个机会就是为他准备的，他二话不说，承包下一家位于宝安县城的餐馆。这可不是一家小餐馆，营业面积有一千多平方米，光员工就有一百五十余人。在宝安县城，这样规模的餐馆，只有三四家。

洪哥雄心勃勃，准备大显身手。他埋头苦干，一头扎下去，用心研究做餐饮成功的秘诀：厨师的手艺和地道的食材。为了做出水平和特色，洪哥日思夜想，用心琢磨如何开发好的菜品。他发现，用福永现成的新鲜食材做出来的粤菜正宗地道，本地人肯定喜欢。他开始大刀阔斧，带领餐馆的工作团队，日益精进厨艺，细心服务客人。

果然，餐馆生意越来越好，一年营收近千万元。

天降大任于斯人，必让其多历挫折。新的考验又来了。1994年，正当餐馆生意红火之际，国家对房地产业进行宏观调控，餐馆用地受限，只好被迫停业。见事情难有转机，洪哥不得不放弃餐饮行业，再次回到福永。此时的福永，早已经今非昔比，到处吹响着新时代的号角，人们过着优渥的生活，坦然接受着从天而降的幸福。

可这样的幸福，却让年富力强的洪哥皱起了眉头。

他心有不甘，于是又开始了新的探索。通过调研，他发现，宝安虽然拥有五十多千米的海岸线，但是多年来却没有叫得响的海鲜市场。大海近在眼前，然而宝安居民想要吃海鲜，得奔波近百千米，舟车劳顿地前往位于深圳东部的盐田或者大鹏去采购。

其中，又隐藏着什么样的商机呢？

路在哪里？洪哥陷入苦苦思索。他经常独自走向海边，在大海涨潮的时候，像小时候那样踏浪。哗哗哗……浪花卷来，拍打着他的脚，仿佛想对他说些什么。洪哥侧耳聆听，浪花远去，悄无声息地回到大海的怀抱。

路在哪里？他摇摇头。夜晚来临，他回望身后的万家灯火，再转身看看面前辽阔的大海，突然福至心灵，这片大海为人们准备了那么丰富的海产，为什么不好好利用这个优势呢？大鹏有海产，可以建海鲜市场。福永同样有海产，为什么不建一个海鲜市场，来满足本地人的需求呢？这样的海鲜市场，既可以销售本地海产，又可以让居民从此不必舍近求远。两全其美，何乐而不为呢？

原来路在这里。洪哥高兴得跳了起来，被海浪溅了一身水而浑然不觉。

有了清晰的目标，洪哥的脸上和心上都笑开了花，像金不换开的花那样，层层叠叠。这个大胆的决定，很快生根发芽，自此让深圳爱吃海鲜的人都知道，深圳有个远近闻名的海鲜市场——福永海鲜市场。

海鲜市场创伟业

福气来临，势不可挡。从建成那天起，福永海鲜市场就沐着日月光华，注定成为深圳乃至大湾区人间烟火的一个朝向，成为定义人们餐桌美味的坐标。

世纪交替，传奇如花，处处绽放。2000年时，衣食无忧的福永人，不仅可以靠自家建的小洋楼收取租金，还可以从村里的股份公司分得不菲的分红，生活过得比蜜甜。经历过苦难的福永人，在忆苦思甜中，开始享受改革开放的红利，也开始领悟人生的真谛：人生苦短，何必再累。于是，不用为生计发愁的他们，开始追求闲适的生活，悠闲之余，打打麻将、遛遛狗、喝喝茶，双手稳稳接住从天而降的幸福。

但洪哥却不这么想，他虽然同样接住了从天而降的幸福，却反其道而行之，走上了一条更累的路。就像当初人们蜂拥南下香港，而他却选择留下来一样，再次成为身边人眼中的另类。

这个傻仔，放着福不享，净瞎折腾。

洪哥像当初一样，笑笑走开，径直走向自己选择的人生之路。

走自己的路，让别人去说吧。一个眼里有星辰大海的人，心里自然有流言蜚语击不垮的意志。

他开始招兵买马，奔走于工商、税务、发改等政府部门。功夫不负苦心人。在当地政府的大力支持下，从滩涂上开辟出的海鲜市场，起初只是露天市场，接着是铁皮屋，随后是框架结构，福永海鲜市场就此诞生了。尽管海鲜市场最开始只有四百平方米，但洪哥笃信人们说的那句话——好的开始就已成功了一半。

他没有掉以轻心，时刻保持清醒。这可是他第一次办企业，后面不知有多少困难在排队等着他。风险无法预知，他摸着石头过河，难免偶尔踩空呛水。

各种问题接踵而来：管理不完善、监管不到位、环境脏乱差、经营人员素质不高，个别摊位老板甚至瞒天过海、以次充好、缺斤短两。

这还了得？这不是搬起石头砸自己的脚吗？洪哥拍案而起，走出刚装修好、还散发着石灰味道的简陋办公室，挨摊挨户去了解情况，苦口婆心劝诫，还制定了相应的规约强行管控。

种种措施多管齐下，市场管理逐渐完善。那些"砸招牌"的行为少了，清风正气多了，海鲜市场走上正轨了，洪哥终于舒展眉头，可以开心一笑了。如今，福永海鲜市场基本可以满足本地居民的海鲜需求，这里每天熙熙攘攘，好不热闹。福永海鲜市场成了人间烟火的聚散地，也成了人们心心念念的福地。

可喜的是，得天独厚的地理环境，使福永地区咸淡水交汇，成了以生蚝为代表的海产品的天然养殖场。在丰富的海产品中，生蚝、青蟹、跳跳鱼等成了其他海鲜市场少有的品种。为了保证海产品安全及保鲜供应，市场在洪哥的带领下，长期销售渔民自捕的海产品，每天有四十多艘小渔船来此送货。

因新鲜和平价，这里的海鲜颇受周边居民欢迎。口碑的力量实在强大，一传十，十传百，不仅福永人知道了这里有个海鲜市场，而且深圳其他地区的人也知道了。人们开始关注深圳西部这个曾经名不见经传的小地方，尤其是重大喜庆日子，纷纷驱车前来采购。

福永海鲜市场像棵大树般粗壮了，深圳人吃海鲜更方便了，洪哥的底气也越来越足了。2005年，洪哥成立了深圳市正泰丰科技有限公司，以公司化模式运作海鲜市场。他创业的步子，迈得越来越大，也迈得越来越稳。

福永海鲜市场几经沧桑，根基日深。如今，市场经营面积达一万两千平方米，是当初的三十倍，经营商户多达上百家。仅青蟹一种海产品，一年差不多就能销售一百万斤，大闸蟹一年可销售三十万斤，加上其他新鲜海产品及海产品干货的批发，整个市场一年的产值差不多有十亿元。福永海鲜市场经过两次升级改造后，经济效应与旅游效应凸显，码头渔港美食城、佳记海鲜、海爷海鲜主题餐厅、尚客优连锁酒店等陆续进驻，如今形成了购、吃、住、玩、乐一条服务链。

这里不仅可以为游客带来美味享受，而且可以加工新鲜海产品，酒店更为游客提供舒适住宿。福永海鲜市场一时间成了聚宝盆。洪哥这株"金不换"，这块曾经埋在时间深处的金子，持续发着光。

当其他人终日把麻将搓得哗啦啦响时，洪哥的事业也发出了哗啦啦的响声，开始冒出新芽、长出新枝、开出新的花朵、结出新的果实。

2017年，洪哥成立深圳田园市场管理有限公司，在沙井街道民主大道20号成立了深圳沙井海鲜批发市场。至此，洪哥成了两家公司的董事长，两家海鲜市场的创始人。

  海鲜市场像一艘巨大的货船，而洪哥正是这艘货船的船长，将船上满载的生蚝、虾、蟹等海产品，摆渡到千家万户。

美食当前行善举

那日,从洪哥办公室走出来,融入忙忙碌碌、熙来攘往的海鲜市场人群中,实地感受这种交融的烟火气息。

澳洲大龙虾、花龙虾、野生大海虾、基围虾、皮皮虾、南非鲜鲍鱼、青蟹、黄油蟹、象拔蚌、生蚝、扇贝、青口贝、花甲、花螺、海螺、石斑、乌头鱼等,还有一些我根本叫不上名的海鱼,古灵精怪,它们活蹦乱跳,让人眼花缭乱。

好一幅海鲜王国盛景图。

此前听人说,如果要在这里买海鲜,只要报上洪哥的名号,这里的老板们一定会客客气气,对你礼遇有加。

如此甜头,怎可不试。于是,我们来到大门口的海产品干货店。

"你好,老板,我们是洪哥的朋友,想在你这里买点金蚝。价格要优惠点哦。"

干货店老板娘的笑声爽朗干脆,就像见到了洪哥本人一样热诚,直接给出了熟人底价。传言不虚，果真熟人好办事，所得皆所愿。

海鲜市场是福永一张闪亮的名片，洪哥则成了海鲜市场一张亮丽的名片。福永海鲜市场就像洪哥的孩子，是他辛辛苦苦拉扯大的。这个"孩子"如今成为宝安、深圳美食打卡之地，洪哥功不可没。

夕阳西下，采买海鲜的人们陆续前来。洪哥从办公室走出来，正笑着和摊位老板打招呼。这些海鲜老板用地道的基围话和洪哥亲切地拉家常，看上去其乐融融。

听摊位老板说，逢年过节，洪哥还会把商户们聚在一起，请他们吃大餐，给他们灌输诚信经营的理念，让福永海鲜市场成为诚信经营的典范。摊位老板也相信洪哥能带领大家一起赚钱，共绘更好的明天。

如今，在福永海鲜市场，本地海鲜占两成，异地海鲜占三到四成，进口海鲜占三到四成，这里成为海产品名副其实的集散地，已经形成具有销售海鲜、干货以及海鲜酒楼、海鲜烹饪交流与教学等功能的综合市场。

为了吸引客流，提高普通市民的海鲜烹饪水平，洪哥别出心裁，经过多方谋划，专门在美食城里开设了两间"欢聚美食乐园"，为市民开设海鲜烹饪课程。他安排厨师烹制美味蚝菜，让市民免费品尝。只要洪哥在现场，市民们不仅可以品尝免费的生蚝，还可以听他深情讲述沙井蚝的昨天和今天。

洪哥蚝美食家和蚝文化传承者的名声，便由此传扬开来。

人们闻之，纷至沓来，在海鲜市场买到海产品后，兴致勃勃地在这里免费学习、交流海鲜烹饪方法。他们既可亲自下厨，也可花很少的费用，请这里的专业厨师烹制海鲜，乘兴而来，尽享美味。

看到福永海鲜市场每天人流如织，摊档老板喜气洋洋，生蚝为越来越多的人所喜爱，洪哥脸上也神采奕奕。

他几乎每天都要购买几千元甚至上万元的生蚝，除了自家和餐厅的消耗，他还积极赞助协会会员单位和餐饮企业，为传播蚝美食文化不遗余力。他的美食培训基地，也正在紧锣密鼓地准备，为将来蚝文化的广泛传播创造有利条件。

2016年8月，福永海鲜市场成了首届福永黄油蟹美食文化节的举办地。洪哥因此为业界所熟知，开始担任更多的社会职务，深圳市宝安区餐饮服务行业协会会长便是其中之一。他把福永海鲜市场这块招牌越擦越亮，让这里成为更多美食活动的孵化地。

2017年8月，福永、福海两个街道联袂合作，举办了深圳市宝安区首届双福海鲜美食文化节。在活动现场，八名餐饮服务行业协会会员、商家代表，在会长洪哥的带领下，上台进行诚信宣誓。

这个曾经在滩涂抓鱼捕虾的少年，经历岁月的沉淀和淘洗，每一次破土，展露的都是熠熠风华。洪哥致富不忘乡土，他在现场奉献爱心，向宝安区慈善会捐款十万元人民币，履行了一个企业家的社会责任。此外，他还积极出资修缮祠堂、扶贫济弱、爱老敬老。

"洪哥虽是农民出身，但他自带正能量，从小就有志向，不骄傲、不懈怠、不随波逐流，尤其在饮食方面特别有天赋，他烹饪的生蚝堪称一绝。从搞小额贸易、建福永海鲜市场、搞美食培训基地，如今，他事业有成，已成为深圳饮食方面的精英，是我们福永人中的翘楚。"林泰作为洪哥的同村人，对他赞赏有加。

蚝田里的养蚝人、小额贸易的受益者、海鲜市场的创始人、海鲜王国的行善人……他的身份很多，但每个身份都不是虚张声势，都是实实在在，且光芒四射的。

对爱吃生蚝的人们来说,更赞许他"生蚝摆渡人"的称号。如果没有他这个"生蚝摆渡人",深圳人要吃到生蚝,那得跨越多少山水啊!

又到冬季,生蚝即将上市。洪哥将开启摆渡生蚝的忙碌模式。他楼顶那些绿叶飘飘、奇香阵阵的金不换,已经跃跃欲试,随时听从召唤,准备新一轮的奔赴。

洪哥的心,一直振奋着,从少年到青春,从青春到白头。

(本文参考《当代华人》一书)

第三章 『沙井蚝王』美名扬

沙井蚝为什么出名？

且看忠叔。

忠叔七十多岁，慈眉善目，声如洪钟。忠叔从事蚝业五十多年，从一名蚝厂工人成长为沙井蚝业领军人物。他创立沙井蚝民俗文化研究会，创办沙井蚝文化博物馆，推动举办第十九届沙井蚝文化节，入选宝安区建区20周年"百优"人物和宝安区志人物，现为深圳市水产行业协会会长、中国水产流通与加工协会牡蛎分会副会长，也是广东省非物质文化遗产"沙井蚝生产习俗"的传承人。

深圳水产人亲切地称呼他为"沙井蚝王"。这个"蚝王"，一起步便从一而终。为了沙井蚝的昨天、今天和明天，数十年来，他只争朝夕，不负沙井。

拍一部烟火四溢的微电影

岁末年初的南海之滨,正是蚝肉质肥美的时节。

沙井村到处弥漫着丰收的喜悦。

有蚝肉吃啦!

孩子们欢天喜地。年幼的阿豪守在厨房里,妹妹正一把一把往灶膛里添柴火。火光把兄妹俩的脸映得通红,像熟透了的苹果。灶台上,那口大锅冒着腾腾热气。鲜甜的蚝香从锅里飘出来,直入鼻息。

好大一锅蚝仔粥!

阿豪的眼睛睁得大大的,不停咽口水。看到父亲弯腰走进厨房,他问:"阿爸,我们怎么不用大蚝来煮粥呢?"父亲阿忠慈祥地笑着,用手摸着阿豪的头说:"这是蚝仔粥,当然得用蚝仔啦。"他转头对女儿说:"小梅,加把柴火,一会儿我们就有蚝仔粥喝啦。"

咚咚,咚咚……正在这时,门外锣鼓喧天。

听到这激动人心的鼓声,阿忠快步走出屋外。

"阿忠来啦,阿忠来啦。"门外响起了欢呼声。

"快,上狮头。"健壮的阿忠敏捷地接过狮头,配合着鼓声,腾挪跳跃。他身手不凡,把现场气氛推向了高潮。

蚝香四溢,鼓声震天,温暖的阳光洒满广场。阿豪走出厨房,和小伙伴阿国靠在门外,兴奋地看着眼前热闹的舞狮队伍。

狮头上,两只狮眼一开一合。看到父亲从狮头中露出炯炯有神的眼睛,阿豪兴奋地叫起来:"阿国,你看我爸多威风多厉害啊。"眼前的景象也让阿国看呆了,他既佩服又羡慕。

舞狮结束,阿忠大汗淋漓。此时,蚝仔粥也煮熟了。

"喝粥啦!"阿豪的母亲笑盈盈地招呼着家人。接过妻子递过来的蚝仔粥,阿忠擦了擦脸上的汗水,深吸一口粥香,看着有些迫不及待的阿豪,急忙阻止说:"傻仔,小心烫,蚝仔粥要慢慢品。"

蚝仔粥要慢慢品,幸福的日子也要慢慢品。阿豪仰着稚嫩的脸,看着父亲慈爱的脸庞,憧憬着美好的未来。

一天,阿豪戴着竹质圆头帽,跟着父亲向蚝田走去。经过村里的足球场时,几个小伙伴正在踢球。阿国一脚将球射向了球门,看到阿豪走来,他得意洋洋地说:"阿豪,你看我威不威风?"

阿豪没说话。

阿国愈加得意地说:"有本事过来玩啊。"

看着阿豪怏怏不乐的样子。阿忠把儿子带到海堤上,面对眼前万亩蚝田,他语重心长地说:"别人我管不了,但是你一定要清楚,我们沙井人安身立命的根本就是养蚝。蚝养好了,舞狮、足球什么的,就都简单了。你看这潮水,起起落落,我们沙井人啊,多大的潮都不怕,大潮才能养大蚝。"

父亲的话让阿豪感受到了一种坚毅的力量。夕阳西下,晚霞映红了眼前的万顷波涛。一股激情涌上心头,他跟着父亲唱起了打蚝歌。

"一岁蚝田两种蚝,蚝田片片在波涛。蚝生每每因阳火,相叠成山十丈高。"

"冬月珍珠蚝更多,渔姑争唱打蚝歌。纷纷龙穴洲边去,半湿云鬟在白波。"

光阴似箭,白云苍狗。一转眼,阿豪长成了一个英俊帅气的青年,成了父亲的得力助手。

"快点,我们过来拉蚝啦。"他和父亲一起,乘风破浪,在收获的季节赶着蚝船,享受丰收的喜悦。

日升日落中,他们在等待一个新时代的到来。

一日,阿忠和蚝民们围坐在祠堂,大家闷闷不乐地抽着烟,竖着耳朵听收音机里正在播报的新闻:1979年1月31日,中央批复同意建立蛇口工业区的请示,蛇口工业区正式成立。作为改革开放的"试管",蛇口工业区是招商局集团全资开发的中国第一个外向型经济开发区,开创了多项制度革新与观念革新。

随后,"三来一补"工厂如雨后春笋,到处涌现。让蚝民们心痛的是,随着改革开放轰轰烈烈的进程,沙井附近的海水遭到了严重的污染。

"忠叔,不好了,蚝都死光了。"

"蚝全都死光了,好难搞啊!"

"水质搞不好,怎么养蚝?"

"蚝养不了了,我们还能干什么?"

…………

各种问题袭来,刺痛了阿忠和蚝民们的心。如何突破眼前的困境?阿忠陷入了痛苦的沉思。

"爸,干脆我们也学隔壁村,建工厂搞工业算啦。"

"说什么,你这个臭小子。我们沙井人什么风浪没见过,这点困难算什么。"

"爸,人家阿国刚从城里回来。穿得漂漂亮亮的,混得有声有色。你看,我们穿成这样,身上满是泥水。现在,不光我们沙井在变,全世界都在变,我们在村子里根本就没有出息。这沙井蚝,我不养啦。"

"我打死你个臭小子。"

"哥,别说了,爸都生气了。"

"爸,就凭我们沙井现在的水质,根本养不了蚝。如果你要养蚝,除非到别的地方去养。要不然,根本就没有未来。要么你打死我,要么我出去闯。"

"你敢,你连蚝都养不好,你就是走到天涯海角,你也成不了大事。"

…………

阿豪和父亲吵了一架后,未经父亲同意,就擅自离家,准备寻找新的出路。此时,阿国找到阿豪,说:"你小子这几年怎么还是这个样子啊,别养蚝了,跟我到外面去闯一下。现在外面到处是黄金,跟着我,保证你飞黄腾达。"

阿豪走了,留下满脸忧愤的父亲。

跟着阿国混的阿豪,并未像阿国说的那样,找到满地黄金。相反,他们的电子生意极其惨淡。

阿国开导他说:"咱们做生意,要胆大心细,脸皮厚。这样才能把生意做到全世界。你像我这样吆喝:乡亲们,都来看一看,最新的大哥大。一机在手，打遍所有……"

阿国的乐观，并未消解阿豪内心的忧虑。

一晃几年过去了，到了二十世纪九十年代初。离家出走的阿豪，不断收到妹妹寄来的蚝产品。那蚝，跟以前一样，肥大、鲜嫩。

这几年，家乡发生了怎样的变化？阿豪内心的疑惑日增。有一天，他同阿国在餐馆里吃饭，听到一旁有人在议论："听说沙井有个忠叔很厉害啊，在外地养蚝。"

在外地养蚝？阿豪心里一惊。

这时，他收到了妹妹的来信。妹妹在信中告诉他："哥，告诉你一个好消息，我们今年的蚝产量是当年的五倍。还有，其实爸挺想你的……"阿豪心里五味杂陈，他决定回乡。

异地养蚝的成功，让回乡后的阿豪大喜过望。

他问父亲："这异地养的蚝，还叫沙井蚝吗？"

父亲说："当然，我们只是改变了一下方式而已。该坚持的，我们要坚持；要改变的，我们一定要改变。"

阿豪没有想到，自己的父辈们敢闯敢干，不轻言放弃，真的闯出了一条新的养蚝之路。他为自己当初的莽撞和目光短浅深感惭愧，他决定留下来，为沙井蚝业的传承与振兴贡献力量。

锣鼓喧天，金蚝节办起来，醒狮舞起来，粤剧唱起来。

岁寒，然后知松柏之后凋也。

一部以忠叔为原型，由沙井街道办事处出品的微电影《蚝乡往事》，在短短的十几分钟里，蚝情四溢，生动再现了沙井蚝民如何应对时代大潮，讲述沙井人传承蚝业生产与弘扬千年蚝乡文化的动人故事。

故事里的主角忠叔是个大忙人。

觅一份历久弥新的乡愁

若非洪哥引荐，我们很难见他一面。

正值阳春三月，草长莺飞的好时节。见面那天，我心情飞扬。喜欢写故事的人，眼力总是勤快的。来到忠叔的办公大楼下，我和同事停好车，在等待洪哥的间隙，四处参观，寻找此行想要的细节和线索。

这是个三面围合的厂区，从外面看毫无特别之处。外墙虽多次粉刷，但难掩陈旧。工厂有两层楼，办公大楼也仅有三层，与之相邻的，都是高端的高层居民楼，使得厂区越发不起眼。

打此路过的人，谁会想到，这里是闻名已久的沙井蚝重要生产基地——深圳市新宝沙水产实业有限公司。这里曾创建了全国第一条沙井蚝油自动化生产线，使沙井蚝产品由传统的作坊生产，转变为现代化的工厂生产。

外表陈旧，内里却底蕴深厚。

时光虽剥去了岁月的光鲜和浮华，但蚝肉的鲜香从未消减，反而在千年发酵中韵味悠长，飘荡在平常百姓的餐桌上。保留这份低调的奢华，打理这份千年守望，除了财力支撑，更要有坚定的初心、炽热的情怀、务实的干劲。

抬头仰望，湛蓝的天空下，厂房二楼墙上的一条横幅格外耀眼。"为建设深圳全球海洋中心城市作贡献"一行大字，让陈旧的厂房瞬间变得高大起来，工厂的文化内涵和价值追求不彰自显。与横幅交相辉映的，是侧面楼墙上张贴的一张海报。

海报上，居中一个大大的"蚝"字，寄托着蚝民们对幸福生活的无限渴望；"中国唯一蚝非遗项目"字样居于海报底部，托举起沙井蚝人的梦想与追求；一盘金灿灿的蚝豉，似乎正冒着香气，自豪地向世界宣布：沙井蚝是宝安顶呱呱的特产、深圳响当当的品牌。

阳光热烈，像一种情怀。

远处传来工人的喧哗声，他们从室内涌出，或蹲或坐，擦拭着刚出炉的蚝罐头，擦完后装箱，准备发往全国各地。我走近细看，精致的蚝罐头被整齐地码在纸箱里，令人食指大动。想起此行的初衷，我不敢久留，必须抵挡住美食的诱惑。

我们继续围绕园区寻找可供考察的"古"迹。不经意间，竟来到了工厂厨房门口，里间飘出的饭菜香味，再次向我们示威。

门口摆放的几个花盆里，蒜苗青青，成熟诱人，等着被人采摘，融入一盘香辣耐嚼的回锅肉，以此实现它的价值。一个勤劳的厨娘手脚麻利，正在水龙头下冲洗青菜。

此情此景，恍惚之间令人产生错觉，像是到了自家门前，母亲正在里面，把不可追回的岁月、那些与日月同辉的思念和牵挂，翻炒成一盘又一盘美味佳肴，等着游子归家逐一品尝。

民以食为天。原来老旧沧桑的房子，尤其是承载着历史风云的老厂房，里面可能储藏着有志者的胸怀与气度，储藏着老百姓的乡愁和记忆，是会让人怀旧的。

有旧可怀，方不负韶华。

寻一个多才多艺的少年

这里的"旧",其实藏着忠叔多姿多彩的韶华。

那时,忠叔家住在蚝四村观音庙后面,村口有一棵遮天蔽日的大榕树,一条小河从树下悠然流过。如今,这棵依然茂盛的大榕树,诉说着岁月的沧桑,见证着忠叔命运的华彩。

那条曾经鱼虾乱跳的小河,水流淙淙,就像忠叔儿时的时光,叮咚有声。

忠叔有个同父异母的姐姐,下面还有六个弟弟妹妹。他有一个好母亲,名叫游为好,幼年时读过几年书,当时算是有学识的女子了。她出生在香港,有一个姐姐早年嫁到了宝安新桥。香港沦陷时,为了躲避战乱,母亲便到沙井来投奔姐姐。母亲乖巧懂事,很快得到村人的喜爱。于是,就有人做媒,把她介绍给丧妻不久的父亲。父亲耿直忠厚、精明能干,让母亲一见倾心。

可贵的是,母亲识大体,善解人意,对丈夫和前妻的女儿视如己出,很有大家风范,所以在大家族里很受欢迎。

得此贤妻,父亲自然欢喜。他把整个家都交给妻子打理,独自前往广州卖蚝,只有逢年过节的时候,才回家与妻儿团聚,享受短暂的天伦之乐。

孩子们很久不见父亲,便和母亲嚷嚷,说想阿爸了。所以,那时母亲常常带孩子们去广州。每次团聚,父亲都会给孩子们讲"吃苦在前,享受在后"的道理,教孩子们如何做事做人。

母亲闲下来时,也会利用自身所学,教孩子们识字、念儿歌,她善良的秉性潜移默化地影响着孩子们,使忠叔养成了稳重谦和的性格。

相比其他从小就受苦的同龄人,忠叔从来没有饿过肚子,他的童年可谓阳光灿烂。忠叔有四个姑妈,而伯父又没有孩子,所以作为长子,他很受家族重视和宠爱。

他的学业也一路高歌猛进:四岁进幼儿园,六岁上小学,初中就读于沙井初中,高中就读于南头中学。忠叔的求学之路,比同村很多人要顺利。非但如此,上天还赐予了他很好的音乐天赋。不错的家庭环境,使忠叔初中时就学会了小提琴、二胡、扬琴等几种弦乐器。吹笛子、演话剧、唱粤剧,他也样样精通。他还特别钟爱粤语相声,甚至把当时广州著名的相声演员杨达和黄俊英当作偶像,这让他的精神世界别有洞天。他常上台表演,深受同学和老师喜欢。

这样一个多才多艺的少年,仿佛就是天之骄子。

踏着平坦的读书之路,忠叔成绩骄人,尤其是英语。高中时,南头中学的英文教师陈明治对忠叔的英语口语帮助很大。他鼓励忠叔找机会看英文原版电影。于是,有着良好口语基础的忠叔,想方设法去南头电影院,看难得播放一次的英文电影。除此以外,学校留声机里常放英文歌，同看英文电影一样，他听得有滋有味。

英文电影、英文歌，对当时同村很多孩子来说，是个奇妙的世界，想都不敢想，但忠叔就像一棵蓬勃生长的小树，如饥似渴地接受着命运的恩赐。他的英语成绩一直很棒，成了班上的英语课代表。做外交官的梦想就在这时萌芽了。

多才多艺的忠叔，各种能力得到了全面发展。高中二年级时，他不仅做了学生干部，还担任了学校文工团团长，经常组织各种演出。

那是个极为特殊的年代。很多同龄人都计划着逃往香港，寻求更好的发展。高一时两个班有一百多人，到毕业时只剩四十人，其他大都逃到香港打工去了。

忠叔当时只有一个念头：当外交官。高考填报志愿时，他所有的志愿填的都是北京外国语学院，他想赌一把。结果，他赌输了，考场失利，名落孙山，外交官之梦破碎了。

那也许是他人生中第一次遭受如此重大的打击。他感到从未有过的失落。有人说，你不上大学，还可以去当兵。但忠叔放弃了当兵这条路。

让他意外的是，高中毕业半年后，南头中学的人事秘书陈锡松找到他，想请他去当英语代课老师。忠叔心头一亮，他想去，认为回到学校，就有再考大学的机会，因为当外交官的梦想还在前方呼唤他。

但，父亲不同意。

因为，还有一种选择在等着他。

二十世纪六十年代，别说大学生少，就连高中生也不多。忠叔那一届沙井籍且吃商品粮的高中毕业生，成了宝安沙井公社急需的人才，银行、信用社、粮所、医院都有工作岗位在等着他们。忠叔和另外三个人，被分配到沙井水产收购站工作。那一年是 1964 年。

　　作为长子，忠叔听从了父亲的建议，放弃了考大学，放弃了当外交官的梦想，开始一门心思地在水产收购站工作，开启命运新的征程。

敬一位坚韧不拔的父亲

多年以后，不断有人劝说忠叔，说他聪明，有技术、有人脉、有资源，完全可以出去单干挣大钱。

忠叔确实有能力出去挣大钱，可他不缺钱花呀，再说要挣多少钱才算大钱呢？是挣大钱好，还是坚守父亲曾经的事业好？忠叔几经思考，最后下决心留下来。

这里是父亲曾经工作过的地方，不离开水产收购站，就等于没有离开父亲。父亲虽然离去了，但他的精神一直在这里。父亲的精神是笔宝贵财富，不是用挣大钱可以衡量的。

离开是辜负，只有留下，方显男儿本色，方显孝子真心。

忠叔觉得，父亲从未离开过他。他就在那棵老榕树下，吧嗒吧嗒地抽着旱烟，就这样陪伴他、点化他、引领他，让他从未失去方向。他想起父亲，想起父亲的一生，想起父亲曾经的理想和信念，他必须倾其一生之力，去守护父亲留下的这份事业。

岁月有多深，烟火就有多浓。父亲躬耕忙碌的身影，在岁月深处蓬勃跃动。那是新中国成立前，一段硝烟弥漫的岁月。

彼时的沙井蚝业，在家族式经营中得到有序发展。沙井陈氏义德堂家族，精选十八位有威望的乡贤组成管理团队，共同掌管沙井蚝田的八个塘口。家族总管把蚝田分租给每塘的塘主，根据规定收取相应租金。租金账目公开透明，大多用于义德堂办学、管理，还有维持民间秩序等。

繁华，成于因缘聚合。那时，号称"小广州"的沙井，比其他村镇略显繁华。白天，无论风雨阴晴，沙井码头总是热闹喧嚣，广州、太平运货载客的货船往来不绝，日益推动沙井市集贸易走向繁荣。沙井蚝由此扬名，在广州、香港以及东南亚一带有口皆碑。

在此背景下，忠叔所在的蚝门世家，堂兄堂弟纷纷投身蚝业，整个家族拧成一股绳，为沙井蚝业发展贡献智慧和力量。

忠叔的父亲陈林运，带领子孙坚守蚝田，成为蚝业界远近闻名的精英，村民皆对其敬重有加。

陈林运敢想敢干，身上充满闯劲。他年轻时下蚝田，不惧风吹雨打，成为自立自强的养蚝人；二十多岁时曾去往越南，和当地蚝民交流养蚝技术，不断开阔自身眼界。三十岁左右，为了求得更好的发展，陈林运作为义德堂代表，只身去了广州，在专门代销沙井蚝的协兴行里卖蚝。陈林运性格开朗，不怕吃苦受累。他从学徒做起，之后担任卖手、大班，业务能力不断提升，直到后来成为协兴行的合伙人。从学徒到老板，陈林运吃苦耐劳，勤奋踏实，使得自己的人生和事业不断实现华丽蜕变。

时代浪潮奔涌向前。在二十世纪五十年代国家公私合营浪潮中，陈林运所在的协兴行被广东省水产供销公司收购，他的命运也出现了波折。

但，危机即是转机，新机遇随之而来。

当时有个叫罗雨中的东江纵队老战士，带了几个学生来到宝安南头，在广东省海岛管理局的协助下，他们成立了宝安水产办事处。办事处初创，急需人才，于是罗雨中从香港、广州招来几个水产行当的人才。

陈林运与协兴行合伙人有幸加盟。于是，陈林运与合伙人一起，离开广州，回到故乡沙井，来到宝安水产办事处工作，开启新的人生之路。

在罗雨中的带领下，陈林运和同事们干劲十足，把水产办事处的业务做得风生水起。随后，陆续成立了蛇口、盐田、沙井、南头四个水产收购站，水产办事处的规模日益壮大。

由于表现出色，沙井水产收购站一成立，陈林运就被任命为第一任站长。彼时，在国家统购统销政策下，蚝民收获的蚝必须全部卖给收购站，由收购站统一出口或内销。由于陈林运自小就投身蚝业，跟蚝民们建立了深厚感情，深得蚝民信任，蚝民都把蚝卖给沙井水产收购站。如此一来，陈林运每年都能圆满完成收购任务。

在种种历练中，陈林运不断成长。1953年至1955年，陈林运参与创建广东省粤中分公司沙井蚝业加工厂。在选址时，陈林运与团队颇费心思。经多方考察和调研，最后将厂址选在沙井上涌和下涌的蚝寮之间。有一条清澈的小河打此流过，为蚝的运输提供了天然条件。

这个占地面积两万多平方米的工厂，为沙井蚝的深加工奠定了基础。为了工厂的发展与壮大，陈林运耗尽了一生的心血和汗水。

做一位勇于创新的改革者

每当来到工厂旧址，忠叔眼前就会浮现父亲深思的身影。父亲颇为传奇的经历，一直激励着他奋进拼搏。

传奇的基因，是可以赓续和复制的。忠叔被分配到水产收购站后，鼓足干劲，从基层做起。父亲虽是站长，但他坚持原则，不曾给予忠叔特殊照顾。

此后，忠叔在沙井蚝业加工厂做过煮蚝、晒蚝的工人，做过到各地收购生蚝的业务员，做过负责车辆过磅并做记录的过磅员……这一干就是三年。三年中，从蚝的收购到加工，每一道程序他都烂熟于心。而担任收购员的经历，更是拓宽了他的眼界和心胸。他下定决心，要学本领、学技术、做实事。

从小车间走向大天地，这个青涩少年，从不贪图安逸，一步步经历风雨，成长为一个懂技术、有见识、肯吃苦的好青年。

二十世纪七十年代初期，加工厂走上了技术革新之路。长期以来，工人们在生产蚝油和蚝豉时，采用的是铁锅直火加热熬煮生蚝的方式，导致产品中有杂质和碎壳。

工人们开始发问：能不能改用蒸汽煮蚝？

新任加工组副组长的忠叔，带领技术团队，和工人们一起，痛下决心，加班加点攻坚克难。为了早日完成技术革新任务，他集思广益，亲力亲为，参与设计、绘图、计算等各个环节，终于绘制出了"螺旋式蒸汽煮蚝器"的设计图。

设计图有了，忠叔带领大家趁热打铁，新设备很快被研制出来并投产使用。

令人欣慰的是，新设备不仅减轻了工人们的劳动强度，而且生产效率比用铁锅熬煮提高了六倍！

这是一次质的飞跃！老大难问题终于解决了！

曾经，因为用铁锅直火加热熬煮生蚝，导致产品品质不佳，严重影响出口。如今用螺旋式蒸汽煮蚝器生产出来的产品，色泽金黄，且无杂质、无碎壳，质量上乘，在市场上大受欢迎。

这正应了那句话：惟改革创新者胜！这项技术革新成果，曾荣获广东省科学技术奖，并被《中国水产》杂志报道。

每一次小成功，都是迈向更大成功的起点。

1984年，忠叔担任深圳市宝安沙井水产公司经理，开始大刀阔斧走上改革之路。他向银行借款六十万元，开始探索蚝油加工技术的新工艺、新设备，决定给传统生产线来个脱胎换骨的大革新。

他带领团队勇毅前行，冲破种种阻碍。在公司多名高级工程师的设计研发下，蚝油新生产线的改革再次取得成功！

当时，这条新的生产线在国内属首创，采用管道式快速预热糊化、超高温瞬时杀菌、真空灌装的蚝油生产新工艺，取代了以铁锅直火或夹层蒸汽为主的老生产工艺，使生产形成流水作业线，实现了机械化，有效提高了产品品质和生产效率。

老生产线一天的产量只有一吨多，而新生产线每天的产量有七八吨，而且每吨的耗电量和耗油量大为减少，分别为过去的78.6%和66%。

特别是，新生产线的质量控制，主要由机械本身的性能确保，不受人为操作熟练程度所左右，从而保证了正宗沙井蚝油特有的风味。

这又是一次质的飞跃。

1990年6月30日，深圳市有关部门组织有关专家，对此项创新进行技术鉴定，认为该生产线生产的产品，较好继承并发扬了老牌沙井蚝油的传统特色，充分体现了蚝油的生产技术取得了飞跃式进步。

一路俯身向蚝的忠叔，始终保持澎湃的热情，用勤劳和智慧，不断为沙井蚝品牌插上"鲲鹏"之翅。

这硕大的翅膀，把他和蚝民们的理想和信念不断挥洒向四方。

来一场史无前例的异地养殖

来一场史无前例的异地养殖。

这理想，这信念，一遇风雨便化龙。

与忠叔改革成功交相辉映的，是灿烂夺目的异地养殖之光。

1979年，一个特殊的年份到来，一个新的时代即将开启。

利好消息传来！

国家支持包括沙井在内的宝安县建设蚝业生产基地，下拨六十万元：三十万元用于进口三千个日本浮子，作"筏式养蚝"浮力之用；另外三十万元用于发展水泥柱养蚝，面积达两千亩。

蓝图绘就，旗帜高扬。

但，前进路上，向来都是鲜花与荆棘相伴、机遇与挑战并存。

正当沙井蚝业准备大展宏图时，因工业废水污染，污水中的细菌攻击水中浮游生物，并入侵生蚝体内，珠江口水域原本干净的水质像生了病一般，生蚝更是不堪承受，在痛苦中挣扎，并不断死去，这种状况持续了近三个月。

死蚝数量惊人，沙井蚝业大队损失惨重。从前，沙井的蚝产量占全省近三分之一，如今，死蚝导致产量直线下降，甚至出现了负增长。为了止损，沙井蚝业大队不得不卖掉十三艘蚝船，但仍欠债五十六万元。

沙井生蚝养殖业遭到了灭顶之灾！每个蚝民都感到彷徨无助。

路在何方？

一开始，忠叔与蚝民都有些不知所措。在没有想到更好的办法之前，忠叔所在的公司效仿以前沙井蚝民到珠海、中山、台山买蚝仔回沙井寄肥的做法，把蚝苗投放到蛇口后海。但产量上不去，成本又很高，根本没有利润可言。

碧浪滔滔，何处才是沙井蚝生长的乐园？

为了不让老祖宗留下的财富毁在他们这代人手里，永不服输的沙井蚝民，痛定思痛，直面现实，决定另辟蹊径。经过多次商讨，忠叔带着水产公司的几个负责人，决定走出去寻找出路，于是到广西、福建和广东沿海等地的养蚝区四处调查。他们的脚上虽然沾满泥水，心中却装满了痛和爱。

那是二十世纪八十年代初期，改革开放的洪流势不可挡。经过多次实地考察，他们发现台山沿海水域和沙井蚝的生长环境相似，于是沙井水产公司决定在台山开发一个养殖基地，就此点燃异地养蚝的星星之火。1992年，沙井水产公司出资在台山沿海养蚝，他们与台山蚝民合作，不断拓展异地养殖的深度和广度，成功开启沙井蚝业异地养殖之路。经过不断摸索和实践，此后十年，沙井蚝业异地养殖基本完成，95%以上的蚝业已经转移到以台山为主的惠东、阳江、汕尾等沿海区域。一个光荣与梦想的新征程就此延伸至远方。

这是中国水产史上一大奇迹！此次产业转移，不仅完整保存了沙井蚝的品牌，而且异地养蚝的成功，为沙井蚝的深加工提供了源源不断的货源。

每年冬至前后，蚝歌四起、蚝船滑动、蚝喙声声。收获的日子，海风轻轻吹，海浪慢慢摇，在海边沐浴着阳光的蚝民们，手中的蚝喙起起落落，把白花花的蚝肉从蚝壳中捧出。一批又一批产自台山的生蚝，被运回沙井加工和销售，沙井蚝业依旧繁花似锦。

创一个红遍四方的品牌

在启动异地养殖模式之前，死蚝灾难导致此后两三年间鲜蚝产量歉收。在此情况下，1983年，宝安县取消了鲜蚝派购任务，实行市场议价。这对沙井水产公司而言，无异于雪上加霜。沙井蚝的年收购量，从最高时期的七万担下跌到不足一万担。如此一来，占地两万多平方米的偌大厂房，每年只有两三个月能派上用场，其余时间都因停产而静默。

企业亏损，负担沉重，领导者如热锅上的蚂蚁，急得团团转。

企业该何去何从？

没有鲜蚝可收，工人们就无事可干，企业生存岌岌可危。

公司不能倒闭！为了维持正常运营，公司领导层想方设法，借钱也要给工人们发点生活费。

企业要生存，工人们也要吃饭。于是，大家纷纷开始寻找活路，只要有事做，就来者不拒：安装自来水管、开设货栈、生产水泥、买卖钢材、上街卖烧鹅……公司一派凋敝景象。

局面如此难堪！作为公司新上任经理的忠叔，靠什么力挽狂澜？

公司能走出困境吗？工人们用疑惑的目光看着忠叔。

看着大家无助且疑惑的眼神，一种使命感和责任感在忠叔内心涌动。他深感责任重大，于是上任伊始，就与大伙儿打成一片，经过不断交流碰撞，大家认准了救活企业的一条路——仍是他们驾轻就熟的蚝油生产。于是忠叔带领大家披荆斩棘，奋力研发出新的蚝油生产线，不断提升蚝油的产量和生产效率。

在异地养殖和新生产线研发轰轰烈烈进行的过程中，公司也从未停止品牌开创的步伐。

在企业经营机制未转换以前，水产公司生产的蚝油商标，与其他兄弟厂家一样，一直沿用深圳水产公司注册的"罗湖桥"牌。

可喜的是，在改革开放中，公司成功转换经营机制，成了相对独立的经济实体。忠叔认为，此时若再与其他厂家用同一个商标，根本没有核心竞争力。

他目光笃定，认为如果再启蚝油生产之路，则必须要为传统且正宗的沙井蚝油开创属于自己的商标。

公司内部在多次思想碰撞后，寄寓沙井蚝油香飘四海的"沙香"品牌诞生。随后，沙香牌蚝油商标和沙井牌蚝豉商标注册成功。

那一天，该是个阳光灿烂的日子。

已近不惑之年的忠叔精神焕发，他踩着满地阳光，迈着轻快的步伐，背着带壳的鲜蚝，准备去广州拜访一位摄影界很有影响力的前辈，请他拍摄沙井蚝肥嫩的"玻璃肚"。这个最能代表沙井蚝品质的"玻璃肚"，如果在商标上来一个特写，那将多么鲜活啊。

每想到这，忠叔心中就激情四溢。

"玻璃肚"拍出来了，果然逼真鲜活！光是看图片，就令人口舌生津，若再配以墨香呼应，岂不完美？在朋友介绍下，忠叔一行又马不停蹄，前去东莞某印刷厂，请来有实力的设计师，挥笔写下"沙井蚝油"四个有力大字。

商标做出来了！只见白亮亮的"玻璃肚"，辉映着苍劲有力的方块字，让人怦然心动。

阳光下，忠叔容光焕发，淌满汗水的脸上，神采奕奕。

前进的步履，势不可挡。

随着生产线欢快的嗡嗡声，沙香牌蚝油一路奔向广州，在广州一德路咸鱼海味贸易公司寄售，一上市就好评如潮。

仍是当年父亲卖蚝时采用的销售方式！因为风险小，互利互惠，双方皆大欢喜。

为了打响品牌，公司趁热打铁，锐意创新的步伐持续向前。

机会终于来了！

他们抓住秋季广州交易会开幕的契机，举办了一个沙井蚝小型交易会，广交四方宾朋，汇聚多方建议。

脑子越来越灵活的忠叔，锦囊妙计不断。在沙井蚝交易会开幕时，他用从沙井运过去的上乘鲜蚝，办了一席蚝宴，请各方朋友品尝。

姜葱鲜蚝、油炸鲜蚝、蚝油鲜菇、蚝油生菜……菜品五花八门，蚝与蚝油贯穿全席。

客人将信将疑，纷纷举箸，尝一口，入口软嫩香甜，味道奇香。不吃不知道，一吃真是妙！这一席地道的沙井蚝风味，让客人惊讶赞叹，啧啧称奇。

生意很快找上门了！

上海市水产公司海味批发部经理李根淼，难掩激动和兴奋之情，亲自来到沙井水产公司，话不多说，马上签订每月五百箱的供销合同。

李根淼对忠叔说："我要正宗货，因为上海人就爱吃正宗货！"

信任掷地有声。双方一拍即合，成功合作。

到年底，李根淼再次上门，表示现在每月可以销售五百箱至一千箱，需要工厂扩大生产！

就当时生产线的产能来说，这个需求量太大了，但时势催人强。随后，全国第一条蚝油生产线诞生，也拉开了品牌奋进的序幕。可喜的是，生产线第一年建成，第二年投产，第三年就实现了一百万元的年利润。

在李根淼的带动下，沙香牌蚝油很快打开了上海市场，经销的商铺达六七家。1991年，上海市场的沙井蚝油总销量一万五千多箱！

忠叔从中看到了发展商机。为了进一步扩大沙井蚝油的销售市场，他带领团队先后在北京、江苏、浙江、天津、昆明、四川等省市建立了销售网，加大业务拓展力度。

过硬的产品质量，加上诚信为本的销售团队，沙香牌蚝油逐渐打开销路，进入千家万户，成为美食佐料中四两拨千斤的主角。

1991年4月，沙香牌蚝油在第二届北京国际博览会上脱颖而出，摘得金奖。

沙香牌蚝油，火了！

办一个蚝情四溢的文化节

公司成绩斐然，按理说，忠叔该好好歇一歇了。

可他笑一笑，仍然白天黑夜念着蚝，心里眼里住着蚝。沙香牌蚝油不用愁了，但还有其他蚝产品亟待销售。

就这样，忠叔在那个新征程里乘风破浪，逐梦前行，历尽岁月风华，成就了如今的"水产王国"。业界的人因此称他为"沙井蚝王"。

但这位"沙井蚝王"谦虚地说："我其实只是沙井蚝民的一分子，一个代表。"

不！他绝不是沙井蚝民中普通的一分子，一个代表。

"沙井蚝王"之称，是祖辈们对他的殷切期望和寄托，更是激发他传承和弘扬沙井蚝文化铮铮使命的美誉。

几十年来，他从来没有停止创新和传承的步履。

他把眉头拧出了几条深深的纹路，思考与答案在此盘根错节：百年老店靠的是什么？靠的不就是经销方式、优良品质和独特风味吗。

那么，有着千年发展历史和文化的沙井蚝，其中有待传承、挖掘和发展的又是什么呢？

他边做边寻找答案。2000年以后，忠叔要找的答案渐渐明晰：只有品牌与文化共生共融，为沙井蚝业高质量发展培植肥沃土壤，沙井蚝业的前景才有可能更加广阔灿烂。

2003年，忠叔受邀去阳江参加一个开蚝节。活动现场，那些热热闹闹的场面突然让忠叔迸发出一丝灵感的火花，他眼前一亮，凭着沙井蚝的千年历史，我们不是更应该有一个自己的蚝文化品牌吗？

可做企业的人如何搞文化？他必须获得政府的支持，以文化为旗，为企业造势，发展的脚步才会迈得更加稳健。

回来第二天，他难抑内心喜悦，立马找到时任沙井镇宣传部部长赖为杰，将自己的想法和盘托出。赖部长听后很兴奋，两人一拍即合，忠叔立即开始行动。

做方案、开会讨论，几经磋商后，最后由宝安区人民政府拍板，沙井金蚝节正式敲定，当年即举办了首届沙井金蚝节。甫一举办，金蚝节就变成了沙井蚝文化的一面旗帜，高高飘扬至今。

时值2022年，金蚝节已经成功举办了十九届。沙井蚝的美名，借着文化的翅膀，扶摇直上，扬名四海。

金风吹来的时候，沙井人载歌载舞。

在第十九届沙井金蚝节为期十九天的活动里，古墟美食文化节、"非遗"展览及展演、第二届"蚝乡赶集"蚝美生活节、商家联合让利大促销等二十三项精彩活动轮番上演，每天精彩不重样，不断彰显蚝文化和海洋文化特色。

这是独属于沙井蚝的季节，丰收的季节。

人逢喜事精神爽。那些天，忠叔请来了很多朋友，游蚝乡、品蚝宴，感受千年蚝乡文化底蕴，饱览古墟新生绽放美景，领略"开放、包容、勤劳、重教、崇孝、创新"的蚝乡精神。

朋友们喜气洋洋，品尝煎蚝饼、酥炸蚝、蚝粥、炭烧蚝、香煎金蚝等美味佳肴，乐赏沙井蚝民俗、醒狮、粤剧粤曲、螳螂拳等宝安"非遗"文化，行、游、购、娱的全方位需求一一得到满足。

忠叔更是笑得合不拢嘴。他要让世人知道，他们不仅要让蚝产品质量过硬，更要让千年蚝乡文化闪闪发光。

忠叔相信，在老一辈蚝人的努力下，沙井蚝永远不会成为过去式。于是，各种举措连连实施。他在老厂房隔壁办了蚝文化博物馆，成立了蚝民俗文化研究会，不断以各种方式深入挖掘蚝文化的价值和意义。

曾经，沙井虽有祠堂，有天后庙，但很多年轻人不知道沙井蚝悠久的历史和驰名中外的荣光。如今，有了沙井金蚝节，有了蚝文化博物馆等载体，忠叔等老一辈蚝人再也不用担心沙井蚝的痕迹会被时光的洪流冲刷殆尽。

离开众声喧哗，忠叔带着友人踏着长满青苔的石板路，走到旧厂前。他是在这个蚝厂长大的，老照片里，留下了他曾在这里拼搏的痕迹。如今，工厂很老了，光阴也发白发黄，但记忆一直浓墨重彩，鲜亮闪耀。

一定要把这个文化的根留下来！于是，旧厂旁就有了一座蚝文化博物馆。

"嘎吱"一声，忠叔自豪地推开了一扇沉甸甸的大门。

2009年12月，蚝文化博物馆开放，忠叔把所有原来与生产习俗相关的东西，都放在了这里。他把记忆存放在这里，也把情怀种在了这里。

每年金蚝节，蚝文化博物馆都成了主场，主办方、承办方在这里举办很多与蚝民生产习俗相关的活动，比如开蚝比赛、烹调比赛等。很多人，尤其是学生、幼儿园的小朋友，都会来这里参观。

稍微知道深圳历史、知道沙井蚝的，或者来沙井吃过蚝的人，都对沙井蚝文化博物馆充满了好奇，里面究竟藏着什么样的惊涛骇浪与人间烟火？

而对忠叔这位老蚝民，参观者一样好奇，他的故事会不会像大海一样，涛声震天？

读一张举世无双的奖状

"他的故事精彩着呢,你几天几夜都听不完。"同行大发感慨。

正感叹着,洪哥来了。

洪哥手里端着工人送来的新鲜海味。他们的人生,早已离不开大海的哺育和滋养。年近六十岁的洪哥,壮如小伙,健步上楼,跟在后面的我们,上到三楼时已气喘吁吁。

终于见到了传奇人物忠叔。

年逾七旬的他,神情坚毅,目光冷峻,走起路来虎虎生威。听忠叔的好搭档、同样是沙井蚝业风云人物的炳叔说,他俩都是闲不住的人,每天的日程排得满满的。

看看忠叔的身份,就知道他有多忙了:沙井蚝文化博物馆馆长、深圳市新宝沙水产实业有限公司董事长、沙井水产党支部书记、沙井蚝民俗文化研究会会长、沙井蚝产业协会荣誉会长、宝安水产行业协会名誉会长和深圳市水产行业协会会长、广东省水产流通与加工协会常务理事……每个身份，都极具分量。

仔细研究发现，忠叔的身份几乎都与蚝有关。

忠叔正与炳叔对坐聊天。两个大忙人，已在这里等候多时。在他们的日程里，或许少不了接待各类慕名而来的个人或组织。因为沙井蚝早已声名远播，成了一张极具历史价值与文化魅力的名片，引来无数好奇的探访者。

作为坚守在蚝文化传承现场的关键人物，忠叔和炳叔等前辈一直身负责任与使命，在与时俱进、求新求变中，也期待着传承与弘扬的良机。

这个春光明媚的日子，他们给予了足够的重视，笑迎迷上沙井蚝文化的拜访者。

忠叔微笑着说："这里有点小文化，你们先参观一下。"听他这么一说，原本有些拘谨的我们，放下茶杯，开始放松心情，四面打量。

忠叔的接待室果然是生机盎然，别有洞天。

三面明亮而开阔的玻璃墙，让室内外风景连成一体。所不同的是，其中一面墙外，是收纳风光的露天花园。春天来了，各类花朵争奇斗艳，令人赏心悦目。洪哥说，在晴朗之夜，他与忠叔一干人等，常在花前月下畅饮，谈儿孙幸福，谋事业大局。

而室内，则适合手捧一杯清茶，看风萧萧、听雨霖铃、沐日月光华。那火车，在不远处高高的轨道上日夜奔腾；那人群，在街道上永远熙来攘往；那繁花，在路旁你方唱罢我登场，春夏秋冬轮番绽放；那智者，一不留心，就看尽了人间花好月圆，览遍了世道沧桑变幻。

好个雅致又生机盎然的所在！

以透明的玻璃墙取代水泥墙，在打破传统建筑思路之时，更打破了人与自然沟通的藩篱。这样的设计，豁达又开阔，真诚又坦率。

"那边有一张周总理颁发的奖状。还有一些书，你们随便看。"忠叔指着前方一块照壁，轻描淡写地说。

对这张奖状，虽早有耳闻，可百闻不如一见。我们快步上前，心情有些激动。在照壁与墙仅容一人的空间里，我抬头瞻仰。

奖状被镶嵌在玻璃框中，挂在照壁背面，藏而不露，承载着几代沙井蚝人的光荣与梦想。

庄严的国徽下，是"国务院奖状"几个大字，中间写着"奖给农业社会主义建设先进单位——广东省宝安县沙井蚝业生产合作社"，奖状由周恩来总理亲笔签署，落款时间是1958年12月。

这至高无上的荣誉，是矗立于沙井蚝业史册的一座丰碑，以一股强大的力量，时时滋润着忠叔永远茂盛的理想和信念。

奖状下方，一段文字简述了获奖由来：1957年2月，宝安县沙井蚝业生产合作社，被国务院评为全国农业社会主义建设先进单位。

沙井蚝业生产合作社社长陈淦池去到北京，受到毛主席等国家领导人接见并合影留念。

1958年12月，陈淦池第二次去到北京，领取周恩来总理亲笔签发的国务院奖状。当年，沙井蚝总产量达3632.9吨，为国家创汇3800万港元，有力支持了国家的经济建设。

当时，沙井有得天独厚的养殖水域——珠江口东岸3600多亩养蚝区，有"投放、采苗、盘蚝、育肥"等先进且完整的生产技术，有沙井蚝油、蚝豉等加工工厂和工艺技术，因此成为业内典范。

一张奖状，定格了沙井蚝业的历史高光时刻。这样的荣誉之光，一直闪耀在忠叔内心，照亮他前行的路。

经历了数十载悠悠岁月,如今在以忠叔为代表的沙井蚝人心中,这张奖状依然奏响着激昂澎湃的时代旋律。

这张奖状背后,是千年蚝文化的悠久传承。忠叔说:"如今在沙井,留下了宝贵的蚝迹——蚝墙、蚝壳屋、蚝仙传说、打蚝歌,以及很多带'蚝'字的路名、地名、村名。"

这些痕迹,这些名字,是沙井人永远的乡愁,像生了根一般,在忠叔心中挥之不去,在沙井人心中挥之不去。

洪哥感慨,忠叔从事沙井蚝业,已是风风雨雨五十多年。

守一份看天看人的传承使命

洪哥说:"忠叔在1984年开始担任沙井水产公司经理,创建全国第一条自动化蚝油生产线,实现了沙井蚝产品由传统的作坊生产到现代化工厂生产的转变。二十世纪九十年代,工业的严重污染,使沙井蚝业面临发展威胁,忠叔率先带领公司走出沙井,到台山等地成功开辟异地养殖基地,再续沙井蚝的辉煌。"

洪哥停下来,喝一口茶,仿佛在为记忆浇水。然后接着说:"忠叔在任期间,为了给公司省钱,去香港了解市场行情时,时常舍不得打的,宁愿挤大巴;午餐就吃街边大排档;晚上舍不得住宾馆,就到在香港打工的弟弟家蹭一宿。你们可知道,那时他弟弟家只有五六平方米,像鸽笼似的……"

他就靠着信为本、诚感人、优取胜,第一年在港销售沙井蚝豉的销售额达二百万港元,并通过香港裕隆海产贸易公司、兆兴隆、裕益蚝油公司,沙井蚝豉和沙井蚝油开始走向东南亚、欧美市场。

"其中，还有一个特别有趣的插曲呢。"洪哥看着笑眯眯的忠叔说。

"哈哈哈，这件事太传奇了，我永远都不能忘。"坐在一旁的忠叔，这时忍不住接过话头说，"那是1990年，我陪同深圳市水产公司总经理郑桂才去印尼考察，开拓沙井蚝油的销售市场。途经新加坡时，我们特地拜访了当地由华人经营的某大水产公司。未曾想，该公司堂而皇之打出的招牌竟是沙井蚝厂出品的沙井蚝油。经了解方知，原来是一个香港人会制作蚝油，他前往新加坡谋生，冒用沙井蚝的大名，且已经经营多年。我们都没有想到，沙井蚝油竟受欢迎到如此地步！"

太神奇了！听忠叔说起这故事，我们都很惊叹。

"你们看，忠叔身上的故事多着呢，'蚝王'之称名不虚传吧。"洪哥接着说，"五十多年来，他为传承沙井蚝文化四处奔走，呼吁社会各界，重视沙井蚝业发展。他和炳叔等有识之士，积极创办沙井蚝文化博物馆，推动政府部门连续举办了十多届沙井金蚝节，打造沙井蚝品牌，他由此成为广东省非物质文化遗产'沙井蚝生产习俗'传承人。"

说起忠叔，洪哥脸上闪着光，这是一个年轻蚝人在向老一辈蚝人致以崇高敬意。

此时，我们的眼中溢满了同样的崇敬。

环顾屋内，只见一旁的书架上，整整齐齐码着很多书，有党史教育、民风民俗、乡规民约等，其中一本《守望合澜海：沙井蚝民口述史》吸引了我的目光。

这是一本四十位蚝民的口述史，留下的不仅是记忆和乡愁，更是时代发展与变迁最鲜活的见证。把书捧在手里，仿佛能看见万道霞光下，万亩蚝田上炊烟袅袅，绵绵不绝，飘向远方。

不知不觉到了午饭时间，又是一桌鲜美海鲜宴，我们再次尝到了美味的蚝豉。

"在沙井，生蚝的吃法五花八门，可蒸、可煮、可炒、可煎、可炸、可烤、可汤、可煲、可铁板、可红烧，估计已经有超过一百种吃法，菜、饭、汤、粥均可以蚝为原料烹煮。"忠叔说，"要想写好蚝故事，得先学会吃蚝。"没有比这更好的吃蚝理由了。作为全桌唯一的女性，我坦然接受大家的照顾，碗里金蚝不断、香味聚集。

金蚝下肚，蚝肉渐入体内，仿佛迅速汇聚成一股金色的能量，闪着金色的光，催促着我走向更多与蚝有关的历史和现在，甚至未来。

从三楼往下望，正好看见大楼门前的空地上，一棵正在茁壮成长的火焰树已有一层楼高。朵朵"火焰"，在枝头"燃烧"，艳丽而夺目，成了这里最鲜明的一抹亮色，如同忠叔、炳叔等前辈，矢志不渝传承沙井蚝业的火红初心，像一种豪情，令人怦然心动。

这是忠叔的豪情，更是无数沙井蚝人的豪情。

传奇来自拼搏，来自奋进，来自永不放弃。

改革蚝油生产线、开启异地养殖、创立沙香牌蚝油、筹划沙井金蚝节、建立蚝文化博物馆……忠叔之奇，奇在传承沙井蚝业之奇、传播千年蚝文化之奇、传扬敢闯敢试的"深圳精神"之奇。

"沙井蚝王"之称，他当之无愧。

夕阳下，忠叔牵着妻子陈笑艮的手，走在沙井古墟小巷里。他和生于沙一村的妻子青梅竹马，相爱白头，一起走过了人生最美好的青春岁月，也经历了人生中许多的艰险和坎坷。

虽然妻子只是小学毕业，但贤惠节俭，十六岁就到沙井蚝厂做工，晒蚝、备蚝、煮蚝，样样活都会干，是当时最漂亮的沙井妹。如今虽上了年纪，但在忠叔眼里，她还是那个既漂亮又贤惠的女人。

有相濡以沫的老伴、有孝顺懂事的子女、有可爱的小孙子，忠叔感觉现在的生活很幸福、很满足、很充实。

他很推崇晚清重臣左宗棠，并把他"发上等愿，结中等缘，享下等福""择高处立，就平处坐，向宽处行"的人生准则，当作自己的座右铭。

"沙井蚝文化的传承，看天、看人。"忠叔朴实的语言，道出了在新时代新形势下，沙井蚝文化创新传承的重大课题。

发上等愿，择高处立。忠叔对未来沙井蚝业的传承与发展，寄予了深情厚望：希望沙井能成为国际蚝乡，希望沙井蚝能回娘家，回到合澜海。

远在他乡的沙井蚝，你们听到了吗？

（本文参考微电影《蚝乡往事》及唐冬眉、申晨著《守望合澜海：沙井蚝民口述史》一书）

第四章 基围文化背书人

万家团圆的中秋之夜，深圳宝安福海渔人码头灯火闪烁、人头攒动。

作为深圳西部最大的海鲜批发市场和海鲜美食广场，中秋佳节这一天自然聚集了不少爱吃海鲜的人。在这样美好的节日，如果不来这里尝一口鲜，岂不辜负了天上那轮朗照万里的皎皎明月。

一楼大大小小的海鲜池里，游荡着各类生猛海鲜。大龙虾挥舞着两个大钳子，大闸蟹张牙舞爪，生蚝紧闭房门稳若泰山，扇贝犹如琵琶半遮面……这里的海鲜种类极其丰富，现点现做，简直就是美食天堂。

此刻，灯火摇曳，宾主尽欢。买海鲜的手脚麻利，那最鲜最猛的一定逃不出他们的手掌心；卖海鲜的口吐莲花，能让晕睡的虾贝跳舞唱歌。

一楼的喧嚣，呼应着楼上的灯火。二楼及以上楼层，就是加工各类生猛海鲜的餐厅。远远地，就能看见"大东海海鲜酒楼"几个大字闪着夺目之光，从众多炫目的酒楼名字中脱颖而出，似向正在挑选海鲜的人们发出隆重邀请——吃海鲜请来大东海，我们诚信经营、明码标价、足斤足两……

挑选好了海鲜的人们，眼望大东海，目光逡巡，跃跃欲试。

中秋,遇见黄油蟹和大东海

人群中,一个身材高瘦且红光满面的光头小伙儿,格外惹人注目。

"瞧瞧,进口海鲜,现捞现做,两百多种任你挑选。从生机勃勃的生猛海鲜,到餐桌上秀色可餐的肥美海味,只隔一两层楼的距离。"光头小伙儿指着正在海鲜池挑海鲜的人们,眉飞色舞地对身旁一个青年介绍,"食客们一般在一楼挑选好海鲜,再拿到楼上的餐厅加工。但如何挑选餐厅,却大有学问啰,这里面的水深着呢,你再会游泳,说不定也要呛几口水。不过,我们既不用挑海鲜,也不用担心会呛水。"

光头小伙儿眨了几下眼睛,故作神秘地瞟了一眼一旁的青年。

"赖哥,中秋节带朋友来这里吃海鲜啰?"海鲜摊摊主老关送走顾客,一抬头就看见了老顾客赖哥。听说,赖哥是一个文化工作者,他近年来忙于弘扬沙井蚝文化和基围文化,想要留住蚝乡和基围人的记忆和乡愁,四处寻找水产行业产业链上有故事的人。所以,老关对赖哥格外敬佩几分。

"是啊,我这个朋友小李是个记者,从东北来深圳出差。作为东道主和吃海鲜的老手,我自然得带他来这里见识见识深圳真正的海鲜,采访采访深圳独特的美食风味。"赖哥咧嘴哈哈一笑,一脸阳光灿烂的表情,似乎晃得海鲜池里的海鲜也睁不开眼。

赖哥打了一个响指,潇洒地一挥手,作别老关,领着朋友小李,直奔三楼的大东海海鲜酒楼。

"吃海鲜一定要到大东海,这牛皮不是吹的。"赖哥兴致高昂,讲得唾沫横飞,"我是大东海的常客,常带客户或朋友来这里尝鲜。这里有深圳本地极具特色的三大海鲜特产:西乡基围虾、福永黄油蟹、沙井生蚝,这三样被称为基围海鲜招牌菜。我吃过本地很多酒楼,发现能把这三大菜品做得好的,非大东海海鲜酒楼莫属。大东海寻遍宝安基围餐饮文化,深度挖掘宝安老渔民、老蚝民的传统海鲜加工方法,在传统基础上,不断创新,融入时尚餐饮文化,让食客源源不断登门而至。现在是秋季,正是吃黄油蟹的好时候。如果你再晚几天来,一定能吃上又肥又甜的沙井蚝。今天,让你先过足黄油蟹的瘾。"

"赖哥,以前听说你考了粤菜厨师证书,我还不以为意,今天算是让我见识了,你这美食家称号不赖嘛。今儿让我好好感受一下,过一个海鲜中秋节。真可谓'中秋放歌须纵酒,海鲜做伴好还乡'哈。"

正说着,三楼到了。

只见门口的海鲜池里,各种生猛海鲜正自在遨游。有食客正兴致勃勃地挑选又肥又大的螃蟹。

小李快步上前,好奇地盯着这些壳内黄澄澄的家伙。

"这就是传说中的黄油蟹。"赖哥凑上前,得意地解释说,"黄油蟹实际上是一种在夏季变异的青膏蟹,产地主要在香港的流浮山和珠江流域,尤其是东莞市虎门太平(本湾)以及深圳福永、沙井海湾。黄油蟹生长在咸淡水交汇的海域,这也使得其产地有一定的局限性,因此非常珍稀。每年农历五月末到八月中旬,是吃黄油蟹的好时节。这段时间,成熟的膏蟹会栖身于浅滩河畔,在太阳的猛烈照射下,蟹体内的蟹膏会分解成金黄色的油质,渗透至全身,使得整个蟹身都充满了黄油,身体呈橙黄色,故被称为黄油蟹。"

"原来黄油蟹属岭南独有。真是太神奇了!"小李的眼睛瞪得溜圆。

"赖哥来啦,我已恭候多时,杨总早就交代我,要好好接待你们。"餐厅经理连姐满脸笑意走过来,把赖哥和小李带到精致整洁的包厢里。

小李心中犯疑,站到包厢门口,回望大厅,想要了解这个让赖哥如此青睐的地方究竟有何妙处。他环顾四周,只见大厅空间宽敞,灯光柔和明亮,装修也挺讲究,传统中式元素融合现代时尚设计,显得恢宏大气,营造出颇有品位的用餐氛围,每一处细节都表现出浓浓的迎宾之意。正是晚餐时分,大厅座无虚席,桌桌热气腾腾、香味四溢,顾客笑逐颜开,吃得正欢。

"妈妈快看,这个黄油蟹好多黄油哦。"一个十来岁的小女孩,双手抓着一只剥开的黄油蟹,黄油涂了她一嘴。身旁的母亲赶紧放下手中的黄油蟹,拿起纸巾,帮女儿擦掉鼻尖上的蟹黄。

小李定睛一瞧,好家伙,一家三口,桌上起码有五只大螃蟹。女孩的父亲一边吃着,一边举起小酒杯一饮而尽,吃得有滋有味。

小李受到极大感染,顿感饿意袭来。

连姐走到小李身后,发出爽朗的笑声说:"今天中秋节,很多是家庭或家族聚餐。我们三楼有大厅和包房,四楼则全是包房,每个包房坐二十人不成问题,是家庭聚餐的首选,大东海可以说是很多本地居民的厨房呢。来吃饭的很多都是回头客,他们可在一楼海鲜市场或到我们大东海的海鲜档,挑选新鲜海鲜,拿到我们厨房加工,再配几个蔬菜,我们承诺诚信经营,绝不弄虚作假,顾客对大东海一百个放心。我们老板杨总讲诚信,做得一定比说得好。"

连姐笑语盈盈,目光真诚,言语间充满自信。

"连姐,来四只黄油蟹,挑又肥又大的,清蒸。再来一盘蒜蓉蒸生蚝、白灼基围虾……"赖哥一口气点了五个菜。

"好嘞。"连姐走了,小李回身坐定。

"不是说现在还不到吃生蚝的季节吗?"听到蒜蓉蒸生蚝,小李纳闷。

"只是没有沙井蚝那么肥而已,让你先感受感受,为你下次来享用真正的沙井全蚝宴做好铺垫,来个前奏。"

"才被黄油蟹惊艳到,又有沙井蚝来诱惑,这大东海的'干货'真多!"

"来来来,喝口茶,趁这工夫,且听我慢慢道来。"赖哥悠悠地喝着茶,气定神闲。

讲起大东海及大东海老板杨勇的故事,赖哥神情敬肃,双眼放光。

三大招牌菜，辉映餐饮名店之光

"杨勇心胸宽广，犹如东海，有着非同一般的远见、胆识与魄力。

"自2017年开业以来，大东海海鲜酒楼在他的带领下，不断挖掘本土基围人家私房配方，继承传统海鲜制作工艺，旨在保留海鲜的原汁原味。为了让海鲜从大海快速抵达顾客的舌尖，大东海以让更多人享受海鲜美味与感受大海魅力为使命，探索出海鲜全产业链运营发展模式。为确保所提供的海产品新鲜、美味、健康，基本是当天打捞上岸，当天就能抵达客人餐桌，绝对惊艳你的味蕾，震撼你的灵魂。就凭一个'鲜'字，大东海海鲜酒楼征服了各路海鲜吃货，当然，也包括我。

"每年这个时候，我都会来这里品尝清蒸黄油蟹。在基围海鲜美食文化中，清蒸黄油蟹和蒜蓉蒸生蚝是两大主打菜品。而这两道菜，恰恰是大东海的招牌菜。客人来此，必点这两道菜。听闻在宝安滨海美食文化旅游节上，活动现场的领导和来自全国各地的游客，品尝过这两道菜后都赞不绝口。

"更令人拍手称奇的是，去年九月上旬，大东海迎来了荣耀时刻，荣获由深圳市商务局、深圳市餐饮商会、深圳市饭店业协会、美团、深圳市餐饮商会专家委员会以及深圳市餐饮商会名厨专业委员会、深圳大事件联合颁发的'2023年深圳餐饮名店'单位授牌！这是大东海海鲜酒楼长期坚持传承基围海鲜文化的结果……"

"上菜啦！"

服务员一声吆喝，打断了赖哥声情并茂的讲述。

蒜蓉粉丝蒸波士顿龙虾、酸梅酱蒸乌头鱼、蒜蓉蒸生蚝……在连姐亲自监督下，服务员将菜品依次端上桌，最后一个被端上桌的，是清蒸黄油蟹！

香气扑面，小李深吸一口气。

好菜得配好酒。已经醒好的红酒早已斟满，二人举杯共祝中秋佳节，随后开始大快朵颐。

赖哥不慌不忙，享用美食的同时，还不忘分享感受，算是把美食家的身份落到了实处。

"你看，这道蒜蓉粉丝蒸波士顿龙虾有多鲜。几分钟前龙虾还举着钳子像个英勇的武士，几分钟后就乖乖上桌成了一道大餐。好鲜香甜润的龙虾肉啊！蒜蓉海鲜酱汁与龙虾肉的结合，把龙虾的鲜味发挥得淋漓尽致，让龙虾肉的味道更有层次感。

"这道蒜蓉蒸生蚝，鲜嫩的生蚝裹着诱人的酱汁，让人垂涎。重点是金银蒜蓉酱的制作很特别，把剥好的大蒜剁成蒜末，用清水洗一遍并压干水分，在油锅中炸至金黄，捞出后再与新鲜的蒜末搅拌均匀，并加入秘制调料做成蒜蓉酱，再把这蒜蓉酱均匀浇在刚捞出的又肥又大的鲜蚝上，放入锅中蒸上三分钟左右，最后撒上香葱，淋浇生抽和热油，生蚝的鲜味与葱香味融合在一起，口感鲜嫩滑爽，肉质富有弹性，还带有一种独特原始的'海味儿'！

"再来看看酸梅酱蒸乌头鱼。乌头鱼是深圳西部海域的特产之一。这道菜不是一个常规形容词'鲜甜细嫩'就可以解释的。它是渔民菜的代表。渔民在海上作业的时候，捕捞到乌头鱼，因为无法随时上岸，就用携带的酸梅酱即时蒸乌头鱼，由此产生了一个味道，叫作腻鲜，大东海把这个腻鲜的味道演绎得非常完美。一口下去，口感鲜爽嫩滑，鱼肉入口即化。"

小李频频点头，吃得大汗淋漓。二人随即戴上一次性手套，剥起了黄油蟹。打开蟹壳，浓郁的黄油香气扑面而来，对着黄澄澄的蟹膏深吸一口，再慢慢细品，流膏入侵心脾的香味，啄吸糯滑油膏的咂吧之声在口腔内外回旋，其他的美味瞬间失色。

"这就是黄油蟹的魅力。所谓来得早不如来得巧，你可算是赶巧了，中秋前后是吃黄油蟹的最后时机。此时的蟹肉最鲜嫩，蟹黄最浓郁，口感最到位。黄油蟹的流膏非常珍贵。正常青蟹的流膏并不是浓郁的黄色，但黄油蟹的流膏却饱满而丰富，带着浓郁的黄油香气，是许多人追求的美食。因为黄油蟹养殖难度很高，产量稀少，大概一千只青蟹才能出一只黄油蟹，而且其变异过程复杂，至今仍未被人为控制。黄油蟹由此成为一种稀缺美食，被大东海看中而选为招牌菜。"

小李深陷黄油蟹的美味。

"怎么样，二位，菜还合口味吗？"连姐满面春风地走进来。

"鲜，真鲜！这是我目前为止吃过最好吃的海鲜了。"小李对着连姐竖起了大拇指，"不仅大东海的海鲜鲜，大东海的海鲜文化也一样鲜！"

"不愧是记者，一针见血。大东海的招牌菜怎能没有文化呢。"

连姐一边倒茶一边介绍："2016年福海海鲜市场成立,依托深圳西部这个最大的海鲜市场,于次年开业的大东海海鲜酒楼,可以说是和福海海鲜市场一起成长起来的。在大东海的经营理念中,一直追求基围文化底蕴,而基围文化是福海这一带一张特殊的文化名片。

"我听来这里就餐的本地阿公阿婆讲,曾经的基围人从海上漂泊到此,围海造田,养鱼养虾,一代又一代人用心酝酿出许许多多风味独特的基围美食,成为基围文化的重要载体。改革开放后,基围人成了城里人,过上了幸福的新生活,从此基围美食就成了他们挥之不去的乡愁。

"如今,黄油蟹、基围虾和沙井蚝便成了福海、福永及沙井一带的美食地标,更是城市的文化符号。基于此,大东海开办之初,就找准美食文化定位,将这三种海鲜作为招牌菜品,而且还花大力气进行推广。你们可以到市场打听打听,提起本地海鲜酒楼,很多人就会提起大东海,提起大东海的这三道招牌菜品。"

听到这儿,有些微醺的赖哥点点头,继续补充道:"我最佩服杨总的,就是短短几年,他凭借着诚信经营和强大的海鲜供应链,逐渐打响了大东海的品牌。如今,大东海有四十个包厢、两个宴会厅,生意越来越好,已然成为周边食客商务宴请和招待亲友的首选之地。"

"作为海鲜酒楼,建立顾客对我们的信任是很重要的,不管是线上还是线下,大东海的海鲜采购价格低,而我们的服务更让顾客叫好。"

连姐声音爽脆,倒完茶后不多逗留,走出包间招呼大厅里的客人去了。

奋斗，一次次华丽转身

鱼羹稻花香，虾蟹时节肥！这个中秋之夜，飘荡着浓浓的海鲜味。小李笃定，酒楼老板的经历必定不凡。

"喝完这杯酒，我告诉你杨总的故事，绝对值得你为之抛洒万言。"

面对小李好奇的目光，赖哥举起酒杯一饮而尽，然后开始讲起大东海海鲜酒楼创始人杨勇的故事。

杨勇来自黑龙江省佳木斯市，是一个不甘平凡且志向远大之人。生于1978年的他，十九岁外出打工，一路披荆斩棘、砥砺奋进，如今年富力强，事业飞黄腾达，令我等羡慕。这中间的奋斗历程，足以成书。

1997年，正是改革开放轰轰烈烈的时候，杨勇在家里坐不住了，他想干一番事业，于是决定离开家乡南下闯荡。第一站来到广州市白云区，机缘巧合之下进入物流行业打工。勤劳踏实的他，很快掌握了这个行业的操作流程。在积攒了足够的资金之后，他瞅准机会，在

2000年时来深圳开了一家物流公司，正式踏上创业征途。

深圳是改革开放的前沿阵地，欢迎每一个怀揣梦想而来的拼搏者。在这片礼赞奋斗精神的热土上，杨勇以满腔炽热情怀，一头扎进物流行业，撸起袖子加油干。

青春因磨砺而出彩，人生因奋斗而升华。他的经历正应了那句话：幸福是奋斗出来的。杨勇的事业进展得很顺利，短短五年就小有成就。2005年，他在西乡买了房，而后成了家，并将户口迁至深圳，成了新一代深圳人。他将理想的根扎进这片梦想的沃土，不断汲取更多营养和能量。

2008年，已在物流行业做出不俗成绩的他决定转行。他瞅准机会进军餐饮业。因为太想念家乡，想念家乡的山山水水，想念抚慰人心的烟火美食，经过多方考察，他开了一家以东北特色菜为主的野生大鱼坊。

大鱼坊主营东北少数民族美食，食材全部来自乌苏里江，非常正宗。离家久了，那承载着他美好记忆和乡愁的乌苏里江，一直在内心奔流不息，培养着他的壮志和豪情，为他擘画辽阔远景，使他脚步不停，从不懈怠。他期望寻找到一方理想家园，可以挥洒汗水，可以滋养梦想，可以寄放心灵。

为此，在经营野生大鱼坊的同时，杨勇一直在寻找发展壮大的机会。功夫不负有心人，他终于在宝安区的海雅缤纷城发现了商机。作为商业综合体，海雅缤纷城开业时竟少有餐饮商家入驻。机不可失，心思敏锐的他，找到两个老乡和一个重庆朋友做合伙人，很快加盟了两个品牌：四川德庄火锅和三汁焖锅。加盟后，生意一炮而红，但他并没有就此止步，而是乘胜追击，果断复制经营模式，在深圳龙华、河源、中山以及哈尔滨、佳木斯等地成功开了十几家加盟店。

十几家加盟店生意红红火火，可是深谋远虑的他深谙这个行业的发展规律。加盟店因为品类单一，生命周期只有三五年，以后免不了走下坡路，被新的餐饮品牌取而代之，如果不创新，终究会被市场淘汰。

他一直在潜心思索，什么行业、什么产品可以做成百年老店？

他一直在诚心等待，等待一个华丽转身的时机。

他一直在精心谋划，谋划新的出发，新的光荣，新的梦想。

事业的拐点出现了。2015年，他开始接触宝安区餐饮服务行业协会，善于学习的他深受协会同行前辈影响，拓宽了眼界，打开了思维。尤其是在会长洪哥的影响下，杨勇随后加入了宝安区餐饮服务行业协会。洪哥不仅热情好客，为人仗义，而且是个地道的美食家。作为福永海鲜市场的老板，洪哥对美食的研究痴迷到了吹毛求疵的地步。

有一天，杨勇应邀到洪哥家吃饭，他被洪哥对美食的执着和热情打动，第一次体会到，原来美食可以做到像洪哥这样精致的地步。洪哥当场示范，海鲜怎么做吃起来才真正鲜。那时正值冬季，是吃蚝的季节，洪哥做了一桌全蚝宴：蒸蚝、煎金蚝、白灼蚝、蚝汤……

每道菜，洪哥都仔细交代厨师，如何把握时间和火候。他说："煎金蚝要按分来计算，根据火力，下锅两到三分钟就起锅，这样煎出来的金蚝又香又甜；而对蚝的烹饪时间，同样精准到两到三分钟，这样做出来的生蚝，保留了鲜甜的原汁原味。"

洪哥对海产品的极致烹饪，产生了不可思议的力量，深深震撼了杨勇一直以来冥思苦想的心。一扇美食之门悄然向他打开，让这个移民而来的深圳人，开始把目光聚焦本地人钟爱的特色美食和独有的美食文化。

洪哥为什么对生蚝爱得如此痴迷？那是因为他们祖祖辈辈都生活在这片土地上，他们养蚝、吃蚝、卖蚝。蚝与他们的生命相互依存、彼此交融。蚝已不仅是一种美食，而是一种寄托，融入了他们的灵魂，或成为一种基因、一种品质，植入他们的血脉，代代相传。

他开始像洪哥一样，满怀激情去了解独具特色的沙井蚝，了解它的生长习性、历史文化和市场价值。他像哥伦布发现新大陆一样，一种难以言表的喜悦像雨后绽放的玫瑰，在花瓣上盈盈欲滴的水珠里，可以照见辽阔的天地和斑斓的梦想。他下定决心，要开海鲜酒楼，做以沙井蚝为主打菜肴的海产品。他要让自己的梦想浸入脚下这片土地，浸入这片既海纳百川又坚守传统的创业绿洲。

在杨勇心中，如此有特色的本地正宗海产品，如果作为招牌菜，不仅受本地人欢迎，也会受外地人青睐。因为对热爱生活的人来说，能吃到正宗的地方特色美食，是对美好生活的一种追求，人们借美食表达对生活的热爱和敬意。

杨勇决定开一家海鲜酒楼，他要成为餐饮服务行业的标杆，不仅美食要美，服务也要美，他甚至想改变行业的一些不良现象。因为，他忘不了那次让他耿耿于怀的就餐经历。

那一次，他带内地的朋友去一家餐厅品尝海鲜，海鲜倒是便宜又新鲜，餐厅环境虽然一般，生意却很火爆，就餐时要排很久的队。那天晚上，朋友下飞机后，紧赶慢赶八点才到这家餐厅。他们正想敞开胃享受美食，再喝点酒解解乏。可菜刚一上完，服务员就说他们快下班了，九点打烊，叫杨勇他们吃快点。

这要把顾客赶走的架势真让人哭笑不得，这样的服务体验实在糟糕，让人无法尽兴。杨勇深感无奈，他想要快速拥有自己的酒楼。一家好的酒楼，一定是让顾客乘兴而来，尽兴而归的。

就在这时，紧邻福永海鲜市场的福海海鲜市场成立了，福海街道大力招商。在宝安区餐饮服务行业协会一位朋友的介绍下，杨勇抓住了这个千载难逢的好机会。

他当机立断，立刻来考察环境，连连惊喜之余，他的梦想终于插上了等待已久的翅膀。他决定在这里开酒楼，做海鲜加工，于是迅速与招商部门对接，租下三楼楼面，大东海海鲜酒楼就此诞生。

兵贵神速，商场如战场，接下来，招兵买马，进场装修。

杨勇求贤若渴，目光对准当地比较出名的厨师，在丹桂轩厨师长的推荐下，他请来了第一任厨师华哥。此后，他还高薪聘请当时在罗湖宾馆任职的连姐来这里做经理，一起创业。开业之初，经验丰富的连姐成了酒楼的顶梁柱，任劳任怨，为酒楼能顺利开业立下了汗马功劳。

正当酒楼热火朝天进行装修时，杨勇无意中发现，二楼的酒楼均已开业，但生意寥寥。

这是为何？杨勇一打听才知道，因为这是个新市场，局面尚未打开，尚不为人所知，所以没有人气。

没有人气，哪里来的生意？

坚守，打造行业标杆

餐厅若无顾客，意味着什么？

杨勇陷入了深思。彼时，他已投了重资。

可开弓没有回头箭。面对困境，杨勇没有慌张，而是沉着应对。他想起当年经营野生大鱼坊时，也遇到过类似的情况，在做了几次大型促销活动后，迅速扭转了萧条局面。

他决定如法炮制。经商议，酒楼决定拿出一百万元来做宣传，其中五十万元做促销，五十万元做广告，为酒楼后续的经营架桥铺路。对于即将开业的大东海来说，这无疑是大手笔，有破釜沉舟的大气魄。

两种策略，同步进行。大东海首先借助一楼的海鲜市场，大搞波士顿龙虾促销活动，顾客只需花费一元钱，即可购得一只龙虾。买来的龙虾，可以拿到大东海加工，也可以自行带走。四千多只龙虾，一人一只，先到先得，售完即止。

一元钱一只龙虾，简直是天上掉馅饼！大家奔走相告——大东海海鲜酒楼搞促销，龙虾一元钱一只！人们将信将疑，纷纷涌向福海海鲜市场，促销活动一度引发市民抢购海鲜的热潮。

与此同时，广告的攻势如火如荼：利用微信朋友圈广告，通过大数据筛选，圈定爱吃海鲜的人群，定向植入广告；跟宝安电视台合作，十五秒的广告激情澎湃；深圳轨道交通11号线从宝安站到福永站的广告招商位，亮眼的大东海海鲜酒楼广告连续做了三个月，让乘客一饱眼福；宝安高端小区的电梯广告上，醒目的大东海海鲜酒楼招牌，更是把小区居民直接带到了酒楼。

吃海鲜到大东海，福海大东海海鲜酒楼，让你吃到新鲜平价的海鲜美食……广告促销效果立竿见影，不仅使酒楼人气飙升，同时带动了整个海鲜市场的人气。

人来人往，心有所期。大东海一度门庭若市。

人气来了，新的问题也接踵而至！

顾客盈门，厨师和厨房却出了问题。因为海鲜加工不同于传统菜品，需要现场宰杀、清洗、分类、蒸炒，很耗时间。尤其是晚餐，从六点开始顾客陆续而来，集中在一两个小时内进餐，这对新组建的厨师团队是巨大的挑战。厨房里，顾客买来的海鲜堆积如山，厨师由于不够熟练，以及协调不到位，根本消化不动。人力跟不上，加工的海鲜就不能快速上桌，顾客要等一两个小时，哪里等得了。

如果按传统配菜模式，根本无法解决海鲜加工的时间问题，酒楼亟须重新调整运营模式。当务之急，必须解决厨师配置问题。可如何合理配置人员呢？酒楼陷入新的困境。好不容易积攒起来的人气，不能因此付之东流啊。

天无绝人之路。在杨勇的带领下，大东海迅速行动。通过不断与同行学习交流，几个月后，大东海终于彻底摆脱了困境。在顾客的口口相传中，人流源源不断，生意逐渐兴隆。

顺境，总是与风险、挑战并存。

有一次，杨勇无意中发现，顾客把买来的海鲜交到厨房后，一楼的摊主派人紧跟上来，趁人不注意，就拿死的把活的换走了。

这个发现，令杨勇瞠目结舌。

这还了得？！杨勇在进一步调查中发现，原来海鲜市场鱼龙混杂，存在很多装水、少秤、掉包等不良现象，形形色色的坑蒙手段让人咋舌。

杨勇迅速召集会议，向酒楼员工再三强调，大东海要想成为行业标杆，必须把诚信经营放在首位。他要求员工加大监督力度，不许餐厅以外的人进厨房，并向市场发布公告，凡发现这种行为，将交由公安机关处理。

为了杜绝这种行为，酒楼随后安装了数个监控器，并设置了两个关卡——前台接待人员和厨房宰杀人员，对顾客拿来加工的海鲜当场验收斤两，有异常现象及时告知监控岗，绝不姑息。

当时，洪哥负责的福永海鲜市场也在整风，大力提倡诚信经营。杨勇敢于亮剑、敢于斗争，弘扬清风正气的行为，狠狠刹住了市场的歪风邪气，为维护市场秩序做了贡献。

但麻烦随之而来，没有海鲜档再愿意和大东海建立海鲜买卖与加工的合作关系。如果海鲜档不再推荐顾客到大东海，势必对酒楼生意带来一定影响。

杨勇对此非常苦恼。想让消费者吃到真正新鲜便宜的海鲜，就必须从根本上抵制这种不良之风。几番思量之后，他做了一个大胆的决定：自己建立海鲜档，并向顾客作出三大承诺——诚信经营、明码标价、足斤足两。

此举无疑打破了市场潜规则，为了顾及消费者，得罪了整个市场。于是，非难接踵而至。面对各种攻击和抹黑，杨勇想方设法顶住压力。

有人给他算了一笔账：如果你想做好人，那肯定赚不到钱，就像某家酒楼一样，也开了自己的海鲜档，但没钱赚，仅七天就因撑不下去而关门了。

是吗？杨勇行得正、坐得直，偏不信这个邪，他坚信自己是正确的，他必须坚持走正确的路。

自古邪不压正。事实证明他成功了。通过不断正面宣传，大东海赢得了越来越多的顾客的信任。此后，顾客无须自己挑选海鲜，可以提前直接在酒楼小程序上下单，酒楼帮顾客挑好海鲜并进行加工。

这样的信任，因为来之不易，更显难能可贵。如此，既解决了客流问题，又解决了诚信经营问题，可谓两全其美，皆大欢喜。

顾客的信任有了，海鲜的问题也解决了，从此酒楼一路高歌，经营进入良性循环，生意越来越兴旺发达，气象万千。

杨勇终于可以长舒一口气。

追梦，为沙井蚝背书

停顿，是为了更好地出发。

其实，杨勇从一开始就在思考，如果光有美食，没有文化，酒楼很难行稳致远。

他认为，酒楼选什么作为主打菜品至关重要，而其中所蕴含的文化同样至关重要。他以独到的眼光，在庞杂的海产品中，选出了三种极具本土代表性的海鲜——福永黄油蟹、沙井蚝、西乡基围虾，将以此为食材做出的三道菜——清蒸黄油蟹、蒜蓉蒸生蚝、扎兰蒸基围虾，作为大东海的招牌菜，再配上烧鹅等诸多家常菜。大东海必走出一条特色经营之路。

为了进一步挖掘基围文化，杨勇开始接触当地渔民。他了解到曾经以打鱼养蚝为生的基围人，从水中到岸上，从贫穷到小康，在这一路的奋斗征程中，产生了众多基围风味美食。他们的一日三餐，必有海鲜。

这一发现，让杨勇如获至宝。于是，大东海根据基围人的独特经历，设置了承载回忆和历史的基围菜谱，受到当地居民热捧。

此外，通过走访本地风味海鲜餐厅，他又发现，蚝菜桌桌必点。于是，他经常到洪哥的办公室取经，学习如何做蚝美食和挖掘蚝文化。洪哥对蚝的鉴别水平极高，蚝一入口，他就能鉴别出这蚝的产地在哪里。这样的敏锐味蕾，这样的鉴别功夫，绝非一日之功，杨勇也因此坚定了深入了解蚝菜品的决心。

通过洪哥，杨勇了解了山东蚝、福建蚝、台山蚝及乳山蚝的不同特点，并在洪哥的指导下，研制出了蚝的很多做法，其中以清蒸、烧烤最受欢迎。酒楼根据不同产地生蚝的特点，冬天以台山蚝为主，夏天以福建蚝和乳山蚝为主。从此，蚝在大东海的餐桌上从不缺席。此后，生蚝品类占据大东海海鲜的主导地位，大东海尽力为沙井蚝品牌背书。

如今，沙井蚝虽然异地养殖，但沙井蚝还是沙井蚝，沙井蚝的千年历史文化一直在。这样厚重的饮食文化，成为杨勇心头的一片绿洲。他把目光对准福永海鲜市场，那里是深圳批发蚝的聚集地，可以对接各种好的资源，还可以顺藤摸瓜找到蚝民。他想去蚝生长的地方看看，去和上天恩赐给人类的精灵直接对话。

在洪哥的牵线与带领下，他们去到阳江，拜访了当地最大的生蚝批发商。批发商把他们带到河冲某个码头，那是当地最大的生蚝聚集地之一。在这里，杨勇看到了一望无际的蚝排，看到了滴着海水刚刚上岸的鲜蚝，还看到了当地熬制蚝油的原始方法：用大锅煮以及熬制和晾晒的过程。新鲜蚝油每斤一百五十元，当地人排长队购买，竟是一斤难求。

如此盛况，让杨勇心潮澎湃。他想，这种原生态的好东西，要是带回深圳熬制，该有多好。蚝油口味新鲜，可保持三四个月的鲜度，无疑可为各类海鲜菜品锦上添花。

他和洪哥找到阳西一家养殖场，与之交流生蚝养殖过程和培育过程。这家养殖场面积很大，很多客户来此或考察或购买生蚝。如果能把生蚝的衍生产品带回家，会不会更好？

杨勇的思路一直活。他想，整个蚝业的产业链并不复杂，餐饮企业在整个生蚝产业链上，除了制作美食还有什么定位，能不能跟养殖户合作，延伸拓展一下，在产业链中发挥更大的作用，让生蚝除了是美食，还是传播历史和文化的使者。

这是他的梦，他一直在追的梦。他梦想着，如何才能把本土的海产文化更好地发扬光大。

…………

"梦，什么梦？赖哥，你是不是又开始讲杨总的故事啦。不过说真的，我在大东海工作六年以来，真的很开心、很感恩，这里待遇好、老板好。杨总像个朋友一样，就算我们做得不好也从来不重罚，总是默默支持、鼓励我们，上班就跟回到家一样。"

忙完大厅事宜的连姐，心里记挂着贵宾，急忙赶来照看。刚走到包房门口，就听到赖哥夸赞自己的老板，心里美滋滋的，好一番感慨。

"沙井蚝，等着我！"听到这，小李已经佩服得五体投地。他记住了沙井蚝、黄油蟹、基围虾，以及那个心恋东海，甘做基围文化背书人的杨勇。此人、此事、此酒楼，已成为这年中秋最优美的一个音符，与窗外那轮圆月一起，随风起舞。

第五章

一生爱蚝成痴绝

开哥全名陈植开。陈姓，与曾姓、江姓一样，是沙井大姓。陈氏家族是沙井望族。陈氏大宗祠，位于沙三村三巷、四巷之间，与陈朝举墓遥遥相对，如今已成为宝安区不可移动文物。

这处特殊存在，不仅是陈氏子孙心灵的依归，更是沙井历史和文化的溯源地之一，是蚝乡蚝人精神谱系的定盘针。曾在祠堂上小学的开哥，作为一个地地道道的蚝民，当其他人都在享受悠闲富足的收租生活时，他胸中却激荡着先辈的胸怀和志向，在多方协助下，为蚝文化的传承砥砺奔走，不遗余力。

他因此被人称为"蚝痴"。

学王阳明，格石塔、格祖屋

沙井古墟，旧蚝三村八巷10号，开哥祖屋。

曾养育了几代人的祖屋，在风侵雨蚀中，如今已坍塌。成为废墟的祖屋，有几分神秘，像脱胎换骨后留下的蝉蜕；更有几分壮观，像破茧成蝶后留下的陈茧。那些长满斑点的旧事，层层叠叠，隐藏于瓦砾烟尘深处，既目送时光远去，又等待时光归来。

等待是寂寞的，但寂寞是可以发光的。在发光的等待中，终于等来了悦耳的脚步声、惊奇的赞叹声。秋日午后，有人拨开岁月的蛛网，踏花而来。阳光在老墙根处欢笑跳跃，小主人开哥终于带着使命回来看它了。

祖屋就像一位长者，老远就投之以慈爱的目光。眼前的开哥，身板敦实强壮、五官棱角分明、皮肤黝黑光亮、头发浓密微卷。这一看，就是个不肯轻易向生活低头、有个性的"痴"人。在古墟怀抱里长大的孩子，身上自带野蛮生长的倔劲，如今他家大业大，已长成顶天立地的大树了。

天地焕新,岁月如常。祖屋虽已没有了屋,失去了屋的形状和功能,但它的位置还在。位置还在,精魂就还在,记忆就不会失去蓬勃生长的土壤。

咚咚!咚咚!古巷的地砖与脚底的碰撞依然铿锵有力。开哥和妻子余彩群在前面引路,处处发灰发黄,连他们也不敢认了!我们跟在后面,步步小心翼翼,生怕吓跑了脆弱而陈旧的光阴。走过东边的街,穿过西边的巷,绕过南边的古榕树,跨过北边的围头井。上百间挨挨挤挤且彼此串连的古屋,就像一个复杂的阵式,等待我们去破解。

1

第一个要破解的阵式,是龙津石塔。

经过沙四村时,传说中的龙津石塔隐于树荫深处,静静等待各种事物的光临。

时光逆流,光斑跳跃,古老的渡头人影幢幢。目光如箭,一射千年。宋朝时,这里曾是沙井渡口。今时今日站立渡口,眺望远处,遥想当年:腥咸的海风越刮越猛,不经意间波涛便汹涌而至。海中似有蛟龙肆虐,巨浪翻滚,席卷两岸,归来的蚝船在海浪中漂摇,岸上的蚝民与渔民被吹得东倒西歪。这样的画面时时出现,让百姓苦不堪言。宋嘉定庚辰年间,归德盐场的盐官承节郎周穆,见此景忧心忡忡。为了还百姓安宁,他积极行动筹集善款,很快在河面上建起一座石桥。

不料,石桥建成之日巨浪滔天,海中似有蛟龙兴风作浪。于是,他请人在桥一侧建起一座高一丈二尺的龙津石塔,以镇蛟龙。神奇的是，石塔建好以后，海面立即风平浪静。此后，渡口常年风和日丽，渔民、蚝民和盐民常在此停留聚集。此处风景宜人，弯弯的石桥、神秘的石塔，使渡口景色更加迷人，来往船只常在此靠岸卸货，蚝民也常靠这一渡头卸蚝运蚝。

久而久之，这里客商云集，便形成了一个渡头海鲜集市，喧嚣热闹。蚝民也常在此售卖鲜蚝，日子一久，蚝市渐成，附近的人们闻讯争相来此，抢购刚上岸的新鲜沙井蚝。

就这样过去了许多年，光阴停留在了清朝。此时，这里聚集了许多卖鱼卖蚝的百姓和经营海鲜生意的商人。为了抢占有利地势，人们在渡头周边争相建房起屋。于是，房屋一年比一年多，村落格局一年比一年大，人丁也一年比一年兴旺。

然而，村庄渐起，河口却有苦难言，成了堆积泥沙与垃圾之所。而在小河沿岸，水流冲积之力使泥沙渐厚，日积月累中河床增高，小河改道，渡头渐渐成了陆地。渡口远去，往深海推进。而曾经的渡头成了炊烟袅袅的村庄，只有石桥和石塔留在原地，屹立至今。残存的龙津石塔和只剩四块石板的龙津桥，带着千年时光，收藏起古时渡头蚝市的繁华喧嚣。

渡头消失换新装，渡口远去起沧桑。匆匆探视中，难消离别的怅惘，难解逝者如斯的恍惚。咀嚼复咀嚼，怅惘仍怅惘，恍惚犹恍惚。赶紧离去，否则迈不开的双脚，会陷入更汹涌的沧海。

2

彩群在前开路，开哥断后护航。往巷子里一拐，才离沧海，又入桑田。我们随即来到沙四社区围头七巷10号——龙津石塔附近的观音天后庙，这是此行要破解的第二个阵式。

一阵风吹来，吹乱了我们额前的发梢，却吹不灭凝固于砖石间的祈祷。曾经香火鼎盛的庙宇，藏身于上百间古屋之中。堂前巷子又小又窄，若不是门前那块碑和那护佑蚝民平安的观音天后，岂能识得？碑是2000年6月12日沙井镇人民政府所立，上面所示：观音天后庙为沙井镇文物保护单位。

一种仪式，可以串连起千家万户的祈盼；而一种探访，能否点燃陈家在初一或十五祈福的一星烛光？

曾经，日子像田园牧歌般纯粹。晒网打鱼，出海养蚝。在几百年前的元明时期，这里叫长乐清平围，居住于此的，绝大多数是陈氏族人，多为养蚝打鱼人家，特别崇拜观音天后。每逢出海之日，或是初一、十五，他们都要拜祭观音天后。

为祈求庇佑，保族人平安，在族中有威望的长者建议下，观音天后庙于元初筹资建成。此后这里香火不断，香客不绝。古庙历经数百年，有砖墙壁瓦桁木破漏之时，族人及时修缮。清道光九年，族人还对古庙进行过一番重大修缮，其中蚝塘的蚝民更是出钱出力，捐款者达八十六人之多。

为表彰这种好善乐施之举，进士出身的乡人蔡学元撰写了重修观音天后庙碑碑文以示铭记，并凿石立碑于庙内壁上，保留至今。1957年，古庙因年久失修，在雨打风吹中檐烂墙破，以至倒塌，只留下遗址。然而碑文仍在，清平围陈氏渔民蚝民遗留下来的烧香习俗，依然代代相传，每逢初一、十五，仍有不少香客在此烧香拜佛。

如今，天后庙大门终日紧闭，门前的香炉内还有不少新燃过的香烛，余香袅袅绕人鼻息。我们整理仪表，双手合十，向守护一方的神灵鞠躬行礼，祈求身心无碍、国泰民安。昔日香火燃至今日，香烟一直萦绕在蚝民心中，从未散去。

3

巷子深深。离开天后庙，脚踏沉默已久的青砖，咚咚的回声悠悠长长，震动了不远处一口围头井。井水晃动，一井天空上，白云朵朵，飘在时光深处。

水井映衬的，是人间烟火，曾经从这里发出的欢声笑语，早已沉寂。有人说，来到沙井不看井，那等于没来沙井。作为此行破解的第三个阵式，围头井的碧波荡来漾去，似在向行人发出邀请。

都说沙井水井特别多，几乎村村都有三五口老井，各村分布着大大小小数百口水井。相传最有名的是四大井，即围头井、云林仙井、云溪井、沙井甘泉。

此处的围头井，造型古朴大方。井台用六块花岗岩砌成，井栏口与井口均呈六边形，井墙用青砖砌成圆形，井底为沙层，铺着石板，井口一角立有井公石。

井水哗啦啦溢出，水犹清洌。该井水质果然好，且永不枯竭，把蚝民的生活滋润出如蚝肉般洁白鲜嫩的品质。

"这可是沙井镇保存最为完整的古井之一，对研究沙井村的形成及发展具有十分重要的价值。你看，沙井镇人民政府于 2000 年 6 月公布此井为沙井镇文物保护单位。"喝此井水长大的开哥，便是最好的证明，田中有蚝，地下有井，眼中有光。

这真是一块神奇的土地。这里因珠江和茅洲河的不断冲刷，带来了大量泥沙，逐渐形成了滨海平原，土质属滨海沙土层。井水经过沙土层层过滤后，变得清澈透亮，甘甜无比，而且水底见沙，"沙井"这个地名由此而来，一直沿用至今。

好个沙井。在井边站得久了，那些沉寂的声音，便会再次响起。你能听见嘻嘻哈哈的欢声，东家长西家短的笑声，以及嘭嘭嘭的捣衣声。活色生香的故事，像井水一样永不干涸。

4

走过龙津石塔，拜过观音天后庙，品过围头井水，我们看似破解了这些阵式的源头，但更像是这些阵式破解了我们的心思。终于，我们走向了将要解密的祖屋。

"快到了，快到了，就在前面。"彩群目光清澈、声音脆甜，处处透出精明干练。开哥得此贤内助，可谓如虎添翼。虽未曾在这里住过，但对夫家的祖屋，彩群却有着别样的深情和热情。

抬头，电线高架于空中，是光的道路，是鸟儿的歇脚点，更像是无数的感叹号。这里，曾是沙一村、沙二村、沙三村、沙四村，以及蚝一村、蚝二村、蚝三村、蚝四村。八村纵横交错，村村相连，户户相接，像一个巨大的城堡，被包围在四周崛起的高楼中。

"会不会在不久的将来，它们将不复存在？"

"不会的。"开哥介绍说，"目前，政府正在对沙井古墟进行保护与活化，历史与现实将会完美交融。以前，沙井这个村子实在太大了，当地人习惯叫它沙井大村。1951年前后，政府实行土地改革，分田地。

当时规定，凡弃渔从耕，愿种田种稻的渔民蚝民，都可以分得田地，实现耕者有其田。凡是继续以渔蚝为业、以海为生的渔民蚝民，则不分耕地，只分建住房用的宅基地。同时，政府划定沙井周边沿海为渔蚝生产作业区，原有蚝田分给蚝民管理，养蚝者得蚝田。这样，当时除了少数渔民蚝民弃渔从耕分得水田耕地外，大部分仍坚持从事渔业蚝业的渔民蚝民，只在原居旧村中分得了建住房用的宅基地。

"后来，为了更好地进行管理，政府将沙井大村中从事农业耕作的农户按地域分布划分为沙一、沙二、沙三和沙四四个农业自然村。同时，又将沙井大村中从事渔业蚝业生产的渔民蚝民按地域分布划分为蚝一、蚝二、蚝三、蚝四四个自然村。居住地没变，大村状态没变，只是行政管理划分和称谓发生了变化，从而形成农户与蚝户'插花'，农业村与蚝业村'插花'的现象。这种状态一直保持至今，就成了眼前所见……"说着说着，祖屋终于到了。

"好久没来了。"看着祖屋，开哥眉宇间漾出别样柔情。

日影西斜，阳光绕过百余间祖屋院落，稳稳地落在坍塌的墙堆上，照耀着蓬勃生长的蔬菜、花草和新旧堆积的尘埃。巷子里看不到其他人，外面车水马龙喧嚣繁华，这里却与世无争、岁月静好。在废墟的前后左右，那些门前晾着衣物的房子里，住的多是外地人，本地人早已迁往新居。租不出去或不愿意出租的房子，就空着，摆设照旧、门窗照旧。

开哥的工厂就在不远处，壆岗社区立岗北路1号，离这里走路不到半个小时。这个神奇的下午，我们从工厂来到这里拜访古墟，一定惊扰了很多安静的事物。

废墟上，矗立着几棵两米多高的木瓜树，粗壮的树干将长叶撑成伞状，青色的小木瓜抱成一团，结在茎叶遮蔽处，多么快活；而依墙生长的茶豆，高低错落，枝叶繁茂，它们努力向上攀爬，耳朵状的紫色小花，如繁星闪烁；匍匐在地的淮山也不甘示弱，藤叶蔓延，长得蓬蓬勃勃。

对它们而言，焉知废墟不是乐土？培育它们的，或许是住在附近的外地人，且多是与土地相依为命的农人，他们对土地始终抱有一种深情。土地是生存的希望，他们见缝插针种下的，不是贪念，而是一份对美好生活的期盼，一种乐观向上的豁达。

守护它们的，是人，本分善良的人；而它们守护的，是魂，百年村庄的魂。

此时，有个妇女走出房门，目光警觉，在不远处假装晾晒衣物，眼睛却瞟向这边，随即很快返身进屋，不再露面。她们或许很少出门见世面，心甘情愿在家里洗衣做饭，照看小孩和老人，为外出打工挣钱的男人经营一个温暖的家。她们或许怕这份安宁被人打扰，甚至被人破坏。她们可能并不知道，她们租住的村子不仅有丰厚的历史，更有辉煌的未来。

这一方古墟，灰色屋顶飞檐翘角，墙体发黑发暗，狭窄的巷道里甚至散发出腐朽的气息。唯有这些绿色的植物，用蓬勃的生机，抵御古墟的衰老，守护时光深处的烟火。

5

"那是什么？蚝壳！"祖屋坍塌了一半的墙体，石灰掉尽处，层层蚝壳历历在目，边缘的锋利已被岁月磨平，但壳体却坚硬如石。

"这是蚝壳墙。"开哥说,"我们曾经住的是蚝壳屋。祖屋是祖辈建的,该有一百多年历史了,所以这些蚝壳百年之前就有了。"

百年蚝壳!我突然灵光一闪。我们此次为蚝而来,而它们,在此沉默百年,被泥土和石灰等包裹,为蚝民遮风挡雨。当蚝民苦尽甘来,奔向新生活,它们使命完成后,此刻的显现,焉知不是等待,不是召唤,不是思念?

"我要带走它们!"我正愁找不到信物,这可是可遇不可求的缘分。此言一出,开哥咧嘴大笑,和同事安贵一起,赶紧用棒子挑开泥土,一边帮我挑选有价值的蚝壳,一边介绍起蚝壳墙的由来。

他说:"对沙井蚝民而言,建蚝宅成本低,可就地取材,平均每平方米蚝壳墙需要上千枚生蚝壳。建蚝壳墙时,将蚝壳拌上黄泥、红糖、蒸熟的糯米,蚝壳呈鳞状以向下45度的方向,码得整整齐齐,一层层向上堆叠,蚝壳砌在墙外,方便雨水下泄,同时避免雨水侵入内墙,可保持室内干爽。加上蚝壳质地坚硬细密,表面凹凸不平,在日照下可形成大片的蚝壳阴影,从而起到隔热作用,因此蚝壳墙又被称为凸砖遮阳墙,对于抵御岭南常年湿热的气候非常有效。而到了冬天,构造细密的蚝壳墙,又能起到保暖的作用。

"蚝壳墙不仅遇水不溶,还具有天然抗风功能。因为蚝壳是碱性的,对于防虫也很有效,像白蚁之类的害虫,完全不喜欢这种环境,所以蚝壳屋是不怕虫害的。你们看看,蚝壳表面凹凸不平,那些不规则的棱角非常锋利,盗贼在攀爬蚝壳墙时,一不小心就会被蚝壳割伤皮肤,所以盗贼对蚝壳墙是很忌惮的。这样的蚝壳墙,哪怕遭遇强大的外力击打,也很难损伤,据说还能扛住子弹的攻击呢。你们有空,可以去步涌社区的江氏大宗祠看看,那里的蚝壳墙至今保存完好。"开哥如数家珍，不负"蚝痴"之名。

以前，我对蚝壳屋有所耳闻，料想不过是宣传作秀，具有观赏价值罢了。可当听一个蚝民自豪地讲述它的价值时，突然感觉那些砌在墙上的蚝壳，如千军万马，荷枪实弹，神圣不可侵犯。

生，用美味蚝肉滋养人类；死，亦用坚硬铠甲保护人类。这种吸附而生的硬壳生物，让我肃然起敬！以至于拎蚝壳的手，变得格外小心翼翼。

"蚝壳除了可作建筑之用外，还浑身都是宝呢。据专家介绍，碳酸钙占生蚝壳质量90%以上。蚝壳是一种宝贵资源，可应用于诸多领域，如医药、食品保健及制作各种添加剂等。同时，蚝壳也是一种传统的中药材。中国药理工作者在传统医学基础上，运用现代研究手段，对其作了深入研究，发现其药效包括安神养心宁志、平肝熄风及平肝潜阳、化痰止咳等。此外，蚝壳与龙骨中均含有大量的钙与丰富的微量元素及多种氨基酸。未来，蚝壳或有可能作为龙骨的替代药材。"开哥对蚝壳的介绍，不仅为蚝的魅力加分，更能从中窥见他对蚝的痴迷。

蚝壳共有八块，有好几斤重。两块大的，像是一对，足有二十厘米长，三厘米厚，估计在海里生长了十来年；六块小的，在海里也要三年才能成熟。蚝的外壳粗粝坚硬，内壁却十分光洁，闪着晨曦与晚霞的光泽，颜色偏暗的背面，有一层层扇形纹路，它们彼此粘连，随着时间的变化向外不断叠加。轻轻敲打蚝壳，还会发出清脆的回响。

天地垂象。坚韧的表象里，往往藏着柔软的精华。铁汉柔情，莫过于此吧。

提着沉甸甸的八块蚝壳，像提着百年时间。拿回家后，消毒、清洗、晾晒，再用塑料筐装起来，放在我的电脑桌前。天天看着这些蚝壳，就像心学大师王阳明一样，少时发誓要做圣人的他，在程朱理学的启发下，想穷尽格物致知之理，于是终日蹲守竹林，为后世留下"守仁格竹"的佳话。

　　天地无人，水流花开。我是王守仁的粉丝，此时我想学一学他，格一格蚝壳。但我要格的，不是天理，不是人欲，而是想要从那一层又一层的壳纹里，格出沙井蚝千年不绝的涛声，格出蚝民出海养蚝的脚步声、风里浪里的号子声，格出海上丝路中蚝船突突的汽笛声。

等草木发芽，等孩子长大

黄昏，夕阳从古墟屋顶陷落，那尖尖的檐角像一条弯曲的黑线，把夕阳的余晖切出两个俏皮的弧角。

"这孩子，天都快黑了，咋还不回家，八成今天又逃学，不知去哪儿混啰。"阿妈隔着窗户，看着夕阳的余晖越来越小，眉头拧成了疙瘩，在屋里急得团团转，自言自语。

孩子他爸今天突然提前一天出海回来，她原本开心得不得了，有半月不见他们父子，她天天盼着、想着、担忧着。在浅海滩涂上养蚝，日晒风吹，吃尽了苦头，回到家，要好好给他们补补身子。

这本该全家团圆的日子，可……

1

"这个开仔，太淘气了。贪玩都忘了回家。阿妈，阿爸不在家时，你可千万别宠着弟弟。"十八岁的大哥已成了一名养蚝能手，算是家里的顶梁柱了，他一边帮母亲把一盘鲜美的小螃蟹往桌上端，一边叹着气说。

二哥和三姐正坐在桌边，肚子发出咕咕声。桌上的鸭粥正冒着热气，一碗白灼海虾香气扑鼻。他们使劲咽着口水，阿妈却不允许他们动筷子，说开仔还没回来，好不容易他们阿爸出海回来，要等一家人齐了才能吃饭。于是，他们嘟着嘴，抱怨着，这个弟弟，都十来岁了，越大越不懂事，害得他们饿肚子。

"唉，开仔要是能像你们仨这么懂事，就好了。"阿妈有些无可奈何。她是大家闺秀，受过良好的家庭教育，自从嫁到陈家，日子虽过得穷一些，在她的勤劳操持下，始终保持着良好家风，对几个孩子管教从严。唯独小儿子开仔，性子野，调皮得很，最不让她省心，是几个孩子中挨骂挨打最多的。平日虽惧怕他阿爸三分，但一旦他们出海了，开仔就像脱了缰的野马，不好好上学，像个小太保，成天在外瞎混。

天色越来越暗。巷子拐角处，出现几个小小的身影，个个脸上带着泥污，像小花猫。他们正背着书包从陈家祠堂附近的一条小路钻出来。白天书声琅琅的陈家祠堂，此时寂静无声。开仔透过门缝，只见看门的陈老头正在露天院子里吃晚饭。

陈老头年逾古稀，头发花白，背有些驼了，拿筷子的手略显枯瘦，手背上的青筋清晰可见。桌上，一碟花生米，一盘鲜炸小虾，一盘发菜，也算丰盛。他喝一口小酒，吃几口小菜，偶尔抬头望望墙外灯火渐起的村庄，再抬头欣赏一下黄昏中威严肃穆的祠堂屋顶，表情颇为满足。孩子们都去香港定居了，老伴也走了好多年了。能与陈家祠堂相依为命，是他最好的归宿。

"凤集高冈伫看文明天下，龙蟠沙井行将霖雨苍生。"大门左右的木匾楹联气势浩然，他早已熟记于心。多年的相守，他对祠堂的记忆与资料上介绍的内容不差分毫——

砖木石结构，五间四进三天井院，硬山式屋顶，绿琉璃瓦覆面，正、垂脊均作博古饰。

坐西北朝东南，面阔18.2米，进深55.5米，占地面积1010平方米。

门楼明间正中辟门，门上石匾刻"陈氏宗祠"；前中厅，宽五间；后金柱间，木构屏风，上悬"义德堂"牌匾；后中厅，宽五间，前后金柱上各有楹联一副，前联"锦浪流通思祖泽，金鱼袋赐仰宗功"，后联"锦浪楼登思祖泽，金鱼牌赐念祖功"；明间后部供奉祖宗牌位；后厅，宽五间，山间彩绘有山水、花鸟及书法题记。

厅与厅之间，均联以卷棚顶厢房，廊（厢）房均以绿琉璃瓦覆面……这些数字、房屋材质、方位、对联，陈老头每天要看上几十眼，十几年来看了成千上万次，他闭着眼睛都背得出来。

陈老头在这里守护的十多年，祠堂毫发无损。这里曾名"义德堂"，不知始建于何年，但曾在清乾隆、道光年间重修，现存祠堂为清代中后期风格。义德堂是沙井陈氏的中心，分布在从虎门到后海珠江入海口东岸的沙井蚝田，都归义德堂所有。义德堂有武装的船只巡视蚝田，保护蚝业生产，收一定的管理费……想起这些，陈老头脸上露出一丝微笑，他也曾是养蚝能手，年纪大了，干不动了。老了能为祠堂点灯，每日听着孩子们琅琅的读书声，日子也格外温暖、亮堂。

此时，黄昏中的义德堂，彩绘当空，威严神秘。看着陈老头吃得香，饥饿感袭来，开仔咽了下口水，警惕地左右察看，确认同学和老师都已经离开了,招呼大家走出来。

听到门外有孩子的嬉闹声,陈老头摇摇头,不用猜,准是那几个经常被老师批评的调皮鬼。

此时,陈天筹、黎泽均等几个小伙伴你推我搡,仍在嬉笑打闹。听说无人,他们开心地吹着口哨,一蹦一跳各自往家里走去。此时正是五月天,是培养蚝苗的好时节,几个小伙伴的阿爸都出海到南头的蚝田去了,不受阿爸管教的日子像风一样自由,别提多快活了。这一天,他们玩得可开心了,不仅去村口的榕树上掏了鸟窝,还去街上赊了些美食吃。看着两个伙伴回家去了,开仔心里美滋滋的,伸出舌头舔舔嘴唇,回味着今天和伙伴们去市场某个档口分享的美味艾饼。

他心里嘀咕着,白天他们坐在小吃店里,那个瘦小的客家老头怎么那么痛快就把艾饼赊给他们了?开仔哪里知道,这些账,那个老板早就记在他家头上了,隔阵子就去他家收款呢。母亲为这事,可没少向人家赔不是。

2

想到这儿,他颇有几分得意。

"站住!"前方一声断喝,开仔心里咯噔一下。家门外的巷口,一个高大的身影挡住了去路。怎么是阿爸!此时,阿爸正怒目而视,双手叉在腰间。阿爸不是出海去了吗?他撒腿就想跑,可来不及了,父亲一个箭步上前,像拎小鸡一样把他拎了起来。

"还想逃!你小子,趁我不在家,就这么不老实,又逃学,看我不好好收拾你一顿。"阿爸是真生气了,他抡起手掌,朝着开仔的屁股打了下去。养了一辈子蚝，本指望下一代能学出个名堂，摆脱养蚝的命运，可这孩子偏偏不争气，不好好念书，经常被老师投诉，不仅逃学，还和同学打架，有时鼻青脸肿回到家，他和老婆恨铁不成钢，又心痛又生气。

尤其是老婆，娘家家境优渥，下嫁给他后吃了不少苦，孩子的事，更让她操心不已。尤其是他出海以后，这孩子不知给她惹了多少麻烦。为了让他能安心出海，老婆啥话都不说，家务活一个人扛着，老师的投诉一个人扛着，孩子惹的祸事也一个人扛着。每次出海回来，看到老婆憔悴的面容，他就格外心痛。想到这，他气不打一处来。

啪啪几下，阿爸下手有点重，开仔捂着屁股痛得哇哇大叫，从地上跳了起来。他眼里汪着泪，压着哭声，心里后悔不迭，没想到今天被出海归来的阿爸抓了个正着。若是知道阿爸今天回来，他肯定乖乖按时回家，等待他从海上带回来的惊喜。平时阿妈舍不得煮好吃的，都留着阿爸回来再吃。因为嘴馋，他才和伙伴们上课时溜出去找东西吃。平时几个小伙伴凑到一起，还会互相攀比。这个说我阿爸上次回来带的大虾可好吃啦！那个讲我阿爸带回来的海鱼可大呢！

靠山吃山，靠海吃海。大海是慷慨的，丰富的海产资源，是对辛勤劳作的蚝民最好的赏赐。所以蚝民们每次从海上回来，总会带些海产品回家，改善一下生活。若是往常，开仔一定会和阿妈一起站在码头，等待阿爸和阿哥扬帆归来。船帆点点，他眼尖，总会最先认出家里的船，等船在码头一靠岸，他便迫不及待地跳上去，拎阿爸从海上带回来的战利品。当然，蚝除外。蚝对蚝民而言，那就是钱，他们一般是不会轻易吃的，只有在重要的节日才会端上饭桌。但那些活蹦乱跳的鲜虾鱼蟹，已经是人间美味了。

想到这里,开仔的眼珠骨碌碌一转,今天晚上一定又有好吃的啦。

"阿爸,我知错啦,下次再也不敢了!"开仔顾不得痛,连忙小声向阿爸认错。若不是气愤之极,当爸的也不忍心真打孩子。"走,跟我回家,下次再这样看我怎么收拾你。"阿爸佯装十分生气的样子,拎着孩子的书包回了家。阿妈看见父子归来,为防止老公一番数落,赶紧招呼孩子们吃晚饭。

所有的不愉快,都挡不住一顿美味的晚餐。开仔双手并用,吃得满嘴都是油。他忘记了身上的痛,甚至在心里憧憬着,哪一天他也能像阿爸一样出海养蚝,早晨迎着晨曦,站立船头,看海上升起红彤彤的太阳;晚上睡在船上,枕着涛声,看满天星辰入眠。这是多么令他心潮澎湃的画面啊!

"开仔,你吃完了,记得去把作业认真写完。"开哥正吃得香,身旁的阿妈用胳膊肘碰了碰他,示意他别再惹阿爸生气。开仔心知肚明,知道阿妈疼他,朝阿妈做了一个鬼脸。吃饱饭,他知趣地回到房间。

不一会儿,他就听到门外传来父母的争吵声。一定是为他逃学的事!开仔吓得闩好了门,唯恐父亲再冲进来打他一顿。

3

这就是小时候的开哥,一个令老师头痛、令父母皱眉的捣蛋鬼。物质匮乏的年代,肚子都填不饱,坐下来认真学习对他来说太难了。在陈家祠堂上学时,他常趁老师不注意,当着祖宗的面,和小伙伴一起,偷偷溜出去找东西吃。日子一长,渐成恶习,难以改正,阿爸阿妈也拿他没办法了。

好不容易撑到小学四年级。开哥十二岁时，时局不断发生变化，宝安县很多人去了香港。多年前，村里人就听去了河那边的人写信回来说，深圳跟香港简直就是两个世界，这边滩涂遍地，那边灯火璀璨；这边日子穷得叮当响，那边是东方之珠黄金遍地。

开哥曾听阿爸讲过，在三年困难时期，沙井蚝业受到影响。正当蚝业可以恢复原来发展规模之际，"文革"开始了。村里每天搞各种运动，各项生产几乎停滞，人们生活窘迫，一些沙井青壮年蚝民铤而走险，借船偷渡去了香港。村里原本近八千个蚝民，"大逃港"时期剩下不到三千人，蚝业再次陷入低谷。如今，几乎每个沙井家庭，都有近一半的亲人在香港居住。在香港元朗厦村，经营海鲜酒楼的几乎都是沙井人。出走香港，大都是当年人们为寻求活路不得已作出的选择。

1979 年，改革春风吹遍神州大地。国家政策变了，为了过上更好的日子，开哥的哥哥姐姐也去了香港。他们走后，家里人少了。阿爸出海后，家里就剩下阿妈和开哥了。阿爸干脆让儿子回家，帮家里干活。他平时出海养蚝，常常十天半个月不在家，家里活太多了，要晒蚝、卖蚝。尤其是晒蚝，得有个人盯着，太阳到哪，就把蚝移到哪，还得不停翻晒，老婆一个人根本忙不过来。儿子在家帮手，多一个人，多一份力。

"其实，在二十世纪六十年代，做蚝民是很自豪的。姑娘找对象，第一找工人，第二找蚝民，最差的才找农民。当时，家婆家境很好，可以说是当地数一数二的富裕人家。之所以选择蚝民的家公，是看中了家公的人品。家公吃苦耐劳，是养蚝能手。嫁给家公后，家婆也很能吃苦。

"那时，沙井有一条蚝街，就在以前的沙井人民医院对面。每天早上五点钟蚝街就开市了，很多广州来的蚝贩子来这里收购，干蚝一百元一斤，鲜蚝十几块一斤，蚝市行情很好。中午前去卖蚝，都会卖个好价钱。为了赶早场，家婆经常天不亮就叫开哥起床，母子俩一起上街。开哥爱睡懒觉，多次误了好市场，没少挨家婆的训。"

彩群是个好媳妇，像歌中唱的那样孝顺——在妈妈老去的时光，听她把儿时慢慢讲。在家婆上了年纪时，她经常陪着老人家，听她津津乐道过去的时光。陈年往事在反复咀嚼中越来越鲜活、茂盛。

"我小时候的这些事情，你怎么了解得这么清楚？"彩群说完，开哥大为惊讶，眨眨眼笑笑。而正是这个小时候调皮捣蛋的开哥，日后却成了沙井蚝业生产与传承的守望者。

光阴一茬一茬地生长，就像陈家祠堂前的榕树，枝叶不停地伸向空中。当一棵榕树的枝叶快要伸到围墙顶部时，开哥十四岁了，开始长喉结，开始变声，开始长成一个浓眉大眼的英俊少年。而阿爸的腰，在长年累月中也被海上的风吹弯了，脸上的皱纹变得更深，头发也开始见白了。自哥哥姐姐到香港谋生以后，家里的蚝田需要帮手，阿爸决定，带开哥一起出海。

"草木会发芽，孩子会长大。岁月的列车，不为谁停下。"开哥的人生，也如歌中唱的那样。他长大了，就该挥别童年嬉笑玩闹的时光，走向蚝田，学会挑起生活的担子，或者是天意赋予的担子。

孩子，去乘风破浪种蚝吧

要出海了！开哥异常兴奋，乘风破浪的感觉他期待得太久了。

在海上讨生活，是靠天吃饭，风险莫测，祸福难料。于是，每次出海之前，家家户户都会到村口的大王庙或村中的观音天后庙祈求平安。

1

出海的前一天，阿妈提着一篮子祭拜物品——水果、猪肉及香烛，叫开哥一起来到大王庙祈福。

一路上，阿妈跟陈植开讲了一个传说。有一天下午，出海归来的男人们正坐在家门口晒蚝。原本晴空万里的交椅湾，突然狂风大作，合澜海附近波涛汹涌。大家觉得蹊跷得很，就叫老人和孩子都待在家里不要出门，男人们纷纷走出家门，一齐涌向码头察看情况。

那是什么？在巨浪拍打中，三道白光凌空一闪，向着大王庙的方向扑过来。胆小的吓得赶紧往回跑，胆大的随手抄起一些家伙严阵以待。近了，更近了！大家终于看清楚了，是鱼，白色的鱼，巨大无比的白鱼！

三条大白鱼像小船一样大，被巨浪推到岸边的浅滩，就在大王庙跟前，再也动弹不得。这不是天赐的美食吗？有好吃的村民眼睛睁得老大，啧啧称赞，主张分而食之。

不能吃，这是神鱼！村里上了年纪的长辈严肃地告诫大家，这或许是上天对沙井蚝民的考验。我们靠海而生，能够平平安安度过这些年，得益于上天的护佑。于是，在长者的建议下，大家找来木板车，把它们从浅滩抬起来放在木板车上面，准备放生。在长者主持下，村民们点燃鞭炮，敲锣打鼓，仪式庄重热闹。几个年轻的后生推着木板车，把三条大鱼分别放回海里。孩子们奔走相告，人们都来到码头边，看着它们快乐地游向深海。大家欢呼着，内心涌动着行善之后的祥和与快乐。

此时，海上风平浪静，天空异常湛蓝，天地似乎也在赞叹沙井蚝民的善举。这个传说，至今还在沙井流传，由爷爷讲给父亲听，父亲再讲给儿子听，是传说，更是一种仁爱精神，代代相传。

"听说，有人还看见，那三条鱼游向深海时，还回头向岸上的村民看了几眼表示感谢呢。从此，蚝民出海，一直平安无事，少有事故发生。但是，开仔，你在海上一定要听阿爸的话，不可以再像以前那样调皮啦。"阿妈收起了温柔的笑容，神情凝重地叮嘱着孩子。

终于到了位于沙井大街的大王庙，不愧是远近闻名的古庙，只见人头攒动，人群络绎不绝。阿妈说，大王庙以前也叫洪圣古庙，是祭祀南海神的庙宇。从古至今，渔民蚝民但凡出海，都要到这里上香敬神,祈求平安。

古庙依山而建,前面开阔的露台上,硕大的香炉烟雾缭绕。周边用花岗岩砌成的栏杆,在阳光下闪闪发光。阿妈也说不清古庙何时所建,面对未知的风险,她也唯有怀着一颗虔诚的心,用祈祷获得内心的安宁。

如今,曾经熙攘的人群已走向新生活,幸福已牢牢地把握在自己手中。完成使命的古庙,在经历数百年风雨后,如今尚存基址、门匾、围墙、花岗岩门框、部分柱子和柱基,是沧桑旧物,亦是蚝民曾经生活的证物,更是供专家学者研究深圳古代建筑的宝贵文物。2000年6月,洪圣古庙遗址被宝安区沙井镇人民政府公布为沙井镇文物保护单位。至此,古庙有了新的使命。

那个晚上,开哥做了一个梦。他梦见自己开着船,扬帆向海洋深处进发,前面突然出现了三条大白鱼。它们好像在那里等了他很多年,看到有人来,摇头摆尾,居然开口说话了。

"孩子,感谢你们沙井蚝民救了我们,放心出海吧,南海神会保佑你们平安的。"大鱼真像阿妈白天说的那样,也会感恩呢。不,他们分明就是南海神的化身呢。

2

四月,暮春时节,门前的荔枝花开得正艳。在淡淡的花香中,阿妈已经收拾好行装,吃的、穿的、用的,什么米呀,油呀,盐呀,以及咸肉、鸡蛋、节瓜等食物,好几大麻袋。

"阿妈,有这么多好吃的,在船上肯定不会挨饿啦。"开哥咧开嘴笑了起来。

"就知道吃，得把心思用在种蚝上。"阿妈轻敲了一下开哥的额头。

"走，出发！"阿爸一声吆喝。开哥异常兴奋，提着两个米袋，蹦蹦跳跳跟在后面。阿爸肩扛手提，好几个大包小包，鼓鼓囊囊的，十几天的生活所需可全在里面了。他们走到离村口不远的码头，看到自家渔船正静静地等候着。大家嗖嗖跳上船，东家一声令下，伙计鼓起风帆，麻利地解缆开船。

突突突，汽笛响起。出发了！来到宽敞的船舱里，开哥面露喜色，摸摸桌子、望望炉灶、瞧瞧床铺，一切都是那么新鲜有趣。想到在这艘长约二十米、宽约五米的船上，三人将一起吃住十几天，他心里便乐开了花。现在是蚝生长的季节，不是特别忙，阿爸只请了一个年轻得力的工人帮忙，收获季节得请两三个帮工呢。

"开仔，你们注意安全，一定要听阿爸的话呢，好好学习养蚝技术。"从昨天起，这样叮嘱的话阿妈说了不下十次了。开哥的耳朵都快听出茧子了。分别之际，阿妈忍不住又说了一次。汽笛发出一声长鸣，伙计开着船离开了码头，直奔南头蚝田。

"小时候，妈妈对我讲，大海就是我故乡。"开哥手扶船舷，迎着海风，兴奋得大叫，真想高歌一曲——"大海啊，故乡！"他回头朝码头看看，阿妈的身影越来越小。在家时，老听阿妈哼唱这首歌。他特别想对阿妈说：阿妈放心，在海边长大的孩子，终于要做弄潮儿了。

此时，太阳悬在海天交接处，通红滚圆，万丈光芒倾洒人间。辽阔的海面上，金色光斑上下跳跃，海面活像一块闪着光的飞毯，载着渔船一路轻舞。

渔船乘风破浪，太阳越升越高。四月的阳光簇拥着出海的少年。

海风阵阵，拂面吹来。正是涨潮时分，波浪起伏，船有些颠簸。欣喜过后，陈植开感觉头有些眩晕，急忙回到船舱里坐下。

"阿爸，我头晕，身上无力，几时才到呢？"第一次出海，陈植开渐觉身体不适。"就快到啦，晕船晕浪就是这样，坐多几次船就好啦！"阿爸久经沙场，并不担心。他笑了笑，用手轻轻敲了几下儿子的大脑门儿。

"伙计，加大点油门，快过这里，别太慢呀。"快到退潮的时间了，阿爸起身，走到船头，观察海面情况后对帮工说。他抬起左手腕，看了看手表，估计要正午才能到达目的地。略一思忖，他决定利用途中时间，给儿子好好讲讲沙井蚝业发展史。

3

"开仔，你知道吗？蚝，又叫牡蛎，是海中珍品，全身都是宝，这可是上天赐给我们沙井人的宝贵财富呢，是难得的海味，贵着呢。所以从今天起，你好好跟着阿爸学养蚝，我们的日子一定会越来越好，你也不会再挨饿了。"

"阿爸，我们啥时能吃一顿蚝宴呢？"说到吃，开哥满口生津，顿觉肚子有些饿了。

"你如果学会了养蚝，今年冬天蚝若丰收了，春节我们也做蚝宴吃。不过，你现在可要用心听我讲。"

看着阿爸激动的神情，开哥认真地点了点头。

"我们的沙井蚝，来头不小呢……"开哥似懂非懂，长大以后的他才真正厘清了沙井蚝所谓的"来头"。

原来，在宋朝时期，蚝的主产区主要集中在东莞麻涌一带，那里产的蚝被称为靖康蚝。到了元代，蚝业已具有一定规模，于是出现了专业蚝民，只产蚝不产粮，每年向官府缴纳税粮时，就采取卖蚝换粮缴税的方式。

明代以后，由于珠江淡水流量增大，蚝的生产区下移到东莞至沙井归德沿海一带，此时的蚝便被称为归靖蚝。当时，蚝田的开发区域，从沙井沿海片区慢慢延伸至如今福永及黄田一带，后来发展到蛇口及后海，此时的蚝被称为归德蚝。

"靖康蚝，归靖蚝，归德蚝……阿爸我记住啦。"

"就你贪玩，不好好读书。听阿爸给你上堂历史课，再学不好，当心挨板子。"

"知道啦！"

"你小子！知道吗，以前沙井有九个蚝塘，而且大多属于我们陈氏义德堂家族，家族总管把蚝塘分租给塘主。义德堂把租金作为办学、管理和维持民间秩序的费用。"

"懂了懂了。阿爸，有了租金，就可以给看守义德堂的那个老爷爷发工资了吧？我们发现他吃得不错，比咱家还好呢。"

"你看你，只知道吃，没发现陈爷爷尽职尽责，辛辛苦苦把祠堂打理得干干净净吗？多亏了他老人家呢。有他坚守祠堂，我们才可以安安心心出海。你别打岔，认真听。

"你记不记得，我们陈家祠堂里有一张奖状？"

"祠堂里有，我见过，听说是周恩来总理签发的。"开哥双眼放光地说。

"是的，这张奖状是我们沙井蚝民永远的骄傲。沙井蚝业由此迎来了历史上最辉煌的时刻，后来还出了很多养蚝专家。

"你陈木根伯爷就是其中的佼佼者，他很小就学会了养蚝。二十世纪六十年代初，木根伯爷帮助大连湾蚝区顺利开发，为他赢得了好名声。1967年，我们国家应越南政府请求，组成了以木根伯爷为首的专家团队，远赴越南，帮助当地开发蚝田。

"木根伯爷到达越南后，短短一年，就解决了当地十几年无法突破的培育难题，成功开发出十多个连片的蚝田，为当地带来十分可观的就业及经济创收。1968年，为感谢木根伯爷为越南作出的贡献，越南总理向他颁发了'越南国际友谊勋章'，沙井蚝在不知不觉中承担起了邦交重任。"

"我将来也要成为像他那样的人。"听阿爸讲到这，开哥脱口而出，眼睛睁得大大的，对能干的木根伯爷心生敬佩。

"像他那样？可以，你得聪明又勤奋。你看你哥哥姐姐，离开了蚝田到香港谋生，日子好起来了，你羡慕吗？坚守蚝田，需要勇气。"

"阿爸，我也想去那边看看。"

"去那边看看可以，首先你小子得把蚝给我养好了。"

嘟嘟……汽笛声突然大了起来。父子俩的谈话被打断了。他们一起走出船舱查看。此时，很多渔船追了上来，都驶向同一个方向——南头。

"咦，阿爸你看，那些船的船头贴着对联呢——船头生金角，虎口吐银耳；船尾也有——顺风顺水顺人意，得财得利得天时。"

"好小子，才上到小学四年级，也能把这些字给认全了。别光顾着看新鲜，你没看到我们家船的船头船尾也贴着红对联吗。在渔船上贴好寓意好兆头的对联，是为图吉利、保平安啊。"

"阿爸，没事，我们有神鱼保护呢，我昨晚做梦还梦见它们跟我说话哩。"想起昨晚的梦，再看看渔船上的对联，开哥心里竟生出丝丝暖意。

"是啊，我们蚝民的生活，看人更要看天。"阿爸若有所思，像对开哥说话，又像是自言自语。

正是涨潮时分，起风了，浪更大了。不知不觉，一个多小时过去了，船已经过黄田、福永、西乡，离南头越来越近了。阿爸此时根本不像个蚝民，一改平时寡言少语的个性，倒像是一位老师，为开哥打开了一扇神秘的蚝门。

其实，关于沙井蚝业发展的历史，在代代相传中，像开哥的父亲一样，很多老蚝民都如数家珍，且能对儿孙津津乐道。我中有蚝，蚝中有我，千百年来，蚝与沙井人早已深深交融，共同绘成了一幅锦绣生活的蚝美图卷。

开哥眼望碧波荡漾的海面，心中鼓荡起一股蚝情，就像海水一样辽阔。他虽似懂非懂，却听得入了迷……

"到了到了，我们快到了。"正说着，前方滩涂上出现了万亩蚝田。

茫茫大海接蓝天，水下尽是养蚝田。阡陌田畴何界示，叔伯遥指高山巅。开哥被眼前的景象惊呆了。辽阔的滩涂之上，一排排整齐的蚝柱像列队的士兵，井然有序地分列其中。

4

"阿爸，这么多蚝田，你晓得哪里是我们家的吗？"

"儿子，记住了，这里有个学问——打山口。在空旷的海上，要想在水涨潮退时随时随地认出自家蚝田和行船的方位，必须要找一些陆地上前后左右的固定物作为测定标记，以自己的方位为中心，三点成一线，这种测定蚝田方位的方法，就叫'打山口'。

"你看，周围有山石、山尖、山坑、楼房、大树等参照物，我们测定时可以从中找一个横向目标，再找一个竖向目标，两个目标之间以90度角为准。选择目标时，要选双影的目标，而且两影要有一定的距离，距离越远越准确。这是因为我们在海上，离固定目标很远，若移动一段不远的位置，如果是单影的，它就像在原地一样，不见移动；若是双影的，船移动时，虽不感到前面的影子在移动，可是后面的影子却可以跟着移动。"

根据阿爸讲的打山口的方法，开哥找到了固定目标，很快确定了自家的蚝田。此时，已是中午，回到静默于港湾中的渔船中，伙计已在船中生火做饭。炊烟从周围渔船上袅袅升起，人间烟火的味道向海上扩散，开哥疲惫顿消。

此时，潮水尚未完全退去。阿爸把开哥拉到船边，又开始实地教学。

"蚝养殖在水深两三米的浅海中，我们必须要知道流水变化情况，退潮后才能出海作业。受月球引力影响，海水有涨潮和落潮现象。书上讲，大海之水，白天涨为潮，晚上涨为汐，所以叫潮汐。涨潮时，海水上涨，波浪滚滚，场面十分壮观；退潮时，海水悄然退去，露出一片海滩。一般一天有两次涨潮和落潮。

"每潮潮水涨退时间相距六小时左右，而退潮时间约两到三小时，我们得在退潮后赶潮作业，放养蚝苗、保苗护养，捯蚝、盘蚝和收蚝。因为作业时间有限，以前村里会派有经验的人观察'流水'，一旦潮退，立即通知全体蚝民,即使是在寒冬腊月,北风刺骨,半夜三更也要下海呢。"

半夜三更还要下海?开哥浑身颤了一下。对贪睡的他来说,半夜三更起床是一件非常痛苦的事情。在家时,阿妈也经常半夜三更叫他起来,可他哪一次不是磨蹭到天亮?可在海上,阿爸那么凶,他还敢磨蹭吗?想到这,开哥面露难色。

"你小子害怕什么?就这点出息,遇到困难就退缩,还叫男人?我们沙井的蚝姑都天不怕地不怕。"阿爸往海里吐了一口痰,有些不屑。

"我告诉你哟,每年农历一月至四月,珠江口咸水有规律地退到南头一带,咸水比较稳定,能够保持较为适宜的盐度,有助于提高蚝苗的存活率,很适合蚝生长,所以南头一带就成了沙井蚝的生长区。并且,这一带的地势好,有大铲岛、小铲岛、孖洲遮挡,能阻隔大部分台风侵害,让蚝苗可以稳定生长。"

"可是阿爸,这个蚝苗是从哪里来的呢?"开哥渐渐来了兴致。

"问得好。蚝可是一种非常有趣的生物。大多数蚝呢,雌雄同体,自身繁殖能力非常强。但蚝的性别是可以变化的,同一个个体在不同年份或不同环境条件下,可变成'女'的,也可变成'男'的。你现在不懂,以后慢慢就清楚了。"

5

开饭啰!正当陈植开想听阿爸讲养蚝故事时,伙计喊吃饭了。

"开仔,赶紧吃饭,等涨潮休息时再慢慢给你讲故事。潮退得差不多了,吃完饭我们就下海作业。你看这潮水,从早上九点多开始退,到下午一点多可以下海，出去顶多干三四个小时，到五六点钟左右，海水又要涨回来了。"

"走，出海去！"吃完午饭，阿爸脱下外衣，只穿了件背心，伙计干脆光着膀子，只带了块汗巾。三人一起戴上遮阳的圆头帽，手拿连板、戽斗、蚝斗等工具，一起向蚝田进发。

此时，万亩蚝田上场面非常壮观。上百个蚝民，男男女女，乘着连板，就像小孩玩的滑板一样，在滩涂自如滑行。大家找到自家蚝田后迅速作业，把被潮水冲歪、被淤泥埋住的蚝柱重新规整。

开哥乘坐着连板，觉得十分有趣。

连板，又称滑板，是蚝民常用的一种滩涂交通工具。它形状简单，呈丁字形，横木长仅尺许，直木高数尺，直木上可挂些竹编小筐类物件。乘时一脚踏横木，一脚踏泥，双手扶住直木，稍推即动，行进在松软的泥滩上，轻松而快速。

开哥跃跃欲试，左脚踏泥，右脚踏板，仅三两下就学会了，兴奋地跟在阿爸后面，十几分钟工夫就来到蚝田，开始作业。

开哥学着阿爸的样子捌蚝。

阿爸说，捌蚝时，要特别注意一些细节。每柱蚝块要分清轻重，一般将重的一边向内，轻的一边向外。如果处理不好，就会使蚝块长成团状，长得歪歪扭扭不成形状，影响蚝的育肥效果和产量。蚝民作业时，眼睛要尖，学会观察，如果蚝生长缓慢，就需要将蚝搬到环境好的区域；如果蚝块过密，影响生长，则需要将蚝适当梳理，给蚝以足够的生长空间。

"阿爸，我知道什么叫捌蚝了。"开哥在阿爸的鼓励下，学得快，干得起劲。他忽然对这些外表奇特，甚至长相丑陋的生物，生出亲切之感。于是，他用手轻轻地抚摸着水泥柱上的生蚝，他和它们之间，好像由此建立起了某种神秘的联系。

它们大小不一，大的已经有三指宽，小的也有两个拇指并起来那么大，大大小小彼此粘连，紧紧依附在水泥柱上。是什么赋予它们如此强大的吸附力？开哥很好奇，如果没有外力移动，它们会一辈子固定在这里，像树一样，把根扎在一个地方，再也不会挪动位置了吗？

世界真是太神奇了，有太多让陈植开想不明白的事情。此时，虽是四月天，但在太阳的照射下，滩涂上冒着腾腾热气。开哥毕竟才十四岁，渐感腰酸背痛、体力不支。

"阿爸，做蚝这么辛苦，腰又痛，太阳又晒，几时可以返回船上吃饭啊？"

"吃吃吃，就知道吃，做不完就没得吃，做蚝民就是这样辛苦啦。"

开哥正愁眉不展之际，插在泥水里的双腿微微觉有什么东西在动。他一低头，发现淤泥里有个影子在爬。那是啥？他瞪大眼，用手快速一摸，竟抓到一只小螃蟹。这下可把他高兴坏了，往周围一瞧，螃蟹不少呢。开哥喜不自胜，放下手中的活，抓螃蟹去了。

不知不觉快三个小时过去了。退回去的潮水静悄悄的，正在酝酿新一轮的涨势。蚝排还有三分之二没有捡完，晚上又得加班啰。阿爸回头一看，开仔抓螃蟹抓得正起劲呢。

"你在那里做什么？还顾得上捉蟹，潮水很快又要涨上来了，想干活都没得干！"

"阿爸，好多螃蟹，不抓太可惜啦，我们晚上有螃蟹吃啰。"

开哥正仰着头兴奋地对阿爸说。他刚想抬起左脚，却好像被什么东西划了一下，一阵钻心的痛袭来，他"哎哟"大叫一声。阿爸急忙过来，小心帮他把脚抬起来。只见开哥的腿肚子被一块蚝壳划了一道长长的口子，鲜血正在渗出。

"阿爸，你看看，我的脚又流血，手又被割花，做蚝这么辛苦，我都不想做啦。"

"孩子，只有勤劳才能幸福啊。没关系，伤口用泥敷上，过几日自然就好啦，海水可以消炎的，没什么事啦。"

开哥正觉得心里委屈，海水开始漫上来。

"收工！"阿爸大汗淋漓，浑身早已被汗水浸透，他还是有些不放心，把浑身溅满泥巴的开哥扶上连板，一起回到船上，帮他清理伤口。

潮起潮落，春去秋来。出海少年渐渐长大，成了一名真正的蚝民。

这个十四岁就同父亲下蚝田的"痴人"，在风雨兼程的养蚝历练中，多年来坚守蚝田，与蚝业不离不弃。当沙井蚝业式微，同时代乡邻多已远离蚝业之时，他心生焦虑，不忍看着曾经驰名中外的沙井蚝就这样成为历史，于是只身远行，北上福建、黑龙江，四处寻找蚝业发展契机。

在沙井蚝异地养殖成功后，他又扩大视野，开办千年蚝业公司，与华南农业大学合作，成功研发数款高端蚝产品。随后，应时代呼唤，他与当地政府共谋沙井蚝传承大业，创办沙井蚝文化科普教育基地。

沙井蚝文化科普教育基地的阳光

三十九年以后那个八月的上午,即将对外开放的沙井蚝文化科普教育基地,阳光灿烂。忆及往昔,开哥声如洪钟,同几个发小及访客忆苦思甜、畅想明天。

1

曾经那个调皮捣蛋的少年,在阿爸的教诲下,出海不到一年,就学会了养蚝的各种技术。十六岁时,开哥就可以独当一面,帮阿爸分忧解难,和两名雇用的工人一起,把家里的蚝田打理得井井有条。这个被前辈们竖大拇指,称赞能吃苦耐劳的年轻人,几年间,就成了一个敢想敢干的养蚝能手。

阿爸上了年纪,开哥也长大了。他接过阿爸手中传来的接力棒,以弄潮儿的姿态,向蚝业挥洒激情,向生活展示无畏。

改革开放势如破竹，时代变迁浩浩荡荡。从二十世纪八十年代开始，随着城市化进程加速，蚝民们"洗脚上岸"，工业的蓬勃发展使周边水域遭受污染，沙井蚝业生产日渐式微。

如何破解沙井蚝可持续发展难题？经过多次实地考察，以开哥为代表的沙井蚝民，纷纷走出去，尝试沙井蚝异地养殖，先后在阳江、台山、惠东沿海建立了养殖基地。在台山、汕尾等地，开哥建立了自己的沙井蚝养殖基地。虽然沙井失去了养蚝优势，但是执着的沙井蚝民以智慧和勇气开路，把沙井蚝异地养殖做得风生水起，让千年蚝乡文化更加璀璨。

"这是广东水产史上的奇迹。"沙井蚝产业转移和异地养殖的巨大成功，引起了社会各界的巨大轰动，广东省水产界专家考察后连连感叹。

为此，2006年，深圳市政府出台了《深圳市食品安全"五大工程"政府扶持资金管理暂行办法》，把蚝业养殖列为无公害水产品市外生产基地建设的扶持对象，予以资金扶持。其实早在1993年，沙井镇人民政府就出台相关政策，鼓励沙井蚝民走出沙井，开发新的养殖基地，并通过贴息贷款等方式予以支持，为促进沙井蚝产业转移和异地发展提供了有力支持。

如今生活好了，但开哥舍不得丢掉祖祖辈辈赖以生存的蚝业。几十年来，他为蚝业传承倾注了很多心血。他有一个梦想，就是不能让沙井蚝在他们这一代消失，要把沙井蚝的生产和文化传承下去，让它发展、壮大。

令开哥高兴的是，在沙井街道办的帮助下，他的梦想得以成真。为了让后代更加了解蚝文化以及沙井蚝业的辉煌历史，2009年10月，开哥筹建蚝文化科普教育基地的想法得到了沙井街道办的大力支持。

开哥和街道办的工作人员，历时一个月，整理材料，搜集过去的生产用具，使沙井蚝文化科普教育基地如期开放，让沙井蚝文化的传承有了第一张闪亮名片。

同样在 2009 年，开哥注册成立了深圳市千年蚝业发展有限公司，在苦心经营中，他屡出奇招，与华南农业大学合作，建成沙井第一家蚝产品无尘加工车间，沙井从此有了先进的蚝产品化验室，第一间防污染蚝豉风干玻璃房也建成投入使用……

"2009 年，陈先生夫妇怀着对家乡的热爱和振兴沙井蚝文化的理想，找到华南农业大学食品学院，寻求技术支持。我受学院领导安排，协助千年蚝业公司将传统手工产品升级换代为工业化产品。鲜蚝独特的营养和生理代谢，使其含有丰富的不饱和脂肪酸，即使在冷冻状态下，蚝肉中的脂肪也会氧化，不仅损失了营养价值高的不饱和脂肪酸，还会产生异味。经过多年研发，我们最终攻克了这个难题，不仅对传统蚝油进行了产业化生产，而且开发了沙井蚝罐头、沙井蚝生物活性肽等产品。"华南农业大学林捷教授表示，如今沙井日新月异，她希望沙井能够在基础农业、民生、非遗传承上有更好的发展。

2

开哥没有辜负林捷教授的期望。

为了传承蚝文化，留住乡愁，留住记忆，他饱含激情，一边进行蚝业生产，一边在厂区开辟沙井蚝文化科普教育基地，使产、学、研深度结合。没有资金，他卖掉了自己的房子；没有场地，他把厂房空地清理出来。除此之外，开哥充分利用空间，墙壁、走廊、屋顶，都是展示平台。厂区的墙壁上是当年作业的地图，广场上是模拟的昔日蚝田，厂房三楼是蚝产品生产车间和蚝产品展示厅，四楼屋顶上是蚝文化科普教育基地。一楼到四楼的楼梯间，经过开哥的精心策划，摇身变成了历史文化长廊，讲述沙井蚝自晋代、两宋、元、明、清至今的文化渊源与发展脉络。

"薄宦游海乡，雅闻静康蚝。宿昔思一饱，钻灼苦未高。"这是北宋诗人梅尧臣的一首《食蚝》，诗人称赞沙井蚝的美味，说像这等如天上恩赐下来的物种，能享受到真是天大的快意。

"无令中朝士大夫知，恐争谋南徙，以分此味。"苏东坡被贬至惠州时，吃过沙井蚝后大加赞誉，到海南后更是时常烹饪，深感蚝之美味。他在给弟弟苏辙写信时称，不要让朝中官吏知道食蚝的事，以防他们都想到岭南来分享鲜蚝的美味。

"冬月珍珠蚝更多，渔姑争唱打蚝歌。纷纷龙穴洲边去，半湿云鬟在白波。"这是明末清初"岭南三大家"之一的屈大均所作的《打蚝歌》。沙井蚝民对此耳熟能详，蚝田上时常传来蚝民的热情传唱。

蚝田是根，蚝文化不能丢，它早已融入沙井每一个蚝民的血液，成为一种基因，代代传承下去。

从厂区大门走到沙井蚝文化科普教育基地，沿途围墙上的几幅壁画十分夺目，正面一堵白色蚝壳墙也格外惹眼，"千年蚝乡"几个红色大字飘逸灵动、夺人眼球。

其中一幅是对历代沙井蚝养殖技术的发展变迁作了形象而生动的表达。一幅四五米长的灰色浮雕，展现了沙井蚝滩涂养殖的永久记忆。画面上，戴着圆顶帽的蚝民乘着连板，双手扶着直杆，身体微曲，一脚踏泥，一脚踏板，奔向蚝田。虽看不清蚝民的表情，但热火朝天的作业画面呼之欲出。

另一幅则像是摄影作品的翻版,苍茫辽阔的大海上,海面光芒闪烁,鼓满风帆的蚝船行驶在吊养的蚝田之间,气势磅礴。

画面下方,仿制了一小块蚝田。田中用真实物品还原了随时代变迁的养殖技术。如今,养殖场所日益增长,养殖技术日臻成熟且种类多样,水泥附着器的大量出现取代了过去"插竹"、陶瓷片、石块等落后且产量低的附着器,并出现了"筏式吊养"新工艺,机械化半机械化养殖方式的出现和普及,让蚝业发展走向现代化。

再往里拐,左右两边皆是巨幅画作。左边是一幅长二十多米、高两三米的地图——宝安县1970年沙井蚝田分布图,右边的画作比地图更大,画者用丰富的色彩,画出了滩涂养蚝的辛苦,蚝民带着孩子出海的场景活灵活现。

3

异地养殖的成功,大大开阔了陈植开等蚝民的视野。蚝田没有了,蚝文化还在。作为沙井蚝文化传承的载体,蚝文化科普教育基地不仅肩负着传承和教育的使命,对沙井的老蚝民而言,更是一个可供缅怀过去的精神家园。将来这个教育基地开放以后,他们人人都可以成为讲解员,现身说法。

开哥时常备好各种好茶,恭候朋友们的光临。曾先后担任蚝四村村长、村支书的陈榜财,以及开哥的发小陈任强、黎泽均、陈天筹,这天应邀来到基地会客厅。他们饮好茶、说蚝事、抒蚝情,让时光慢下来,让记忆活起来。

生于1947年的陈榜财，曾在1993年到1999年担任蚝四村村长，后又担任该村村支书，2008年退休。今年七十五岁的他，虽身体瘦弱，可精神矍铄，反应敏捷。他说，千百年来，蚝民每天都要与海浪打交道，与咸泥做朋友，风里来浪里去，干的都是苦累活，因此蚝民性格坚强，意志坚韧。1961年，刚刚十四岁的陈榜财就跟着大人出海了。冬天，蚝民没筒靴穿，没手套戴，捌蚝时光腿插到泥里，腿上到处是伤，手指头冻得像香肠一样粗。孩子们受不了就会哭鼻子，但哭完照样得干活。那时有个规矩，孩子们干完蚝田里的活还得当伙头军，做整条船上几个人的饭。蚝民的孩子就是这样天生天养，从小就得学会吃苦，长大了才能挑重担。这就是沙井蚝民的蚝业精神。

说起沙井蚝民的蚝业精神，陈榜财那一代人最忘不了一个人——陈淦池。早在1954年，刚成立互助组时，为解决养蚝急需的附着器问题，身为互助组组长的陈淦池只身来到荒无人烟的小铲岛。他用几大把稻草搭个窝棚当住处，捡蚝壳、凿岩石，一待就是几个月，人们敬称他为"陈天胆"。

说起沙井蚝民的蚝业精神，当然还忘不了可以顶半边天的沙井女性。1959年，为解决养蚝附着器不足的问题，村里开始建采石基地。由于男人们常年出海育蚝，蚝业大队下属的蚝一、蚝二、蚝三、蚝四四个生产队，都以妇女为主要劳动力，队里组织了爆石队，打眼装药、爆石运石等，大都由女队员承担。她们日夜奋战，不顾肩损手破，硬是把一筐筐石片运到海上蚝田，解决了养蚝附着器的问题。

说起沙井蚝民的蚝业精神，大家更忘不了1960年到1963年，那是沙井蚝业大队最困难的时期，蚝民没有被饥饿和萧条的经济形势吓倒。没有棉布供应，蚝民就穿着麻衣出海。为了防止衣服被海水淹烂，在没有妇女出海时，很多蚝民干脆赤身裸体在蚝田中作业。凭着这股干劲和精神，蚝民终于渡过了难关，蚝业经济很快得到了恢复。

陈榜财说，要说起沙井蚝民的蚝业精神，同样忘不了1969年蚝业大队积极响应"农业学大寨"的号召，响亮地提出了"向海要田，向田要蚝"的口号，在沿海一带积极寻找和开辟新的蚝田，扩大养殖面积，提高生蚝产量。当时，不少蚝民工作在蚝田，吃在蚝艇，睡在草棚，泡海水，挡恶浪，夜以继日，一两个月不回家，路过家门而不入，为了蚝业发展奉献了青春和心血。

而沙井蚝民的这种蚝业精神，必须得从小就开始培养。

4

"我们小的时候，在蚝田挖沟时，挖得不好还要被大人骂。土话说'小鬼先成王'，我们做了两年饭以后，有新的小孩来接我们的班，我们的地位就提高了，不用做饭啦。滩涂养殖的辛苦真是难忘，我们那时不知脱了多少层皮。你们这一代可是赶上好时代了，是幸福的蚝民呢，在技术更新换代后用筏式吊养就轻松多啦。"

"支书可别这么说，养蚝是靠天吃饭，我们也吃过很多苦哩。我的老爸很勤劳，整天在海里养蚝，即使回家，也是待两周又要出海。我记得1987年农历三月十五，当日有8号台风过来。我们的船在西乡装了一船水泥条准备去蚝田。老爸说不怕，风没多大，去蚝田投放没事的。当时我和我爸，还有两个工人，我们四人一起出海。船才开出西乡河口，海浪翻滚，巨浪滔天。几个浪头过来，我们的船头就被淹。我说老爸不行哦，不要命了。在我的极力阻止下，我们掉转船头，不然四人都会葬身海底。那天的浪太大了，现在想起来都后怕。"陈任强是开哥的发小，也是1969年出生，小时候他们经常一起逃学，但正是这批小时候经常逃学的孩子，长大后成了养蚝的主力军。他对海上行船的风险有着刻骨铭心的记忆。他说："我们养蚝人最怕西北风，来得快，说来就来，根本不给你缓冲的时间。"

"2017年8月，正是收蚝季节。可是没想到，我们所有的心血毁于一场台风。台风一过，我和老婆开船到蚝田一看，傻眼了，一个蚝排都没有了，全被风吹走了，老婆的眼睛都哭肿了，当年损失一百多万。"对于海上台风，同是1969年出生的黎泽均，有更为深刻的记忆。1990年时，他们一家去蛇口与香港交界的水域放蚝，进行浮排吊养。现在有五六十个蚝排，主要由他太太管理，他自己开印刷厂，办广告公司，每年有七八十万元的收入。

"我们几个人小时候一起逃学，甚至一起打架。我们每天背着书包出门，根本没心思去学校，而是两三个人出去玩。整个村庄都被我们玩遍了，哪个旮旯有几块石头、有几棵草我们都知道。实在没地方玩了，我们就跑到水田里玩，玩到下课才回家。那时候虽然穷，但我们活得很开心，没有玩具我们就自己动手做，玩得昏天黑地，不亦乐乎。家里大人开始啥都不知道，直到有一天老师投诉，老爸气得用绳子把我绑着送到学校门口，向老师认错。我们也很听话，在祖宗牌位面前，老老实实悔过。悔过之后，我们都憧憬着出海养蚝，想象着那会不会是一件更好的事呢。"说起小时候的趣事，开哥边说边哈哈笑。

"现在的小孩子都不会说沙井话了。沙井蚝文化可不能就这么丢掉了。"蚝二村的陈天筹性子沉稳，他不紧不慢地发出悠悠感慨。作为同龄人，他和其他几位一样，都经历过沙井蚝业的苦难与辉煌，如今他们虽然不能像陈植开那样，为了沙井蚝业的传承与发展，做出诸如卖掉房子发展蚝业的举动，但"其如抬眼看，都是旧时痕"，眼前如今高楼大厦所在之地，曾是蚝田、码头、墟市，连耳边吹来的风，都是旧时风，都带着蚝田的蓬勃与阳光的热烈。

拥抱新生活，怀念旧时风。从晨曦初露，聊到夕阳西下，那些往昔岁月，越说越鲜活、越说越留恋。如果没有了凭据，记忆无根，乡愁便无处落脚。大家起身，走近办公室的文化墙，那里有最好的证物可以凭吊——文化墙上贴满了各种证书与照片。证书是对蚝产品的赞誉，而照片记录了蚝人的痴情。一幅"千年蚝乡"的书法作品格外引人注目，遒劲有力的线条，笔墨纵横，处处凝结着蚝人的痴情。

"这幅字是2009年公司成立时，市里的老领导方苞所写。'千年蚝乡'或许就是这么叫响的。"开哥咧开嘴憨厚地笑着说。

阳光仿佛已在窗外倾听许久，下山前从窗外斜射进来，随同空中飘荡的悠悠蚝韵一起，前来向访客佐证，这位"蚝痴"说的不是白日梦，而是传承梦、振兴梦，跟中华民族伟大复兴的中国梦息息相关呢。

第六章 匠心传承蚝文化

"从古至今,养过蚝又做蚝的人了不起,没养过蚝又能做好蚝的人更了不起。"

面前的陈少文,眼里光芒四射,内心波澜壮阔。在梦开始的地方,他口吐莲花。信念简洁有力、掷地有声,如大珠小珠洒落玉盘,铿锵之音在房间里回荡,余音不绝飘向窗外。

受感染的可不止我一人,连同下午的光阴也频频回头,惊讶地打量这个蚝情四溢的私房菜馆。八个包间,一尘不染,正静待来客。阳光从窗外斜射进来,正好撞到墙上的照片。在无数微尘粉碎跌落的瞬间,蚝田里数以万计的生蚝们,似正张开两片厚厚的蚝壳,啪啪鼓起掌来。那又肥又嫩的蚝肉,在阳光下泛着诱人的色泽,向人类灼热而坦荡的情怀致敬。

与蚝的不解之缘

沙埠新村,沙埠一路一号,文华阁大楼。

为了挖掘这三天三夜都讲不完的故事,在初春融融暖阳的照耀下,我们驱车来到文华阁大楼。蚝门将启,我深吸一口气,准备穿越时光隧道,走进沙井蚝人的精神世界,打捞千年蚝情。浅浅的几级台阶,像一道是非题,只有仔细观察,才能找到答案。

台阶右边,是一块微型蚝田,衬着墙上的蚝业生产场景图,不忘初心的沙井人,以此怀念筏式吊养的养殖时光。只见烈日骄阳,海风习习,蚝民们戴着圆头帽,踏着连板,赶海养蚝。蚝田里,串串蚝壳露出海面,悬在空中。一阵微风吹来,蚝壳相互触碰的声音清脆细小,似在窃窃私语,告诉走近这里的人们:我们的主人是沙井最懂蚝的人,蚝田远去,可他们依然不离不弃,坚守在祖祖辈辈曾躬耕劳作的地方。

答案在此。

仿佛海风在吹,潮水在涨。"沙井金蚝私房菜"几个大字,彰显独特标识，指引着远道而来的人们。于是，急切的脚步，像赶海般，噌噌上楼。行至二楼门口，"沙井金蚝私房菜"几个大字再次闪耀。

是这里了。

一抬头，门前一副对联，镌刻在木板上，隶书体，儒雅大气。驻足玩味，惚兮恍兮，其中有象；恍兮惚兮，其中有物。这哪像私房菜馆，倒更像是进了典藏的蚝文化艺术馆。

年同贞石不知纪，清若流泉未出山。落款竟是饶宗颐。

饶宗颐的鼎鼎大名，想必很多人都知道，他可是出了名的国学大师，曾先后执教于香港大学、新加坡国立大学、香港中文大学等高校。

得高人题字，仿佛仙人引路。

这是怎样的渊源？

私房菜老板陈少文，正彬彬有礼地站在门口，迎接我们的到来。讲起饶老的故事，他脸上仿若百花盛开，春光明媚。

他说，在饶老眼中，沙井蚝经千年贞洁的世纪，源远流长，入口即是自然精华，让他喜爱至极，从此情有独钟。此后，陈少文的私房菜馆给饶老供蚝多年。一日，饶老无意中听港商讲起，由沙井金蚝私房菜提供的优质蚝，竟有千年历史与文化。世事变幻，哪怕千年，那洁白的质地，永远如未曾出山的流泉，清澈香甜，珍贵如玉。

陈少文说，这奇缘所带来的惊喜，就像他同程建老师出差去台山看蚝田。近蚝情更怯，每天四点早起，踏着晨曦，赶到蚝田，选个有利地形，只待丽日初升，拍下万亩蚝田的壮阔与蓬勃。然后，再待夕阳西下，带着同样的惊喜与感动，在万丈霞光的映衬下，拍下蚝田的那份安宁与祥和。

两个蚝痴，行走在大海边，像两个天真的孩童。这样的画面，多么纯粹、多么赤诚。

陈少文传承蚝文化的信念与豪情，经饶老点拨，年同贞石，清若流泉，内容醇厚。沙井蚝一村人陈少文，有四个姐姐，一个弟弟和一个妹妹，如今父母都已过世，姐姐和妹妹都扎根香港，就他和弟弟留在了沙井。说起太太陈雪兴，陈少文眼中闪烁着幸福的光彩。如今主管沙井金蚝私房菜馆的太太，与他有着深厚的缘分。二人曾同为初中篮球队队员，缘分或许就生长于情窦初开的青春沃土，成为彼此生命中最温暖美好的底色与回忆。

儿子和女儿是他们幸福的结晶，两个孩子均毕业于深圳大学。1990年出生的女儿已结婚，如今在固戍小学当美术老师，过着平静而幸福的生活。1992年出生的儿子，更有着传奇般的乒坛经历，如今娶了个本地媳妇，现在是一名乒乓球教练。

儿女成才，事业有成，夫妻双飞，何其幸福圆满。陈少文的人生，可谓一帆风顺，福气满满。在各种助力下，英姿勃发的他，壮志得酬，在沙井开了好几家摩托车和汽车维修厂分店。

顺风顺水中，他积累着财富，享受着自由，等待着天意。这样的日子，如同阳春三月，处处催生着希望与梦想。

风光鼎盛时，天意化成出山的天使，翩翩降临。

那时，他正值壮年，事业腾达，生活顺遂。那一天，或许不是阳光明媚的一天，但一定是极其重要的一天。历经风霜的陈氏义德堂，在族人的守护下，灯火不熄。祠堂的重建，再次将陈氏血脉紧紧凝聚在一起。

收到通知的陈少文，与家人一起，带着春风雨露，带着殷殷祝福和期待，来到祠堂，共享家族盛典。走进祠堂，感受族人的欢声笑语，礼敬庄严肃穆。他笑逐颜开,同族人一一打着招呼。光影闪烁,鸟鸣声声。和谐与幸福如梦如幻,他们对祖先的护佑感恩戴德。

在这幸福的氛围中,陈少文看到一群人聚在一起,瞻仰挂在墙上的一张奖状。他的朋友陈植开正在向大家说着什么。开哥是村里出了名的"蚝痴",从小养蚝,长大做蚝,他的生活似乎从未与蚝分开过。陈少文喜滋滋地凑上前去,想听听他在说什么。

这张奖状,是1958年国务院颁发给沙井蚝业合作社的,由周恩来总理亲笔签发,从此成为沙井祖祖辈辈蚝民的至高荣耀,蚝民们将其视若珍宝,很多人翻拍后挂在家中,日日瞻仰。

奖状在时光的流逝中,虽已失去原有色泽,但"国务院奖状"几个大字却愈发厚重,在阳光下熠熠生辉。奖状旁边,陈氏族长用遒劲的隶书,写下获得该奖状的来龙去脉,并被装裱起来。

文字大意是:沙井的光荣奖状得来不易,在奖状背后的悠长岁月里,世代蚝民经过刻苦勤劳、艰辛奋斗,付出诸多代价,创出了沙井蚝品牌,其驰名中外的美誉受之无愧。这产业的源流,要追念先祖的聪明智慧,选中了珠江口下游的滩涂做养殖生蚝的场地。这里,水质优良、气候温和、交通便利,养殖条件得天独厚。出产的生蚝味道鲜嫩,品质上乘,其他产区的生蚝无可媲美。

沙井蚝民一代一代继承祖荫遗产,秉承敬业乐业的传统精神,不断努力改革创新。新中国成立后,蚝民深深感谢党和政府对蚝业的重视,支持他们投入资金改良养殖方法,创出更辉煌的成绩。仅1958年,沙井蚝总产量达3632.9吨,创历史新高,成为全国创汇最高的生产合作社。因此,沙井蚝业合作社被评为模范合作社,社长陈淦池作为代表,曾两次赴京参加全国劳模大会,并领取奖状,得到周恩来总理的接见。消息传开后，日本、苏联、越南等地的水产专家前来沙井考察蚝业生产。应各地邀请，沙井蚝业合作社派技术人员前往越南，国内的辽宁、新会等地传授蚝业生产技术。这一系列的光辉成就，是沙井人的自豪，也是沙井的光荣，获得奖状实至名归。

落款：沙井大村祖屋管理小组。

寥寥数百字，字字如珠，发着光，在陈少文眼中一一闪过。直到看完最后一个字，陈少文心中瞬间升起一片光亮。

他把目光移向奖状旁边，细看那幅黑白巨幅照片：近千人的阵容，记载和见证着一个无比辉煌的时刻。

此时，祠堂里人来人往。陈少文的心中翻起了巨浪，他陷入沉思。政府把如此至高荣誉颁给了沙井蚝业合作社，可见蚝是珍贵的宝藏。但是为什么没有得到更好的发展？为什么没有受到世人重视？尤其是现在的年轻人，对蚝业发展根本没有多大兴趣，千年蚝文化的弘扬与传承从何说起，仅靠少数人的力量，蚝业传承未来将会走向何方？

"一代一代继承祖荫遗产，秉承敬业乐业的传统精神，不断努力改革创新。"他的脑海里反复出现这句话。突然之间，仿佛福至心灵，他似乎听到冥冥之中祖先的召唤：年轻人，不要忘了初心，一定要将沙井蚝发扬光大啊！

他的脑袋"嗡"地一下炸响了。就在那一刻，他做了一个大胆的决定：放弃汽车修理事业，将几个分店全部交给弟弟管理。祖先显灵，给了他诸多联想和启发，此后缘结于此，终生不解。

他要回村。

心动的速度，影响着行动的速度。于是，陈少文找到当时蚝一村的村支书陈允权（现为沙井蚝一股份合作公司董事长、沙井街道商会执行会长），他满怀激情，把将沙井蚝发扬光大、做大做强的想法和盘托出。看着面前这个激情澎湃的年轻人，陈允权喜形于色。多少年来，他等这一刻已经很久了，他求之不得啊。现在蚝业市场如此广大，如果不能保护蚝业产业链的发展，不组织一帮传承蚝业的有为之士，他将成为沙井蚝业发展的罪人。

于是，他当即拍板，让陈少文回村，成立深圳市新蚝乡蚝油食品有限公司。陈少文作为该公司的负责人，主要负责蚝产品的加工，包括生产蚝油、制作蚝干，以及在台山、汕尾等地开展沙井蚝异地养殖。没有成立公司以前，所有相关业务都是挂在村里做，缺乏规范运作。陈少文的到来，让公司逐渐迈上正轨，业务发展蒸蒸日上。

陈少文说，人勤沙变金。他雄心勃勃，把周总理签署的奖状复刻后装裱起来，挂在办公室显眼的位置，客户一进门就能看到。每次，面对客人惊讶的表情，他便充满了自豪感，不厌其烦地加以解说。在解说的过程中，他的能量和信念愈加蓬勃，不断生长。

"既然祖先给了我灵感，赋予我使命，我就一定要守护好这个无形资产和文化遗产。我的目标，就是不忘养蚝初心，牢记传承使命，一定要把祖辈的蚝文化发扬光大。"

天地换新，群星闪耀。此时，蚝在陈少文心中早已舒展成一个包容万象的大千世界。

老照片里的悠悠记忆

"我带你去我的蚝文化走廊看看,故事多得很,聊不完的。为了鼓励现在的年轻人,我可是煞费苦心。你想想,我们祖祖辈辈都是做蚝的,现在时代变了,年轻人大都没有养过蚝,但并不妨碍我们为蚝业发展做贡献。而且现在做蚝和以前做蚝大不一样,现在更科学,也更便捷,一个电话就可以解决很多问题。"

陈少文边走边说。他讲一口本地普通话,偶尔会有一两个字让我听不懂。正是这偶尔听不懂的部分,带着一种特别的质朴和亲切,轻抚我好奇的思想触须。

"我为什么不能做到?我从小爱吃蚝,对蚝也有深厚的感情。虽没有养过蚝,但不代表我不懂蚝。既然祖先选中了我,给了我传承的使命,这是我的福气,一定要坚持到底。"他满脸荣光。

陈少文是长子长孙,从小在家族里就备受宠爱,深得祖父喜爱。在那个艰苦年代,其他人都吃不饱,他却可以跟着祖父,经常上茶楼享受美食。当别的孩子小小年纪就走向蚝田时,他却可以在长辈的呵护下,做一个幸福的少年。

而当使命降临,他却能稳稳接住,不偏不倚。

那张奖状,像一座灯塔。每次接待客户,他都要激情澎湃地讲上一遍。很多事业成功的老板,第一次来私房菜馆吃蚝,看到陈少文精心制作的海报像风帆一样挂在窗上,便格外好奇沙井蚝背后的荣耀和故事,心想这老板必定不俗,非得一见不可。除非陈少文亲自介绍这张奖状的来龙去脉,否则客人们不会轻易离去。

文化的魅力,像磁铁一样,吸引着来自五湖四海的人们。每天,陈少文都会不厌其烦地同客人分享千年蚝文化、蚝故事,他沉醉其中、乐在其中。

他甚至向世人大方展示自己的各种社会身份与所获荣誉:深圳市宝安区沙井街道蚝产业协会副会长;深圳狮子会创会会员;2018年7月,被改革开放40周年爱国公益人物先进事迹报告会授予"改革奠基者"称号;2019年5月,被致敬大国工匠"社会各界爱国公益人物学习习近平新时代中国特色社会主义思想主题报告会"授予"工匠精神的传承者"称号……

这些身份与荣誉被镶嵌在相框里,挂在墙上,静默无声,却散发出独特的磁场和能量,吸引着人们的目光。

不难想象,每种身份与荣誉背后,都凝聚着汗水与智慧,承载着使命与情怀。

直视良久,"工匠精神的传承者"几个金色大字,仿佛在我眼前用力晃动了几下!我转头看向陈少文,此刻,他正以匠人精神,指着墙上的证书和照片,虔诚地讲述着那些不知道重复了多少遍的故事。

"这顶圆顶帽,是我们祖辈留下来的,至少有50年了。它是用竹片编的,可防晒防雨。两边的带子也是手工编织的,用一根塑料绳子把那些小珠子串起来,在阳光下亮晶晶的,女人们很喜欢。帽子里面的头巾,是纯棉的,可以防晒吸汗。以前蚝民出海时都会戴着它,有它在,那些辛勤劳作的日子变得有滋有味。

"看这张图片。这里是蛇口,是站在大南山上拍的,对面是香港,隐约可见阳光照在露出海面的蚝排上。人们正在蚝船上生火做饭。看,袅袅炊烟,正从海上升起。

"这张很有趣,是现在深圳大学的位置,二十世纪七十年代拍的。改革开放前,深圳大学的所在地是一个民兵房,主要防偷渡。这是士兵,手里握着钢枪,正在站岗。

"这张是前海,海边那几座山现在都还在,旁边是大铲岛和小铲岛。在沿江高速往东莞方向的左手边,现在有一个收费站,那里曾经是我们的蚝田。沧海变桑田,桑田起高楼,但我们会永远铭记蚝田的位置。

"再看这张,蚝民手里拿的东西叫钳,是用竹子做的,两杆一夹,蚝柱就上来了。蚝民在烈日暴晒下辛勤劳作,他们的汗水都掉进海里了。

"这张是在捌蚝,这张是在开蚝,这张是水泥柱养蚝,这张已经开始筏式吊养了。这张是在晒蚝,地点是现在水产公司的位置,就在蚝文化博物馆附近。这张是在投放蚝苗。这张是蚝民们在开会,上面还有一条横幅——帝国主义和一切反动派都是纸老虎,年代感很强呢。

"这张是生产队的队报,采蚝苗的资料汇总在黑板上;这张上面的十来个工人在维修蚝船;这张是蚝民在蛇口晒咸鱼;这张是村民在养鸭子;这张是海水把村子淹了,退潮后,有很多鱼留在岸上,村民们欢天喜地去捡鱼。

"再看看这张,是习近平总书记在渔民村照的。他头上戴的就是圆顶帽,多么朴实啊!

"'一个国家、一个民族的强盛,总是以文化兴盛为支撑的,中华民族伟大复兴需要以中华文化发展繁荣为基础与条件。'习近平总书记说的这话,深深地印在我们蚝人心中,为千年蚝乡文化的传承指明了方向,更赋予了我们无坚不摧的力量。所以我把这句话印在照片上,不时提醒大家,不要忘了初心使命。"

…………

一张张老照片,就像一颗颗闪亮的珍珠。陈少文的娓娓讲述,就像一根丝线,把它们紧紧串在一起。文化传承如清泉出山,叮叮咚咚,汇入中华文明的滔滔江河,永远取之不尽,用之不竭。

民间有谚语:"'冬至到清明,蚝肉肥晶晶''正月肥蚝甜白菜'……"两个小时过去了,陈少文依然口若悬河。此时,只见墙上的照片里,两只肥蚝泛着白光,真让人恨不得咬一口。

他说:"在山珍海味中,蚝属于'天下八珍'之一。蚝肉含有丰富的蛋白质、多种维生素和钙、锌、铁等多种微量元素,具有美容养颜、益智健脑等功效。每年冬春两季,是收蚝的季节。而农历正月的蚝肉,最为肥美,此时吃蚝最佳。蚝肉除了鲜吃,还可以加工制成蚝豉、蚝油及罐头食品。蚝豉与'好事'谐音,所以在春节期间,许多人都会备点蚝豉,与其他食材搭配,讨个好彩头。比如发菜炖蚝豉,有发财好事的寓意,宾主双方皆大欢喜,其乐融融。"

民以食为天。说到吃,加上眼见鲜嫩嫩、肥津津的蚝图,让人口舌生津,直咽口水。

"蚝肉的营养价值，可不由我们蚝民说了算，古今中外不少名人雅士都与牡蛎，也就是蚝结下了不解之缘呢。听说，日本人称其为'根之源'。而在西方，蚝被称为'神赐魔食'。拿破仑在征战中，喜欢吃牡蛎以保持旺盛的战斗力。宋美龄也经常吃牡蛎养颜。诗人李白更有'天上地下，牡蛎独尊'的题句传世。"

说到这，陈少文的眼神有些神秘。他示意我，跟着他来到一个包间。"唰"地一下，他把手一扬，把窗帘往下一拉，笑眯眯地指着上面说道："明朝医药学家李时珍的《本草纲目》中记载：牡蛎肉'多食之，能细洁皮肤，补肾壮阳，并能治虚，解丹毒'。"

好聪明的沙井蚝传人！他们笃信蚝的价值，在不断开掘中，让拿破仑代言、宋美龄代言、李时珍代言。这样的代言，千金难买。

当历史与现实紧密相连，蚝韵悠悠长长，蚝香飘飘荡荡。

来到收银台附近，陈少文指着墙上一幅长约两米、高约三米的地图，介绍说："这是当时宝安县养蚝的历史地图。很珍贵，一般人拿不到的，是我和开哥想方设法请回来的。看看，这是龙津古塔，这是沙井蚝塘，这是交椅湾，这是茅洲河，这是我们曾经养蚝的地方。如今蚝塘虽然没有了，可是沙井蚝通过异地养殖，依然风生水起。"

勿忘使命！没有比地图更直观的怀念和警醒了。站在这里思古怀今，是陈少文每天必做的功课。谈到开哥，陈少文满眼钦佩。他说，开哥从小养蚝，现在做蚝，始终对蚝不离不弃。他们走的路不同，但情怀一样。

此时，陈少文的陈述变得庄重起来。为了更好地传承蚝业，他高价聘请一流设计师，精心设计沙井金蚝私房菜馆的空间布局，营造浓厚的蚝文化氛围。魅力藏不住，是金子总会发光。沙井金蚝私房菜渐渐名声在外，很多人慕名而来。

"他妈的，我来了沙井这么久，第一次吃到这么好吃的金蚝。"一天中午，一位食客吃了陈少文亲自做的香煎金蚝后，用一种简单粗暴的方式拍案叫绝，引得周围食客侧目。得知金蚝味美的缘由，大家啧啧称奇，纷纷要求再加一道菜——香煎金蚝。

说起这个小插曲，陈少文颇为自得。那金色光芒，时时在他脑海中闪耀。日子一久，就凝结成了一颗金色的明珠，聚集起天地灵气，不时向陈少文发出召唤。

五只巨蚝激发的创意

必须要有一个盛大的庆祝仪式,才不负这金蚝之名!

不如办个金蚝节吧!一个提议从很多沙井蚝人心中涌出,陈少文与诸位同乡不谋而合。那些有志于沙井蚝传承的蚝人,开始为了这个期盼已久的节日,忙得不亦乐乎。

提供资料、寻找创意、设计方案……坚持、守护、传承、付出。2004年,第一届沙井金蚝节甫一诞生,就成为社会关注的焦点。沙井蚝的美名犹如长出了一双翅膀,传扬四方。近二十年来,陈少文跟随一众蚝人,挑着一肩使命,每届沙井金蚝节都全程参与。

"你看看,这五个大蚝壳来头不小呢,跟第十六届沙井金蚝节有关。"随着他手指的方向,我看到案几上五只巨大的蚝壳,颜色雪白,依次排列。这五只近二十年的蚝,又长又大,外表是三年蚝的几倍,那壳背上一圈圈的年轮像波浪一样,渐次荡开,划动着岁月的沧海。

它们不仅是人人艳羡的蚝王,更是备受尊敬的功臣。

第十六届沙井金蚝节，陈允权指名要陈少文来筹备。陈少文没有推辞，既然这是天意，是使命，一定要他来做，那他就要做出好样来。

当时，各级政府高瞻远瞩，保护千年蚝乡、传承千年蚝文化、活化沙井古墟的进度如期推进，华润置地也来开发金蚝小镇。而第十六届沙井金蚝节刚好要举办，沙井街道蚝产业协会刚好成立。所谓机缘巧合就是一切都刚刚好。

可前期没有资金支持，怎么办？

陈少文把桌一拍，说道："没钱怕什么？我们先做。做好了就不怕没钱。"于是，陈少文策划了一个不需要经费的方案：他们精选了五只巨蚝来拍卖，一只五万元。消息一出，五家地产公司纷纷响应，二十五万元赞助费落地。厨师当场香煎五只大金蚝，给竞拍获胜者享用。

蚝的鲜甜嫩滑，激发着人们向上向善的美好愿望。

随后，团队逐一上门，邀请实力雄厚的餐馆、企业参与赞助。陈少文以身作则，首先赞助了私房菜，大家纷纷效仿。金蚝节开幕当天，受邀人群云集格兰云天酒店，六十桌蚝宴座无虚席，场面十分火爆。

活动如此鲜活，场面如此生动，仿佛就发生在昨天，让陈少文终生难忘。

那一天，是2019年12月20日。鹏城的冬天，依然阳光灿烂。上午，在沙井蚝文化博物馆广场举行开幕式，现场灯笼高挂，气氛热烈。闻讯赶来的人们，兴高采烈，共赴这场为期十天的金蚝之约。

鲜花、礼花、泪花齐齐绽放。在人声鼎沸的映衬下，沙井蚝文化博物馆以五百多件（套）展品，讲述千年蚝乡的辉煌历史。深厚悠久的蚝业文化，以及沙井老蚝民的生活和历史，正张开双臂，拥抱寻幽览胜者。

开幕式别开生面。紧张刺激的开蚝大赛、蚝菜厨艺比拼,向市民展示开蚝绝技和蚝民煮蚝菜的精湛技艺。正宗沙井蚝的独特风味,让人们的脚步慢下来、停下来。在当天的金蚝特色美食展上,参展的一百多家沙井本土餐饮企业及知名餐饮商家,带来了各式各样的蚝菜,如煎蚝饼、酥炸蚝、蚝粥、香煎金蚝等,以及炸虾饼、油池、茶果等沙井传统特色小吃和时令美食,开启了一场蚝门盛宴。市民一饱口福后,再逛逛沙井蚝产品展销卖场,挑选心仪的美食,带回家与亲友共享。

古墟醒了,它睁开兴奋的眸子,摄下这人间喜乐的烟火。

金蚝成了媒介,打开了无数古老文化的大门。

金蚝节期间,金蚝美食周、购物嘉年华、粤剧粤曲文化节、百姓文化等系列活动,更让游客和市民品尝沙井美食,看遍沙井美景,体验沙井古墟文化。舞狮、民谣歌舞、儿童戏剧、民俗表演、诗歌音乐等精彩演出几乎天天都有,让国内外游客在尝遍沙井美食的同时,还饱览了沙井精彩文化,感受千年古墟的魅力与神采。在沙井大街片区金蚝小镇示范段,古祠堂、古井、古树星罗棋布,与青砖、古巷一起,为寻幽览胜的人们,提供了心灵休憩之所。

为了沙井古墟文化创造性转化和创新性发展,更有政府领导、专家学者、艺术大家齐聚一堂,共同探讨城市未来发展与文化保护,将文化强区建设提升到新的高度。

此时,沙井作为海洋文化名镇的特殊身份,愈发耀眼夺目。为奖励沙井老蚝民为蚝业发展所做出的贡献,主办方特地给他们颁发了贡献奖。受到嘉奖的老蚝民们,欢天喜地地戴上大红花,成为现场一道亮丽风景,为活动再添喜庆气氛。

每一天，陈少文都会亲临现场，感受沙井文明的跃动。他看到了金蚝节这艘巨轮，托起了沙井厚重而悠久的文明硕果。千年蚝文化所蕴含的"开放、包容、勤劳、重教、崇孝、创新"精神，不仅成就了今天繁荣的沙井，更成为沙井的符号和灵魂。

陈少文介绍说，沙井金蚝节是广东国际旅游文化节的重要组成部分，也是深圳市"一区一节庆"活动。从2004年至今，金蚝节已经成功举办了十九届，其影响力从深圳走向广东，从广东走向全国，成为"魅力蚝乡、古韵沙井"一张闪亮的名片，带动了一系列特色民俗文化活动，不断彰显蚝文化和海洋文化特色。

这样的成果，远超当初预想，且还在不断发酵。

作为地道的沙井人，城市翻天覆地的变化，让陈少文有了更为广阔的视野。在他眼中，在粤港澳大湾区和先行示范区建设的背景下，沙井地处湾区核心和"三城一港"区域，正迎来历史性重要机遇——融创冰雪文旅综合体、金蚝小镇、蚝乡湖公园、沙井文体中心、体育公园等项目的建设，正在将沙井打造成集历史文化、旅游、休闲娱乐、创意、经贸于一体的高水平、综合性的蚝文化民俗文化旅游胜地。那时，蚝文化的传承将开启新的篇章。

在这样的背景下，他同忠叔、开哥等一众沙井蚝人心往一处想，劲往一处使，拧成一股绳，必将有更大作为。

"现在已经是魅力湾区啦。要建千年蚝都，而不只是千年蚝乡了，这是我们沙井蚝人的奋斗目标，更需要全社会参与进来，光靠我一个人的力量是不行的。我现在什么都不缺，能在这里宣传蚝文化，我很开心；能为每个来这里的人讲故事，我很满足。这种快乐是无价的，再多的金钱都无法替代。"陈少文春风满面，被一种幸福的光芒笼罩着。房间里，充满了春天般轻柔醉人的气息。

收银台后方，一幅名家书法格外醒目。"中国第一蚝"几个字，古雅遒劲。抱素怀朴的力量，力敌千钧，穿越千年，抵达宋朝一枚初生蚝苗的灵魂深处，万顷波涛从远古蜂拥而来。

私房菜里的脉脉蚝情

我听见了涛声。听见了蚝苗吸食浮游生物的声音。甚至听见了中国第一只蚝跋涉千年的足音。

那一刻,我有些恍惚。为了转移注意力,我顺手拿起放在桌上的菜单。传承无处不在,这亦不是一张简单的菜单。

文化在此,美食在此。

封面上,一只刚出锅的金蚝悬于空中,像初升的太阳,照耀着大地上踏着连板赶潮的蚝民。奇香阵阵,仿若光线,洒下万道光芒。近处,一个高大魁梧的男子,右手拿着圆顶帽,左手扶着连板轴,板底挂在左肩上,雄赳赳气昂昂,像个出征的勇士。他挽起袖子和裤腿,浑身散发出刚毅果敢的阳刚之气。那大踏步向前的步子,每一步都迈得坚实有力。这正气凛然的形象,自是对一代代沙井蚝民最崇高的礼敬!

唯有美食不可辜负。万般敬意之中,我轻轻打开菜单。里面,竟还有一层对折的页面。

折页左边，只见身着红色 T 恤的陈少文，站在沙滩上，双手用力提着一根蚝柱，上面附着了十几只大蚝，少说也有二十斤。这个"蚝门世家第二十八代传人"手拿蚝柱的形象，与首页那张国务院奖状形成首尾呼应之势，一语道破"千年蚝乡，美味典藏；道道佳肴，吃出健康"的私房菜朴素之道。

"世代蚝乡，光耀千年。广东省宝安县沙井蚝业合作社，当年全国创汇第一，1958 年 12 月荣获国务院总理周恩来签发的奖状，由此成就'中国第一蚝乡'称号。陈少文在 2004 年创办深圳市金蚝文化产业发展有限公司后，就努力推动'沙井蚝'产业及文化事业向前发展，参与了首届至第十六届沙井金蚝节协办工作，并在异地养殖、加工蚝产品、设立蚝产品品牌专卖店及餐饮管理服务中，传承沙井蚝文化历史使命，为延续一代又一代千年传奇沙井蚝努力做出贡献！"折页正中，故事不断被重复、被铭记、被看见。

短短一段话，讲述的却是几代人的光荣与梦想。

再看折页右面，一个鲜红的影子让人眼前一亮。闻名遐迩的江氏大宗祠，在百年大榕树映衬下，蚝壳墙泛着道道永不屈服的白光。一个红衣女子依着墙，翩跹起舞，宛若展翅翱翔的火凤凰。

我忽然想起歌曲《飞天》，把歌词稍加改动，就可以变成一首蚝的颂歌：如果沧海枯了，还有一只蚝，那也是为你等候的一千个轮回；蓦然回首中，斩不断的牵牵绊绊。你所有的骄傲，不只是在画里飞。沙井的落日下，那传承的人是谁，任岁月剥去红装，依然无怨无悔……

动人的旋律，美好的表达，送给所有传承沙井蚝业的有志之士。

翻开这层折页，终于看到活色生香的画面。与折页外层蚝文化相互辉映的，是一道又一道让人垂涎三尺的金蚝宴菜品：香煎金蚝王、铁板姜葱鲜蚝、蚝豉腊味焗饭、招牌酥炸大蚝皇、鲍鱼花胶蚝豉煲、私房鸡蟹蚝煲……哎呀，不管是传统的，还是经过改良的，每道蚝菜都令我食指大动，味蕾呼喊。

在我仔细看菜单的时间，陈少文已经接了三通预订晚餐的电话。

好生意呀！此刻，已陆续有客人前来。

看我盯着菜单眼睛发直，陈少文哈哈大笑，又要开始讲故事了。他把我带到故事发生的地点：一个有着特别意义的包间。

包间并不特别，无非是一张大圆桌、一块红桌布，外加十把椅子。

陈少文并不急于讲故事，而是走到窗边，把帘子往下一拉。与其他包间所不同的是，这里的帘子上印着两首诗。

其中一首是梅尧臣那首著名的《食蚝》：薄宦游海乡，雅闻静康蚝。宿昔思一饱，钻灼苦未高。传闻巨浪中，碨礧如六鳌。亦复有细民，并海施竹牢。采掇种其间，冲激恣风涛。咸卤与日滋，蕃息依江皋。……

这首诗像一扇神秘之门，专为到这个包间食蚝的客人开启。

那是几年前暑假里的一天中午。学校放假了，校领导为了犒劳辛勤的园丁，一行十四人来到私房菜馆门口。

刚到门口，这位校领导眼尖，第一时间发现了饶宗颐题写的对联，异常惊讶。能得饶老亲笔题写的书法作品，想必这家私房菜馆"背后有人"。于是，他向接待的服务员说："我想见你们老板。"服务员诧异，说老板不在。校领导又问："你们老板是哪里人？"服务员说是沙井本地人，出去办事了，要晚点才能回来。校领导又说："等你们老板回来告诉我，我想和他聊聊，我对你们这里很感兴趣。"

真是奇怪的客人！服务员说好的，却丈二和尚摸不着头脑。

刚好那天其他包间都订满了，只有这个包间是空的。因为是夏天，正值酷暑，阳光酷烈。于是有人起身，将窗帘往下一拉，梅尧臣的《食蚝》豁然出现在众人眼前。有人发出高呼，他们如获至宝，没有想到私房菜馆里竟然隐藏着大文化、大文章。

"老板回来没？快把你们老板叫来。我从来没有看到过这么有内涵的私房菜。"那位校领导有些迫不及待，又开始招呼服务员。服务员也很着急，赶紧给老板打电话，说有客人想要见他。接到服务员的电话，陈少文也着急，究竟是何许人也，如此急切？无奈，事发突然，他根本走不开，只好让服务员跟客人连连道歉。

这一桌人为了等他，中午饭后还待着不走，在包房里打牌聊天，一直等到晚上。黄昏时分，陈少文终于回来了。他朴实的外表，让那位校领导颇感意外。两人见面即相谈甚欢，陈少文奉上自己的名片。不过，那位校领导并未亮明身份，陈少文至今不知对方是何方神圣。但这个故事，却在这间包间里发了芽，生了根，这挥之不去的美好记忆，让他领略了文化的力量如此不可思议，也让他意识到蚝文化传承更具非凡意义和时代价值。

思绪悠悠，时光鲜亮。带着满足之情，陈少文指着墙上一张照片说："除此之外，我特别感恩香港新光酒楼集团主席胡珠先生。我在香港的姑姑介绍我们相识后，我把蚝卖给他。这位胡先生，就是我前面提到的常年给饶老供蚝的那位港商。正是在他的建议下，我的金蚝私房菜馆诞生了。因为他的介绍，我有幸认识了饶老。这才有了私房菜馆门口那副引人惊叹的对联。"他的感恩之心，像菜单封面那只金灿灿的金蚝，正发出万丈光芒。

有了饶老的加持，金蚝私房菜馆自开业以来，做得风生水起，广受顾客欢迎。菜单上的各色菜式，无不凝结着他多年的心血。他带着工匠般的精神研发菜式，和广东省餐饮服务行业协会等美食行业组织保持紧密沟通，不断学习，不断改良，才有了今日菜单上让人食指大动的金蚝宴，和包间内让人流连忘返的千年蚝文化。经第十七届金蚝美食民俗文化节组委会推荐，沙井金蚝私房菜馆被评为沙井十大特色推荐美食餐厅。

万丈蚝情的传承之路，虽然迈上新台阶，风光无限，但前路漫漫，依然任重道远。

蚝门之家出乒坛健将

这个特别的下午,陈少文的情绪如潮水起落,时而汹涌,时而静默。当我们来到三楼一个特别之处时,这潮水忽然变得静水深流。

与四楼包间所不同的是,三楼似乎远离了烟火,飘散着一股墨香,有金石之气,更像是一处精神休憩之所。一进门,便见一张木桌上,木质托盘里卧着一尊奇石,名曰百岳朝天。

这就是传说中的磐石吗?走近细看,只见此石群山林立,百峰峥嵘,仿若气势磅礴的千军万马在山间驰骋,哒哒的马蹄声不绝于耳。仔细玩味,万里戈壁奇山,尽握掌中。

这石头肯定来头不小。古人说:我心匪石,不可转也。石头代表的是自然、原始和不假雕琢的本真,同时也象征着傲岸孤介、独立不群、超凡脱俗的人格精神。正所谓胸中有丘壑,掌中有河山。

这是何等气象,难怪他的私房菜馆谈笑多鸿儒。心不是随意可翻转的石头,但人与物相映,信念质地如石,历久弥坚。

我喜欢石头,觉得石头是有灵性的,所以盯着看了很久。直到陈少文在一个小角落里向我招手示意,我才恋恋不舍地把目光挪开。

他指着墙上挂着的一幅字,问我上面有多少个字。

这不是异体的蚝字吗,不就只有一个字吗,难道这里有玄机?我歪着脑袋,左看右看,前看后看。

细看,我居然在里面发现了"家""沙""井"几个字。陈少文神秘地说不止,还有几个字。这下,我是横看竖看,怎么也看不出来了。经他点拨,再细看,发现这里竟隐藏着六个字,连在一起竟是"沙井蚝门之家"。

"这是哪位高人笔法?"我发出惊叹。

陈少文说,这是他自己独创的。

我的嘴巴张得大大的。真是难以置信,眼前这位蚝文化传承人,确切地说,是个有文化的商人,或可称儒商,竟然还是个书法爱好者,竟有这般细腻的心思和情怀。

"你不信?"看我有些发愣,陈少文哈哈大笑,说:"来,我写一幅同样的字送给你。"他打开三楼那扇大门,艺术气息扑面而来。这里古香古色,翰墨之香缕缕绽放,芳香而淡雅,让我想起王冕的《墨梅》:我家洗砚池头树,朵朵花开淡墨痕。不要人夸好颜色,只留清气满乾坤。

磨墨、润笔、挥毫,陈少文一气呵成。一个鲜活的"蠔"字,仿佛一道新鲜出炉的大菜,正冒着热气,飘着香气,发出灵气,"沙井蚝门之家"六个字像石榴籽一样,紧紧抱在"蠔"字上。

这份自信和自在,如此独特;沙井蚝门之家,真实不虚。

蠔与沙井蚝门之家的自豪之树,深植于艺术和生活的土壤,更源自一份特殊的荣耀，这份荣耀就是陈少文的儿子陈楚熙。他是全家的骄傲。

儿子将父亲传承蚝业的精神运用到极致，如今可是沙井甚至深圳乒坛健将，带着荣誉，光耀门庭。对陈少文来说，儿子的成功，除了他和妻子的引导外，格外感恩恩师的栽培。

这位恩师是谁？

陈少文发给我一个视频。视频里，一位颇具风范的长辈在陈楚熙结婚时发来一段深情款款的祝福："亲爱的陈生、陈太，我的好朋友，贵公子陈楚熙和爱妻钟颖欣小姐喜结良缘，在此特别献上我的祝福。因特殊原因，不能前往深圳。我们相识将近二十年了，从楚熙几岁大到现在成家立业，我们见证他非常优秀地成长。他是深圳乒乓球健儿，是本地真正的优秀小伙儿。孩子从小品德正直善良，长大后一直追求自己喜欢的事。在此，我代表我们全家，对陈生和陈太、陈楚熙和钟颖欣，表示衷心祝福！来日方长，我们再相见。"

温暖的祝福，美好的情意。

陈少文说，这位言辞恳切的长辈，是乒乓球世界冠军丁宁的教练任国强，也是儿子陈楚熙的教练。儿子和他的师姐丁宁，如今是非常要好的朋友，丁宁经常和她妈妈来私房菜馆品沙井金蚝、包饺子呢。

说起儿子的成长经历，陈少文脸上充满了慈爱。

陈楚熙从小就热爱乒乓球运动，甚至深深为之着迷。当初，为了给儿子找乒乓球教练，陈少文颇费心思。当他费尽周折找到任国强，把儿子交给他时，任教练的一句话深深地打动了他。任教练说："学什么很重要，我们一定要拼，要为国争光，但更重要的是首先要做好人，才能做好事。"仁师如此，陈少文很放心把孩子交给他培养。果然不负所望,孩子一路飞速成长,成绩喜人。

在中国,乒乓球绝对是竞争最激烈的体育项目之一。要想从这个项目中杀出一条血路,必须付出艰辛的努力。在任教练的严格要求和精心指导下,陈楚熙正如一位乒坛前辈所赞誉的那样:从不可能成为可能。2013年,他在北美国际乒乓球邀请赛上拿了冠军;同年9月,又在第十二届全运会"中国联通杯"乒乓球比赛中,与杨磊获男子双打第六名。

"对于我,能够以我最钟爱的体育项目,走上全运会这个大舞台,已经圆梦了。我追寻的不是名气,不是金钱,而是精彩的人生。现在,全家人都以我为荣,我们的生活因乒乓球而改变。"19岁就踏上第十二届全运会的舞台,陈楚熙的青春,以拼搏与努力为底色,永远绚烂。

"外界对于我们深圳本土村民,总是有一个固定认知,认为我们仅需要'种房子'收租就可以过很好的生活。我们中有一部分人确实是这样生活的,但是新一代的深圳本地人开始为梦想而选择更多的道路。"陈楚熙说,他不想靠收租过活,也不想长大以后毫无悬念地进入老爸所在的股份公司工作。他有自己的追求,要通过自己的努力规划自己的人生道路。

陈楚熙7岁时在石岩小学上学,在一次课堂活动中接触了乒乓球后,就沉迷其中。老师发现陈楚熙在打乒乓球时很有悟性,就向陈少文建议,让孩子接受正规训练。陈少文想,打乒乓球是一种体育运动,可以在强身健体的同时,练就一项体育特长。在和妻子商量后,他们接受了老师的建议,在孩子9岁时,将他送往河北省进行专业训练。

在河北省学习期间,妈妈一直陪伴楚熙。一次,因为年纪小,受到别的孩子欺负,陈楚熙的手被玻璃划伤,到医院缝了好几针。妈妈心痛极了，立即把楚熙带回家，不想再让孩子受苦，想让他放弃专业乒乓球之路，在深圳随便打打、玩玩就可以了。但年幼的楚熙，态度坚决，他拒绝了妈妈的提议。

陈楚熙说，他喜欢拿着乒乓球拍的感觉，喜欢听到乒乓球撞击桌面的声音。只要站在乒乓球场，他就感到快乐。面对孩子的坚持与执着，母亲妥协了。

事实上，陈楚熙一路走来并不轻松。在成为职业运动员的道路上，为了有所提高，他进入了福建省队，并靠自己的不懈努力，在2013年年初踏上了全运会赛场，全家人为此兴奋不已。全运会可是全国最大、规格最高的一场综合体育运动会。对陈楚熙而言，他能走上职业生涯的大舞台，在这里跟全国各地优秀选手，甚至是乒乓球一线明星交锋，他感到从未有过的兴奋。

在那届全运会中，在男子双打六进五比赛中，他有幸与许昕、王励勤对阵。虽然最终败在对方手下，但是他依旧满足，第一次参加全运会就突破小组赛进入四分之一决赛，而且能与许昕、王励勤两位明星选手对阵，是他梦寐以求的事。面对强敌，陈楚熙并不胆怯，依然能正常发挥。他甚至窃喜，在比赛中可以近距离学习他们的乒乓技巧，更能感受到他们在场上的那股专注气势及心理状态，这可是千载难逢的机会。他的乒乓球艺因此不断精进。

为了不让儿子紧张，未经儿子同意，陈少文和妻子偷偷去看了那场比赛。看到儿子站在全运会赛场上，陈少文和妻子骄傲极了，激动得想向全场宣告：那就是我们的儿子陈楚熙。

有一次，陈楚熙在沈阳参加一场青少年乒乓球赛事，夫妻俩同样瞒着儿子，偷偷到现场观战。在一场紧张的比赛中，妻子因为太紧张竟然晕倒了，醒后还吐了一地。那场景着实吓人，陈少文当时紧张极了，生怕儿子知道后分心，比赛结束后才敢告诉儿子。现在想来，真是又忧又喜，竟成趣事，每每提及，家人均会捧腹大笑。

儿子的成功，让陈少文无限感慨。当初，面对亲朋好友的疑惑，支持儿子走乒乓球这条道路，并非易事。但是他一直坚信，这个选择是正确的。因为从小学二年级开始学打球那会儿，他就发现儿子比同龄孩子更加成熟，做任何事想得更加周全，也养成了不轻易认输的个性。用陈少文的话说，人无压力轻飘飘，井无压力不出油。

"虽然只是他一个人打球，但是乒乓球真的改变了我们的生活。我们一家人会更关注体育运动，也会到全国各地去观看他打比赛。与他一同成长，认识他身边的不同朋友。我们的生活变得多姿多彩，这就是我们一开始所期望的，而现在梦想成真了。"2013年8月，陈楚熙收到了深圳大学管理学院工商管理系的录取通知书，他的人生之路，精彩不断。

世间最美好的事情，莫过于梦想成真。

"儿子刻苦训练，为国争光，我们全家为他自豪。"这样的自豪，像一颗珍珠，在陈少文眼中闪闪发光。

作为蚝门之家，在儿子结婚那天，陈少文以发菜和蚝豉，亲手做了一道特别的蚝菜，把最朴实无华的祝福——发财好事，送给孩子，送给亲朋，送给这个可以成就梦想的美好时代。

采访即将结束时，陈少文兴致高昂，亲自到厨房为我煎了三只漂亮的金蚝。在他待客的茶桌上，我一手拿刀，一手拿叉，仿佛吃出了他关于人生和幸福的种种况味。

"少学诗文合家和，宏业宽广知己逢。"在一张扇面上，某著名书法家的题字，一语道破这个沙井蚝门世家"发财好事"的真谛：养过蚝又做蚝的人了不起，没养过蚝又能做好蚝的人更了不起。

走出文华阁，耳边响起了马艳锋创作的《金蚝之歌》——

你可曾到过沙井

可听过金蚝盛名

中国南海畔的沙井哟

说不尽物华天宝

道不完人杰地灵

沙井海边的金蚝哟

聆听着轻涛碧浪

细数着日出月明

千年的蚝歌深情地唱啊

唱得那黎明朝霞飞

唱得那傍晚夕阳红

如果你做客沙井

一定会兜满盛情

竹蚝石蚝瓦缸蚝

说不尽肉肥体美

道不完爽脆鲜味

举杯把盏对海风哟

尝不够醇厚蚝香

品不完悠悠蚝情

远来的朋友尽情地醉啊
醉在了沙井出金蚝
醉在了金蚝育沙井

第七章 富瑶门里起蚝情

美食的诱惑，是心中的火焰，是舌尖上的烈焰。

这致命的诱惑，连同洒了一地的春光，把我从碌碌庸常里，带到西乡富瑶门海鲜酒楼。

拨开岁月观沧海

打开车门,迈开双腿,轻轻踏入这美食缱绻地,远见"富瑶门海鲜酒楼"几个字,镌刻于半圆形的廊檐侧脸上,在阳光下闪耀夺目,烟火之气正在四周肆意起舞。两个大红灯笼,高挂于两侧,衬着"顺心生意年年旺,如意财源日日来"的上下联,喜气盈门。

我睁大双眼,只见大门左边,墙上芳香四溢的蚝菜谱,正大大方方伸展双臂,展示活色生香的灵魂与肉体。进门,右边是收银台,春风满面的财神爷乐呵呵地立在一旁。往前走几步,左边的水缸里,生猛海鲜张牙舞爪,活蹦乱跳。蓦然回首,即是座无虚席的大厅,无数人坐在灯火耀眼处,欢声笑语如浪花四溅,不绝于耳。

恰逢周末,爱喝早茶的本地人,男女老少团团围坐,说着我听不懂的围头话,在大堂里享受着好菜、好茶、好时光。灯影朦朦胧胧,韵律若有若无,无数亲密的相遇,在美食与味蕾之间发生神奇的化学反应,频频引动春天的波澜。

置身于美食的围攻中,味蕾开始蠢蠢欲动。穿过大厅,来到包房坐定,想到即将与这里发生紧密关联,我内心的波涛翻腾不止。休息片刻,心情略微平静了些。此时,有人推门而进,带着春天的阳光和一身烟火气,满脸笑意。

"我是黎泽洪,不好意思,来晚了。"来者开门见客,笑容坦荡,语气亲和。随即,黎泽洪无比真诚地说:"为了迎接你们的到来,厨房特地准备了近日研发的新菜品。"

新菜品,莫不是人间绝色?!黎总埋下这处漂亮伏笔,让随后两个小时的采访,充满了明明亮亮的烟火气。

这或新或旧的烟火,从几十年前的蚝田中升起,悠悠荡荡,穿越时代的风云,汇聚成一股清香,飘飘降落在富瑶门酒楼的餐桌,隐入一道道蚝美食,回荡着一阵阵欢笑。

窗外,阳光明媚;屋内,云烟升腾。

"听洪哥说你们要来采访,我这几天特地恶补了一下沙井蚝的相关知识。"闻言,我心中暗暗叫苦,后悔没有提前把采访提纲发给他。作为富瑶门海鲜酒楼的创始人之一,我们此次采写的重点,是想听他在蚝美食链上的坚守与传承故事。但转念一想,或许只有相互佐证的往昔,才更能凸显千年蚝乡发展的起承转合。

不过,这率真的开场白,却给了我一丝丝感动,那就索性把以美食为中心的采访提纲放到一边,听听他恶补了哪些蚝知识。

眼前的黎泽洪,看上去很年轻,不像是二十世纪七十年代出生的人。他脸上黝黑的皮肤,像是被海风吹出来的,又像是被南国强烈的阳光晒出来的。他身着一条深蓝色牛仔裤和一件同样颜色的T恤衫,一身朴素的打扮,丝毫没有餐厅老板的派头。健硕的身材更不像一个中年大叔。性格不张不扬，温温和和，身上隐约可见蚝民的朴实和纯真。

黎泽洪毫不遮掩自己的过往。作为沙井蚝四村人，作为蚝民的后代，他和其他沙井本地居民一样，身上刻着岁月的印迹和幸福的特征：收租、分红，儿女双全，福气满满。

他指着窗外，仿佛过去依然凝固在那里。如今海已不见，但记忆里的海永远波翻浪涌。据《沙井镇志》记载，现在的西乡海域以及南头、前海、红树湾公园海域，曾经都是一望无际的蚝田。那时的海呀，每年六月到八月，海水温度高、咸度低，蚝到了繁殖期，成年蚝将大量蚝卵排到海里。离开了母体的蚝苗，开始了一生的寻找。一旦确定目标，就终生相依，永远吸附在上面。

如今，前海车水马龙的沿江高速和远处的大小铲岛，都曾是沙井蚝民作业和活动的地方。大生产时代，因为条件有限，蚝民只能就地取材，把岛上的石头扔到海边去吸附蚝苗。后来石头少了，蚝民就去山上挖石头，或用炸药把大石头炸成小石头，再投放到浅海里去吸附蚝苗。

"作为蚝民的后代，因为上一辈的辛苦，为我们撑起了一方幸福的天空，所以我没有像其他同村人一样，小小年纪就弃学出海养蚝。但千年蚝乡文化的印迹，却同样在我的身上烙下深刻印迹。"

往昔那么远，记忆像一棵树，每个人的讲述都可以为它开一朵花，结一次果，壮大一些枝丫。黎泽洪的讲述，让我想起采访"蚝痴"开哥时的情景。作为同村人、同龄人，他们的记忆时而重叠，时而分叉。每道叙述里，都会跳出过往的一道阳光。

那是二十世纪七十年代。他们的父辈都在做着同一件事：蚝民必须出海才能养蚝，于是沙井人就到西乡、南头的蚝田去作业，往往一出海就是一周，其间只能住在船上或岛上。不怕艰苦的蚝民，习惯了船上简陋的生活条件。他们以天为被，以海为床，过着粗犷又豪迈的日子。

在水上起炊烟，在水上做美梦。因为干活的多是男人，晚上冲凉时，大家脱光了衣服，就着月光，用瓢舀水，往身上随便一浇，哗啦几下，就冲掉了所有的疲乏和辛苦。三天左右，船上的淡水用完了，蚝民就到西乡码头加满几桶，又可以应付几天。归家的日子，像过节一样，成了蚝民最心动的期盼，心中时时浮现出妻儿在码头眺望的身影。

回家，出海；出海，回家。在这样周而复始的轮回中，浸满心血与汗水的日子，把隐于海中的蚝一天天滋养成熟。三年之后，每一颗肥蚝，都可以成为照耀蚝民辛苦奋斗的那轮太阳。在这样的轮回中，开哥随父亲，走向了蚝田，成为蚝民；而有着不同成长轨迹的黎泽洪，却成了蚝田的守望者。

他先后出过两次海，但不是去养蚝，而是放暑假时去蚝田里玩。那时的阳光，多亲切啊！看到大人们在蚝田里捯蚝，不会乘连板的他只能望蚝兴叹。但失之东隅，收之桑榆。滩涂上，多的是八爪鱼、小螃蟹、小虾什么的。

说到这里，黎泽洪眼里放光，仿佛那些小虾小蟹还在眼前爬动似的。每次，他都把自己弄成一个泥人，因此常常被父亲和母亲厉声责备。但收获满满的那一小筐海味，却为家里的餐桌增添了香气和光芒。虽然只去过两次，但蚝排的壮阔与时光的斑斓，却成了黎泽洪成长岁月里最动人的背景。

时间过得飞快。改革开放的春风吹遍神州大地，也吹醒了沉睡千年的蚝田。随着深圳基础工程建设的起步和黄田机场的规划选址，沙井的蚝田被政府征收，城市现代化的进程不可阻挡，蚝民拿着政府补贴，在感恩时代的同时，开始了新的寻找。

海，就在不远处呼唤；蚝，也在不远处呼唤。

很快，沙井蚝业大队在蛇口流浮山附近成立蚝科组，研究和实践筏式吊养蚝排，即把吊笼套在蚝排上，蚝排随着潮水起落，蚝不会在潮汐中被泥沙掩埋，蚝民不用赶海，也不用再为之日夜奔忙。

还是那片海，还是亲爱的蚝。以蚝为生的人们，用独有的坚强和勇敢，再次开拓出一番新天地。

约在关口见亲人

接过父辈手中传来的接力棒，黎泽洪的两个哥哥义不容辞，成为蚝田的坚守者。他们乘着帆船，扬起风帆，喊着号子，慷慨奔赴蚝田的怀抱。在沙井蚝田被政府征收以后，黎泽洪的二哥根据村里安排来到蛇口养蚝，年龄稍小的三哥紧随二哥的步伐，直接去了蚝田，做起了蚝民。

二十世纪八十年代末期，蛇口的蚝田就在如今的明华轮附近、南海酒店旁边，以及现在的深圳湾大桥下面。正值壮年的二哥和三哥，传承着祖辈自力更生、不怕吃苦的勇敢和毅力，担起了一家人的生计，白天有规律地作业，在海中播撒希望和梦想；夜晚住在海边的小平房里，枕着岁月的波涛，聆听万亩生蚝在沉睡时发出的均匀呼吸声。

那些风里雨里的日子，豪情与辛苦相伴，喜悦与担忧纠缠。察看蚝排、维修蚝排、规划蚝排，两个哥哥接受了命运的安排，成了地地道道的养蚝人。看天养蚝，除了祈祷上天的恩赐，他们甚至穿着潜水服下海，寻找掉落在海底的蚝排。这种作业，危险系数很高，如果游泳技术不好，不会用力，潜水时会陷入淤泥中，若是遇到涨潮那就更麻烦了，极有可能会被淹死。

但蚝民们何曾怕过？为了生存，更是为了传承，为了守护。千年蚝业怎么能丢？

因为养蚝而活着，因为活着而养蚝。正因为这样的信念，在那个物质极为匮乏的年代，比起农民，蚝民基本可以解决温饱问题。因为蚝民有船，有出海作业证，可以把蚝带到香港出售，收入自然比农民高。特别是分田到户以后，蚝民几乎家家都有彩电、冰箱、摩托，日子一天天亮堂起来。

黎泽洪家的明亮生活，除了靠父母和哥哥们的努力，还离不开他的大姐。黎泽洪作为老幺，说起在香港的大姐，眼里盈满深情。在生活最艰难的时候，大姐同村里其他人一样，到香港立足，把赚到的钱寄回家。家里的第一台电视机，就是大姐从香港带回来的。

比起蚝民刚刚温饱的日子，彼时的香港可谓遍地黄金。黎泽洪的大姐通过打工赚到了一些钱，也尝到了甜头，但在最开始那几年，因为政策问题，大姐想家却不敢回家，只能打电话到生产大队，或通过电话一诉思乡之情，或约时间到罗湖海关附近的新安酒家，分隔两地的家人坐到一起，吃顿团圆饭。

有时来不及，大姐就约家人在海关广场的空地上见一面。短暂的时间里，亲人见面，互诉亲情，彼此珍重的话不断重复，然后相望着分开，一个往香港，一个往沙井。那时交通不发达，从沙井到罗湖海关，不顺利时可能要一天的时间。

那场面，让黎泽洪记忆犹新，现在想起来依然令他心酸。

不过，与另外一种辛酸相比，这根本算不了什么。

黎泽洪清楚地记得，深圳大学附近有座山叫文山，其实以前叫"坟山"，因为掩埋了很多因为去香港被淹死的村民而得名。深圳大学成立后，才用"文山"取代了"坟山"，小心隐藏起那段不愿轻易触碰的历史。

即使再辛酸，在对幸福生活的畅想面前，又算得了什么呢？

成功到达香港的人，很快安定下来，开始慢慢积累资金、掌握技术。改革开放后，内地的经济建设轰轰烈烈，他们终于有了机会回归故乡。于是，他们带着资金和技术回来了，成了老板，成了工程师，成了致富带头人，不断推动内地经济建设的繁荣与发展。

黎泽洪那时还小，种种关于逃港的惊险故事，听起来多少让人有些害怕。好在，他一生顺遂。从在义德堂上蚝业小学，到沙井中学高中毕业，他在一帆风顺中走过了生命的金色年华。高中毕业后，他进了蛇口妈湾附近一家工厂打工。因为此前从未真正出过家门，从小就未曾吃过什么苦头的他，仅一周后就回到沙井，进了一家生产电子闹钟的港资厂，在办公室做人事文员。

这里，成了他生命进阶的拐点。这期间，他一边工作，一边学习，考报关证。可喜的是，仅一月，黎泽洪就取得了报关证。

生活不断向他开启幸运之门。当时，沙井镇投资的企业——经发公司，属于"三来一补"企业，货物进出口岸时需要报关。于是，沙井镇政府外经办成立了报关组，每村派一个人去负责本村的"三来一补"企业报关事宜。经熟人介绍，有报关证的黎泽洪，顺理成章成了一名报关员。

但考验无处不在。彼时走私现象严重，进出口需要核销。那时无电脑，只能人工报关，所以很多报关员钻空子，利用自身便利条件倒卖电子产品。此时，黎泽洪不为所动，有人说他是个傻仔，放着这么好的赚钱机会不用。那时的黎泽洪虽然年轻，但他谨记母亲的教诲，做人要光明磊落、老实本分，不做坏事，也不做违法的事。他坚守职业操守，对工作怀有敬畏之心，从未有过一次不法行为。

从1990年到1994年，黎泽洪的报关工作一干就是四年。随后，在命运的再次垂青下，他来到沙明股份有限公司，从事安全生产管理，主要负责租户厂房的安全管理。

他的人生，又一次迎来了拐点。

安全大于天。任何小问题，稍有疏忽，都有可能导致大事故。在这期间，他严守规则，认真对待每一次的检查和巡视。他因此接触到很多优秀的管理者和企业家。赚钱本不容易，看到有些老板把打工积攒的钱拿来创业，更不容易。好不容易工厂有了发展，万不能因为安全管理出现纰漏而毁于一旦。于是，他苦口婆心和租户沟通，将安全管理规则执行到底。为了展现诚意，也为宣传沙井蚝品牌，一有机会，黎泽洪就请租户们吃蚝。人心都是肉长的，他的豪爽和真诚赢得了租户的信任，很多租户到最后和他成了称兄道弟的好哥们儿，甚至是一辈子的好朋友。

"你怎么对别人，别人也会怎么对你。"黎泽洪无比感谢自己的母亲，她虽未上过学，且只会写自己的名字，但她对子女的教育却从未失职，孩子们个个安守本分，一生正直。

这本分、这正直，就像护身符，护佑黎泽洪从那些烟熏火燎的日子，一路跋涉，到如今的富瑶门海鲜酒楼，顺利转折。

每次转折，都是逢山开路，遇水架桥。一切都是最好的安排。

轻轻叩响富瑶门

正聊着,门"吱呀"一声,一男一女推门而入。男的身材结实敦厚,一脸福相;女的身材窈窕,脸上光彩照人。黎泽洪赶忙起身相迎,介绍说这是他的妻兄妻嫂,均是富瑶门酒楼的创始人。

"以前披星戴月干活,哪里会想到如今靠分红就能把日子养得肥肥胖胖啊!"曾凤葵声音脆甜,是个大方开朗之人。对岁月和时代的赠予,她言辞恳切,不遮不掩,幸福感随着嗓音,从心里飞出,在空中一朵朵绽放,你甚至能闻到幸福的香气。皮肤白皙的她,一脸和气,有一种让人越看越舒服的美。真是和气生财,生意不好都不行。

作为新桥曾姓大户人家的女子,土生土长的她,此言代表了很多人的心声。让我想起几年前在采访上梅林村、岗厦村以及新洲村的村民时,听到好多村民用同样的语气,发出同样的感慨:幸福,就像从天上掉下来的一样!

每次,我都睁大眼睛,看着眼前这些感恩知足的人。慢慢地,这幸福也种进了我的心里，让我感同身受，并学会了幸福着他们的幸福、感恩着他们的感恩。想象着幸运之神，随手一挥，就洒下万千甘露，润泽这一方神奇的土地。

而我，有幸目睹了这一切。

此时，黎泽洪面色和顺，表情安详。嫂嫂一席话，让他神情舒展。幸福就像从天上掉下来的感觉，他一样深有体会。

与其他人所不同的是，对当下的生活，他们倍加珍惜，没有在幸福之中迷失。虽然，手上的老茧不见了，心中的苦累不见了，但他们深知，最大的幸福，还是要靠双手、靠大脑去获得。眼见祖祖辈辈赖以生存的沙井蚝田远去，他们于心难安，于是开始自己更深刻的思考。

沙井不能没有蚝，沙井蚝不能没有餐厅！民以食为天，在以何种形式传承祖业的思考中，他们终于找到了目标和方向。富瑶门海鲜酒楼，就是几经思考后的最好见证。开业三年来，生意越来越火爆。

梦想付诸实践的那一年，正是2020年。此前从未接触过餐饮业的黎泽洪，在调查中发现，走进商业城，人气最旺的地方就是餐厅。烟火气，永远是人间最动人的气息。而正宗的沙井蚝菜品，是本地人的最爱。到了吃蚝的季节，很多做蚝的餐厅生意旺得就像盈盈春水，让食客惊叹和沉醉。

这一发现，让黎泽洪心潮澎湃。

经过市场调研，他发现，不仅本地人爱吃蚝，很多外地人也喜欢吃蚝。蚝的营养价值，人们一经了解，便会迅速爱上。但目前，一些做蚝的餐厅，往往只做姜葱生蚝、炸蚝、蒸蚝等几道传统的蚝菜品，创意不足，如果能结合外地人的口味，对蚝菜品进行改良，不断创新，增加一些酸辣的味道，比如做一些酸汤蚝之类的特色新蚝菜品，应该会吸引更多的人前来消费。

一定要开一家正宗的蚝餐厅，在与时俱进中，满足更多人的需要。

正好哥嫂的东江海辉酒家因故歇业，哥嫂的加盟，更让黎泽洪的酒楼远景辉煌，实力大增。策划、选址、招兵买马，位于固戍桃源居的富瑶门海鲜酒楼，就这么开起来了。

说起东江海辉酒家歇业的原因，曾凤葵无限感慨。虽有遗憾，但很多美好的往事，说起来还是那么亮堂。

为了答谢周围村民对酒家生意的照顾，每年重阳节或春节等节日，酒家会请周边小区年满七十岁的老人吃宴席，大门敞开、见者有份，愿意报名的都可以来。有时，烤猪、鲍鱼、龙虾等两三千元一桌的盛宴，会办到四五十桌。大家欢欢喜喜地吃完后，每人还可以带走一份喜庆而厚重的礼物。由于场地缺少停车位，严重影响酒家的经营和长期规划，曾凤葵和丈夫几经商量，最后忍痛关掉了曾花上千万装修的豪华酒家。曾经受惠于此的很多本地村民舍不得，他们自己更舍不得。

树挪死，人挪活。他们决定转移阵地，撸起袖子，克服诸多困难，再次将富瑶门海鲜酒楼做得风生水起。因得天时地利人和之便，富瑶门海鲜酒楼度过了三年低迷期，如今不论早中晚市，都门庭若市。如当初的东江海辉酒家一样，富瑶门海鲜酒楼再次受到周边居民的欢迎，成为食客们物质和精神上的一个支点。

"每年11月至次年2月，就是人们常说的吹北风之时，是吃蚝的好季节。之后出产的蚝不鲜不肥，肉质会变粉、变酸，口感不好。所以我们酒店到了吃蚝的季节，才做鲜美的蚝菜。5、6月份还在做蚝菜的餐厅，一般都不是正宗的蚝餐厅，都是做给外地人吃的。本地人是从来不在 5、6 月份吃蚝的。"

黎泽洪口中的本地人,可以说是富瑶门蚝菜品主要的消费群体。其中,热爱生活的阿爷阿奶们,每天迎着朝阳,在公园打完太极、跳完广场舞,七八点钟的样子,或回家自己做早餐,或三五成群相约来到酒楼,来几道精美早点、一道白灼鲜蚝、一壶好茶,边吃边聊,东家长西家短,忆过去、说现在、想未来。

每当这时,他们是主角,置身命运的舞台,表演独属于自己的悲喜人生。而酒楼的前厅后厨,是这个舞台最好的支撑。

偶尔,刚采购鲜蚝回来的黎泽洪,提着装蚝的水桶从他们身边经过。咣当咣当,一只只鲜甜肥嫩的生蚝,在水里晃来荡去,舒展着慵懒的身体,也在侧耳倾听人们掀起的尘世涛声。

前厅后厨皆干将

人来人往，烟火飘飘。美食满足人的味蕾，让食客们愈加自在，且充满生气。那些身着制服满面春风的身影，更让食客们的舞台变得格外丰富绚丽。

黎泽洪深知，富瑶门能有今日的辉煌，离不开身着白衣戴着白帽的厨师团队，以及穿着灰色制服在前厅与后厨间穿梭的服务员队伍。他说，对一家酒楼而言，要想办得好、有生意，必须要打造一个优秀的核心团队，其中最重要的是前厅与后厨。从他自豪的笑容里，可以看出，他的这个核心团队的表现是令人满意的、成绩是让人骄傲的。正是因为他们，才让富瑶门的烟火在同行业中独树一帜、与众不同。

如此优秀的团队，风采必定不凡，得见见。看我们期待的眼神，黎泽洪脸上自豪的花朵又多绽放了几朵。此时，大厅满座，后厨正忙得不亦乐乎。尽管如此，他还是利用服务间隙，叫来大厅负责人杨妹和后厨负责人陈世盛。

杨妹,真是一个接地气的好名字,好喜庆。这位生于 1989 年的广东茂名女子,五官精致,挽起一头长发,处处透露出精明干练。她一坐下,便毫无拘束地聊起来。杨妹说,酒楼的筹备过程非常不容易,可以说是举步维艰。为了争取客源,她亲自带队,到周边社区做宣传。在各种促销活动下,居民们迈开迟疑的脚步,终于走进了富瑶门,初来处处惊喜,再来竟是迫不及待。在良好口碑的带动下,富瑶门的人气越来越旺。为了吃上一口正宗地道的蚝美食,人们宁愿排队等候。

"顾客说好,才是真好。顾客满意,我们就开心。为了使顾客满意,我们还提供个性化服务。比如,有个顾客特喜欢吃我们这里的生蚝,他口味偏重,直接让我们用花雕酒煮花螺,几分钟后把花螺捞出来,再把特大生蚝丢进去,十分钟之后捞出来的蚝肉,弹牙之极,味道独特,他吃得可满意啦。"

杨妹脸上笑开了花,她把头转向一旁静听的大眼睛男子,似在说,这样的弹牙,当然离不开后厨的精心制作和辛苦付出啦。

大眼睛男子会心一笑,马上接过话茬,落落大方地自我介绍道:"我叫陈世盛,生于 1987 年,广东罗定人,从厨二十余年,十六岁就进入餐饮行业,除了在广东省餐饮协会考了二级烹饪技师,还在各种美食节上拿过不少大奖。"

真是人才济济!

"厨师的技艺无关年龄,而看天分、看勤奋。如果想餐厅受人欢迎,菜品既要植根于传统,又要在传统基础上不断改良。"陈世盛大而有神的眼睛,闪烁着成熟理性的光芒,一张嘴便口吐莲花,介绍起菜单上的菜品来,让人食指大动。

"这道菜叫蜂巢酥炸生蚝。大肥蚝均来自台山,炸出来的形状像蜂巢，外酥里嫩，再配以西生菜和沙拉，荤素搭配，口感好又解腻。传统菜未配西生菜，且无酥的感觉，改良后显得更有层次。这道菜叫姜葱铁板生蚝，是道传统的招牌菜，姜葱配上等生蚝，蚝肉嫩滑清香，此菜特别受欢迎。

"这道菜叫金银蒜蓉生蚝，蒜去腥，且香味浓郁，配上蚝的鲜甜，这可是广东本地人的偏爱。这道香煎金蚝就更不用提啦，算是蚝菜中的上品了，把肥蚝一煎，变成金灿灿的颜色，不仅好看，入口更是又香又酥。这道发菜蚝豉焖猪手，也是广东传统蚝菜，寄寓发财的美好祝愿，多用于逢年过节。这道菜叫白灼生蚝，原汁原味，配上芥末酱油，芥末会令生蚝鲜味突出，口感更有层次，食之难忘。

"这道菜叫金酸汤煮生蚝，由于外地人对蚝的腥味很不喜欢，所以我们用贵州地道的酸汤来提升和改变，用四川泡菜南瓜汁调色，此种搭配去腥又开胃，能激活食客的味蕾，撞见美食风光。"

"这道菜嘛……"陈世盛顿了顿，眼睛眨了几下说，"是我们最近创新的菜品。我们暂且叫它芝士焗生蚝。咬一口，唇齿间满是浓浓的芝士味，且奶香四溢。鲜蚝的口感嫩滑，还略带点咸味，冲淡了芝士的甜腻，再加上浓郁的奶香，口感层次的丰富，已远超前面介绍的蜂巢酥炸生蚝和白灼生蚝啦。为了不断创新菜品，陈总和黎总经常带领酒楼一帮干将，通过各种途径调研了解沙井蚝的特点，芝士焗生蚝就是这样诞生的。"

…………

陈世盛说到这，用带着敬意的大眼睛，看向坐在一旁一直谦虚聆听的陈总，也就是曾凤葵的先生，富瑶门酒楼的创始人之一。

听完陈世盛专业熟练的介绍，陈总满意地点了点头接着说："必须与时俱进。我们酒楼每隔几个月就会更换一次菜单,不受欢迎的菜品会逐渐被淘汰。我们坚持食材要新鲜,不要冻品。每年四五月份,在蚝菜下市的时候,我们会带上核心团队去外地考察,比如去湖南长沙、四川成都等一些酒楼了解行情,在完全不同的菜系中,寻找创新灵感。今年,我们打算去重庆考察,为酒楼的可持续发展带来更多的可能。"

陈总声音低沉浑厚,笑容坦荡温暖,眼神里充满了对下属的赞许和信任。

富瑶门里『金屋藏娇』

正是因为这样的信任和支持，才使一道道精心烹调的菜品，在食客的舌尖上绽放出诗意和光芒。

烟火飘飘，饥肠辘辘。终于到了用餐时分。采访近两个小时，肚子开始咕咕叫，索性把采访的事放到一边，毫不客气地准备大快朵颐。先是烤鹅，接着是鲍鱼炖鸡，再接下来是蜂巢酥炸生蚝、姜葱铁板生蚝……香气萦绕，这致命的诱惑，吃得我唇齿含香，满嘴跑油。吃得半饱，方才发现，新品像个新嫁娘，迟迟未曾露面。

"来了！来了！不好意思，大厅太忙，耽搁了。"黎泽洪的致歉声随着扑鼻的香气一起出现。

终于见到新菜品的真容了！还真是有犹抱琵琶半遮面的感觉。盘子里，十二只看似蛋挞的食物，环绕着绿色植物造型，均匀摆在盘子四周。

"咦！这是什么，蛋挞？"黎泽洪却笑而不语，示意大家快尝一尝。

金灿灿的挞皮,油黄黄的蛋浆,慢腾腾的热气。众人举起筷子,带着疑惑,停在空中,如同要去打开潘多拉的盒子,略微有些不确定的紧张。

这会是什么样的惊喜呢?我下定决心,小心翼翼夹起一只,送到嘴里。慢慢地咬第一口,入口奇香,竟有爆汁般的爽嫩口感。是蚝肉!原来挞皮与蛋浆中间,竟然藏着一只香喷喷、滑嫩嫩的肥蚝。美味来得太突然,足以打翻所有矜持的伪装,让食客原形毕露,吃货的本质暴露无遗。

笑容瞬间像烟花般绽放,仿佛能听到空中传来噼噼啪啪的惊喜之声。众人开始迫不及待,快速咬第二口、第三口……好吃!再来一只!再来一只!没有传统蛋挞的甜腻,却有一口淡淡的咸香与甜香。真是高明的创意。

"哇,太好吃了!""哇,太神奇了!""哇,这点子太绝了!"……当诱惑在舌尖燃烧,除了用舌头、用味蕾、用心去感受和品尝,唯有用这一声声的尖叫表达惊喜。

大家的赞不绝口,已在黎泽洪的预料之中。他脸上盈着满满的笑意说:"这道菜中西合璧,属富瑶门海鲜酒楼原创,'芝士焗生蚝'是暂定的名字,目前还在试吃阶段,未正式对外推出。不如,请大家帮忙取个名字吧。"

名字?想想那突然而至的金色诱惑,以及藏在金色外皮中的爆汁,我脱口而出:"金屋藏娇。"

"金屋藏娇!好名字,只是好暧昧哦。"曾凤葵哈哈一笑,她用秀美的眸子瞄了一眼身旁的妹夫黎泽洪,与坐在对面的先生陈总相视一笑说:"我这妹夫可是标准的好男人,他是一个好老公。若是突然'金屋藏娇'了，后院必会起火，引起轩然大波。"

一席话，引得众人乐不可支。黎泽洪脸红了，竟有些害羞。

好一番舌尖上的诱惑。菜足饭饱，浑身又蓄满了能量，采访继续。

谈到沙井蚝如何传承的问题，黎泽洪认为，开餐馆做蚝菜，是蚝业传承中至关重要的一个环节。沙井蚝异地养殖成功了，沙井蚝的品牌被保留下来了，作为沙井蚝民的后代，传承责无旁贷。为了继续发挥沙井蚝的品牌影响力，在吃蚝季节，富瑶门酒楼所用之蚝，全是从台山养殖基地第一时间采购回来的沙井蚝。物流业的发达，为酒楼的正宗蚝菜出品提供了无限可能。

为了让更多人爱上蚝，每到生蚝收获季节，他都要呼朋唤友，到酒楼来吃蚝，享受蚝的美味。免费吃不说，吃完了还送，送完了还教他们怎么做。更重要的是，还要用心讲好蚝文化，让吃蚝的人对沙井蚝刻骨铭心。

说起北方的朋友初次吃蚝的情形，黎泽洪忍不住笑出声来。他说，有一次，他送蚝给东北的一个朋友。朋友收到蚝后因为不懂得清洗，觉得黏黏糊糊的很脏，竟像杀鱼一样，很认真地把蚝肚剖开，看到里面有绿色的东西，以为是脏东西，用水把它一点点洗掉了。

"你看，我们洗得多么干净。"看到朋友发来的照片，黎泽洪哭笑不得，心痛得就差捶胸顿足了，那可是精华呀，全被洗掉了，多浪费啊！他后悔没早些教这个朋友识蚝、做蚝。于是，他认真地告诉朋友："洗蚝时，要把蚝放在竹篮里，放面粉或盐，顺时针旋转，蚝肉身上的黏丝就被洗掉了。蚝的做法则更多，白灼、清蒸等，火候极为重要，时间把控也尤为关键，像白灼生蚝，用矿泉水煮味道最佳，一般五六分钟就可以出锅。而用姜葱炒蚝时，千万别放酱油，放蚝油更香。"

这吃蚝洗蚝的技术，千百年来，蚝民早已烂熟于心。蚝，不仅滋养了他们的身心，更滋养了那些苦难的岁月。

黎泽洪想起小时候，那时家里穷。大蚝可是舍不得吃的，基本上拿去卖，家里只吃小蚝，只有指甲那么大。尤其以前在生产队的时候，环境不好，蚝收成也不好，那样的年头用蚝民的话说，叫瘦年。在瘦年，蚝酸了或小了，开出来卖不动，生产队只能扔掉。不过，这可让蚝民捡便宜了，收工后大家都不走，留下来在蚝壳堆里寻找扔掉的小蚝。敲敲打打中，一点一点就集齐了一盘小蚝仔，拿回家用鸡蛋煎蚝烙，或再放些猪肉末，是一道让孩子们格外解馋的美食呢。

多少年过去了，这样的回忆在很多蚝民心里生了根，越来越鲜活，就像发生在昨天一样。如今大家都不再吃小蚝了，市场上再也找不到以前那样的小蚝了。富瑶门做的蚝，基本都是定向采购，绝不随便在市场上买次品。

"市场上的蚝泡在水里，看上去很大，但拿回去后会变小。因为蚝吃了淡水肚子会变大，但一煮就小了。买蚝时，那种看起来很脏的，实际上质量最好。好的蚝越煮越大，不好的蚝越煮越小。温度不能太高，不然不好吃。"

在吃蚝的季节，每天为了拿到最新鲜的蚝肉，尽管开蚝环境腥味冲天，黎泽洪依然每天早上开车到指定的开蚝地点，去取鲜蚝回来。有时拿不到足够的鲜蚝，他就直接开车去沙井水产市场，或去沙井水产公司门市部，挑选质量上乘的鲜蚝。

这是一种责任，更是一种使命。除此之外，传承更需要仪式感。

踩着冬日或初春的阳光，回到富瑶门时，黎泽洪会先到财神爷那里上香祈福。记得有一天，他提着一桶鲜蚝回来，上完香后，因为赶时间,他没走员工通道,直接从大厅去了后厨。一个从外地来深出差的客人,正和朋友喝早茶,看着桶里白白胖胖的东西,问他提的是什么。黎泽洪停下来,擦擦额头上的汗说,这是刚买的鲜蚝。客人来了兴趣,要求马上做来吃。一道姜葱铁板生蚝,简直是人间极品美味,这客人一吃不要紧,从此爱得一发不可收。此后,便成了吃蚝常客,带动了身边一大批朋友前来吃蚝。

富瑶门海鲜酒楼的蚝菜品就在这样的口口相传之下,名气越来越大。

正说到这儿,"金屋藏娇"制作者——麦师傅走了进来。麦师傅是一名西式糕点师,有些腼腆,不善言谈,但却说了一句很经典的话:"做菜必须注重细节。"

小细节可做大文章。就是因为注重细节,才有了西式蛋挞与中式鲜蚝的完美结合。这一座金屋藏着的,岂止一只鲜美无比的蚝,更是一只有思想的蚝,传送着黎泽洪及曾凤葵夫妇等沙井蚝民与蚝业传承人金子般的品质和创新传承蚝业的赤子之心。

第八章 到台山去

都斛镇，台山蚝文化美食城，天汇假日酒店。

3月5日的清晨，红日初升。一支特殊的队伍整装待发。

这支五人队伍，由诗人、作家、美食家、教师及媒体人组成。他们于昨日清晨，从深圳后海出发，穿越从伶仃洋上飘来的薄雾，向着台山都斛镇出发，去采撷沙井蚝异地养殖的绚烂阳光。

一群来自深圳的探访者

这是一次意义非凡的旅行。望着窗外一闪而过的深圳国际会展中心、深圳宝安国际机场,这里曾是沙井蚝民的万亩蚝田啊!如今,沙井蚝虽远离故土,但依然植根湾区,依然风生水起,说着同样的故事、呈现同样的品质、承载同样的乡愁。

沙井蚝,你们在台山还好吗?带着莫名的兴奋,带着冥冥之中天降的使命感,五人内心涟漪四起、春风阵阵。

只是陌生的都斛,芳名因何而来?都斛,多么奇怪的名字啊,是否地肥水美,有唱着田园牧歌的阿哥阿妹……大家七嘴八舌,描绘着一幅未知的图景。

除此行的发起者、美食家且是行伍出身的贵哥外,其余人皆从未以生蚝的名义完成过一次旅行,所以在抵达目的地之前,大家要把所有的情绪清空,然后再全然接纳,方不负此行。

为了加深对都斛的了解,我赶紧查找资料。原来,"都"是明清以前对行政区域的称谓,"斛"为古代粮食量器,代指粮食。都斛果真地肥水美,是台山的产粮大区,因"五色"(即红、黄、蓝、青、绿)文化的旅游资源而闻名,有林基路纪念馆,有"禾海稻浪"水稻田生态文化主题园,有获得国家农产品地理标志集体商标的台山青蟹,有广阔的蓝色海域。而这广阔的蓝色海域,一定就是沙井蚝和台山蚝相亲相爱的家了。

这里,果真是钟灵毓秀,人杰地灵。但大家心心念念的,仍是蚝。

贵哥煞有介事地说:"晚上我带你们去都斛海鲜街,吃全蚝宴。"贵哥此前经常往来台山,和沙井的忠叔及福永的洪哥等蚝民一起,数次来基地考察、参观和拜望。他显然比其余四人更胸有成竹,知道前方有什么样的风景在等候。他认真开车,多数时候笑而不语,只在关键时来一根火柴,点燃大伙儿已然高涨的情绪。

美食的诱惑,谁能抵挡?近了,又近了。前方已经出现越来越多的平畴沃野,庄稼地里满是绿油油的蔬菜,水汪汪的池塘边有小桥流水人家,偶尔也能见古道、见西风、见瘦牛。此行五人,皆可谓踌躇满志之人,原本想安静都静不下来的大家,此时却突然不发声了,情因蚝而起,却因陌生而胆怯。

车里出现了短暂的安静。出发时,天上还下着绵绵春雨,三小时后,汽车抵达位于都斛镇的台山蚝文化美食城时,竟是阳光灿烂。诗人多情地理解为,这是台山在用这种方式欢迎我们的到来。

车未停妥,只见一个又高又白的靓丽女子,满面春风迎上前来。原来是台山市蚝业协会秘书小叶,受老板——台山市蚝业协会会长黎良顺之托,带大家参观台山蚝加工中心。

一番参观下来,我们原来清空的心,又被塞得满满的,这里有我们渴望了解的一切，只是来不及消化，因为此时每个人的肚子都发出了抗议。只能把我们的求知欲先存起来，留待稍后再大开眼界，因为这里有个关键人物黎良顺，他是台山蚝文化绕不过去的一道景观。在他的故事里，能见到台山蚝的兴衰与前景，让我们留到下篇慢慢细说。

此地既然是蚝文化美食城，当然得小试牛刀，初尝台山蚝的美味。在小叶的介绍下，一行人来到位于美食城正中的嘉汇酒楼。正午时分，朴实的餐厅里香气弥漫。贵哥动作麻利，很快点了几个正宗的本地菜，所用食材皆是本地特产。其中有三道菜与肥美鲜嫩的大蚝有关——蚝汤、蚝灼、蚝煎，吃起来果然美味无穷。

更为特别的是，店家送的砵仔糕，状如小碗，晶莹剔透，口感弹牙。糕内包有各种口味的馅料，有绿豆、红豆、巧克力、菠萝、椰子、香橙、芒果、马蹄、西米、香芋等。一问之下，才知此为广东传统糕点，源自台山，已有数百年历史。由于此糕是放在小碗内制成的，仿若砵的形状，故名砵仔糕。因加红糖或白糖，故呈现红、白两色。这种价格便宜的小甜品很受欢迎。

"啧啧，好美味！"可能是第一次与蚝如此相亲相近，阿和、阿娟和阿红吃得心满意足，对菜品赞赏有加。此时，贵哥却不作声。他对美食有更高的评判标准。

"好吃的在后面，晚上我带你们去都斛海鲜街，来个全蚝宴，让你们与蚝来一次亲密接触。"一走出酒楼，贵哥长舒一口气。

一听这话，原本舟车劳顿的人们，精神大振。稍作休息后，大家与特意赶来的黎会长会合，在台山蚝加工中心聊了两三个小时。黎会长是80后，性情中人，说起台山蚝，有赞扬、有批判、有谋划，台山蚝图景清晰可见，像幅卷轴，在大家心中徐徐展开。时近傍晚六点，黎会长帮忙联络好了明日的采访基地和对象，因有急事要提前离开。临走时，他意味深长地说："明天的采访对象是台山蚝文化宣传大使，是个很有故事和情怀的人，祝你们此行有所获。"

就喜欢有故事的人！我眼睛一亮，想着明日会遇到一个有故事的人，我竟心生期待。

此时，黄昏将至。阶段任务已完成，大家意见一致，出发去都斛海鲜街。我们走出美食城，迈着轻快的步伐走在都斛镇大街上。见有外乡来客，夕阳似乎舍不得落下，降落在前方电线杆上，侧耳聆听这几个外乡人说什么。灯火渐起，它才依依不舍从西山落下。

十几分钟后，一行人来到都斛镇海鲜市场。大街上见不到的行人，似乎全集中到这里来了。整个市场人声鼎沸，摩肩接踵。摊贩的吆喝声、买家的讨价还价声，各种声音交织在一起，闹哄哄的市场充满了烟火气。这里几乎集中了都斛产区所有的海产品，鲜虾鱼蟹五花八门。此时正是吃蚝季节，蚝摊特别惹眼，一盆盆开出来的肥美大蚝，光看着就让人流口水。这可是正宗的台山蚝啊！

到处都是美食的诱惑，可大家的眼睛只盯着蚝摊看。海鲜哪里都有，唯有台山蚝独一无二，来早来晚看不到，去错地方更看不到。摊内，蚝壳成堆，像小山丘，而开出的肥蚝，正在塑料盆内膨胀。

"大哥，很新鲜的，你仔细看看，又肥又大，我们不骗人的。"老板用手托起几只大蚝，在大家眼前晃动。

真肥！蚝身晶莹剔透，上面的纹路清晰可见。贵哥自然知晓大家的心意。姹紫嫣红看遍，独恋蚝门盛宴。很快，五斤生蚝入袋。那心思不言自明，今晚让大家过足蚝瘾。随后的几斤虾、几条八角鱼、几条黄脚立等，花样再多都是配角。大袋小袋，好几大袋，每人至少拎了两袋，稍后就可以拿去加工，享受清香四溢的蚝门大餐啦。

市场里，除了精明的摊主，更有精明的店主。一个长相清纯甜美的店家小妹在门口招揽生意，在我们进入市场时，那小妹一眼就看出我们是外地人，买海鲜肯定是为加工而备的。

"大哥，一会儿去我们店加工哈，我们店便宜又好吃。"小妹大哥长大哥短，一路跟着，笑脸相迎，还帮着推荐好物。盛情难却，大家被她的礼貌和热情打动，也有些迫不及待享用美食，懒得再找别的餐厅加工了。

此时，餐厅里早已坐满了人，桌桌都有蚝美味，盘盘都是海鲜餐。大家选了个靠窗位置，依次围坐，酒已备好，醇香四溢。

来啦来啦。姜葱生蚝、蒜蓉蒸蚝、青菜蚝汤、白灼虾、白灼佛手、蒜蓉扇贝、清蒸黄脚立、香煎八角鱼等，八菜一汤，分量十足。

筷子动起来，酒杯举起来，味蕾活起来，歌儿唱起来。酒酣耳热，情绪饱满，爱唱歌的人唱歌、爱讲笑话的人讲笑话、爱鼓掌的人鼓掌。

大家吃了很多蚝。嘴中所食，皆是人间极品，蚝又肥又大，又嫩又甜，轻轻咬一口，夜晚也跟着变得鲜嫩多汁起来。从里到外闪着白花花的光芒、白花花的能量、白花花的蚝情。

打开蚝门，自有清风出迎。阿红眉目一扬，一首西北民歌唱得热情奔放，赢得满堂喝彩。贵哥微醺之时，煞有介事拿出自己在部队获得的游泳救援证，让大家尽情喝尽兴玩，明日出海定有专业人士护航，女士们将信将疑，不敢轻易托付。从未吃过这么多蚝的诗人阿和，早已双眼迷离，有些不胜酒力与蚝力，诗情早已让位蚝情。我歪着头，眯着眼，斜着身，看着这个又白又嫩、又香又甜的美食之夜，感叹此生此夜不可多得，怕是不会再有。

如此如此，台山的夜晚，醉了。

更有，今夜月正圆。一轮皓月同不肯下山的夕阳一样，蹲在又高又细的电线杆上，洒下万丈银辉，兴致盎然地看着醉意朦胧的大地和人群。回去走在都斛镇大街上，五人彼此搀扶着，拖着各自至少增加了两斤重的身体，边走边唱，边走边笑。耳边的风中，传来海的耳语，传来蚝的嬉戏声。

何处是蚝，何处是我？

只怕我中有蚝，蚝中有我。我们带着清甜的呼吸，这一夜，心安于都斛。而明日之约，定要痛解相思。

明月归去，红日初升，有人一夜无眠，有人酣然无梦。

清晨，春风和畅，车从都斛镇出发，沿着建设路，驶上了都斛镇365省道，经过赤溪镇、广海镇、山咀村，车行五六十千米，路旁皆是芳草萋萋、鱼塘深蓝、水田葱绿、远山如黛，这样的自然风光，如此质朴，比酒更令人沉醉。沙井蚝投身此地，就像远嫁的姑娘选对了郎君，双方皆大欢喜。

一个小时后，车子抵达海宴镇。上一个坡，再拐一个弯，已是山路尽头，前方出现了一堆粘有黑色淤泥的蓝色浮球。正愁无路，一声海鸥鸣叫，像是来报信似的，告诉疑惑又兴奋的来访者，蓬岛码头生蚝养殖基地到了。

一抬眼，波涛汹涌。沙井蚝的乡愁，也如大海般，一眼望不到边。

这里，是台山蚝业弄潮儿黎良顺和台山蚝文化大使黄陆荣梦开始的地方……

第九章 台山蚝业弄潮儿

都说男人四十一枝花。今年四十岁的黎良顺，高高的个子、黝黑的皮肤、率真的双眸，正是年富力强、干事创业的大好年华。如果说是花，那他一定是一朵如火一般奔放热烈的木棉花，聪慧、勇敢、无畏。

大学一毕业，他就踏入公务员队伍，是当地第一届大学生村官。后深入蚝业，当起了蚝民，数次与风浪进行生死搏击，于惊心动魄的历险中死里逃生，成为当地蚝民津津乐道的传奇人物。

而今，作为台山市蚝业协会会长，他与协会两千多名会员一起，为台山蚝申请了国家农产品地理标志证明商标，致力打造台山蚝文化名片，不断提升台山蚝的影响力。同时，他着眼大局，不断助推台山蚝业走上产业化、规模化发展之路，为推动台山蚝业高质量发展贡献智慧和力量。

这朵历经磨难的木棉花，一直用倔强的芳香，浸润风雨人生路。

三起三落"蚝"写春秋

五年过去了,黎良顺仍忘不了那年的台风,其强大的破坏力,让他至今心有余悸。对于靠天吃饭的蚝民来说,那无异于一场灾难。

台风过后,万物受损,大地一片狼藉。在台山和珠海等地,滔天巨浪疯狂吞噬着蚝民苦心经营的蚝场。灾难过后,蚝排沉的沉、散的散。遭受劫难的生蚝,连同人们三年的辛苦与汗水,被打入海底,杳无踪迹。蚝民呕心沥血的成果,被无情的台风付之东流。黎良顺在珠海养殖的上百亩蚝排,全被吹走了,无影无踪,价值数百万的生蚝说没就没了。

锥心之痛,无以复加!那是黎良顺人生中的至暗时刻。他欲哭无泪,仰天长叹,做蚝民何时才有辉煌的时候,难道我们永远只能在艰苦奋斗的路上跋涉,永远要在三年轮回中接受上天的捉弄,而不能主宰自己的命运吗?

"你们老板还好吗?"其他蚝场的工人打电话来问候。工人们担心老板承受不住这样惨烈的打击，想不开，做傻事。

在珠海，以前是用竹筏养蚝，用泡沫支撑。这种养殖方式最大的缺陷，就是在台风猛烈的吹打之中，排架难以招架而散落，生蚝纷纷坠海。泡沫轻如鸿毛，随风四散，在浪涛的推动下，全部漂到岸边，变成白色垃圾。

工人们惊慌地发现，老板真的傻了。他竟然叫了几十个工人，去把岸边沾着油污的白色泡沫捡回来。

"老板，你是不是被台风打坏了脑子，垃圾你都要捡？"有人打趣他，有人笑话他。

黎良顺破产了，破得惨烈而决绝。可，他真的变傻了吗？

一场台风让他损失五百多万元，他的确有理由变疯变傻，像其他蚝场哭天喊地的老板一样。此时的黎良顺，真的像傻了一般，一反常态。

但，在这至阴至暗的时刻，他理想的火种并没有被巨大的悲痛吞噬，而是闪着幽幽的光，"哗"的一下擦亮了他的聪明睿智。他非但没有被台风打傻，反而被台风打聪明了。

人定胜天，决不能被动挨打，总有办法可以应对！

他改变思维，变废为宝，把捡回来的泡沫用绳子串起来，将蚝柱形成网状吊起来，变成吊养，以泡沫的四两之力，拨台风的千斤之狠。磨难开启了他的心智，这种吊养方式像一道光，让嘲笑他的人恍然大悟，收起脸上的嘲笑，从此对他刮目相看。实践证明，他发明的这种吊养方式，此后养殖出了全海最好的生蚝。

彼时，陷入困境的黎良顺，以绝地求生的勇气，沉着收拾残局。没有钱怎么办？他可是欠了工人五十多万元的工费啊。有情有义的工人们没有离开，他们佩服这个灾难打不倒的老板，想帮他渡过难关，于是免费帮他捡拾沙滩上的泡沫，没有工钱也照样帮他干。

台风无情，工人有义。那一刻，黎良顺深刻理解了什么叫同舟共济，在巨大损失面前，他压回心底的悲伤被工人们的赤诚又催出了眼眶。

悲伤轻如泡沫，善良重如泰山。这些与生蚝相互依存的泡沫，被肆虐的台风一吹，就变成了面目全非的垃圾，仿佛垂头丧气的失败者，在乱舞的狂沙中，对无常的命运俯首称臣。这些没人要的垃圾，让黎良顺如获至宝，他全部收集起来，等待着新一轮的涅槃重生。

为了减少损失，黎良顺做了一种打捞掉落的生蚝的简易机器。他和工人们一起，甚至沉到海底去打捞生蚝。生蚝离开了蚝民的精心呵护，就好像孩子离开了母亲的怀抱，命运陷入了不可知的困境，与沙滩上四处漂散的泡沫一样，一边承受着无常的天意，一边期待着奇迹的发生。

面对破败不堪的残局，黎良顺有一千个一万个不甘心。能救一只是一只，能救一排是一排。每救一只，他内心的悲伤就会减少一分；每救一排，他眼底的希望就会增加一分。

心若在梦就在，天地之间还有真爱。看成败人生豪迈，只不过是从头再来……

台风，打破了蚝民的梦，让所有的辛苦与努力付之一炬。但，希望之火是吹不灭的。

刘欢的歌声在黎良顺耳畔响起，振聋发聩——我不能随波浮沉，为了我挚爱的亲人。再苦再难也要坚强，只为那些期待眼神……

黎良顺振作起来，他心中的蚝业蓝图并没有被台风损毁，反而目标笃定,他决意做个能屈能伸且不被台风打倒的蚝民。

他重新出发。

"老板娘,你帮帮我啊,借点绳子给我啦。"男子汉能屈能伸,不怕碰壁。所以泡沫一捡回来,没钱买绳子,黎良顺就找到卖绳的老板娘,恳请她支援。平日里,老板娘对这个有胆有识的大学生蚝民敬佩有加,他们之间一直保持着良好的合作关系。

英雄初次落难,怎许人间见白头。善良的老板娘信他,也看好他,慷慨地赊给他价值几十万元的绳子。

这种绳子是用胶丝做的,能承受一百斤左右的重量,韧性十足,是生蚝吊养中不可或缺之物。泡沫有了,绳子有了,还需购置蚝苗与其他货品。

黎良顺一鼓作气,一干到底。

"我破产了,你们救救我啊!""我现在欠了五百万,你们若不帮我,我肯定死定了。"黎良顺万般无奈之下,向那些平时常和他闹别扭的人求助。让他感动的是,这些人在关键时刻向他伸出援手,每个人赊了价值几十万元的货物给他。

自古英雄多磨难。可喜的是,黎良顺靠着良好的口碑和信用,在众人的帮扶下,前后共筹集了一千多万元,让濒临倒闭的蚝场起死回生。

朋友的慷慨相助,工人的不离不弃,让黎良顺信心百倍,在跌倒之处勇敢站了起来。他下定决心冲出重围,重新谋篇布局。

台风走了,一切归于平静。哭过痛过后,同无数蚝民一样,黎良顺收拾残局,迈开大步,再次走向大海,拥抱新一轮的未知和希望。

受难之初,黎良顺不得已忍痛割爱,卖了几条心爱的大船。这些大船,是战功赫赫的功臣,曾与他风里雨里冲锋陷阵,战胜了无数风险，也创造了可观的财富。

黎良顺筹集到资金东山再起后，带着一颗感恩之心，扩大规模，重新定做了几条大船，规划了一千亩战线，开启了新一轮的三年耕耘与挑战。这期间，唯有祈求风调雨顺，方能五谷丰登。

这期间，大大小小的台风仍来，可怕的赤潮仍来。纵使兵来将挡水来土掩，仍让蚝民谈之色变。特别是赤潮，往往悄无声息，说来就来，虽不比台风声势浩大，却具有比台风更大的杀伤力。往往赤潮一来，如果错失信息，来不及在安全期转移蚝排蚝网，将会全面受灾，生蚝基本都会死光，三年心血付之东流。

习惯了得失无常，黎良顺的心，在这样的灾难打击中，日渐强大。

记得有一次听说台风将来，黎良顺紧急行动，迅速带领工人出海，打算将蚝排蚝网抢些回来。台风一来损失难免，能抢回一点是一点。

那个乌云压顶的深夜，凌晨两点钟，秋风瑟瑟，黎良顺带着六十多个工人，开着四条大船向大海进军。

可台风来得比预计的时间提前了些。正当他们装蚝排时，台风就张牙舞爪地来了。海水像攒着一股劲，涌着怒涛，拼命上涨。那时那刻，天摇船晃，人仰浪翻。黎良顺和工人们身陷险境，徘徊在蚝网之间，难以脱身。

这些见惯了风浪的男儿，在那一刻绝望得想哭。如果此次冲不出浪涛围困，他们将与蚝网一起就此葬身大海，与亲人永别。

台风越来越疯狂，浪涛越来越愤怒。黎良顺和工人们的力气却越来越微弱。万般绝望中，他们喊着妈祖的名字，祈祷上天的眷顾。他们精疲力竭，划动船桨的手显得那样无力。或许，妈祖听到了他们的呼喊，循声救苦而来。在与风浪搏斗了两三个小时后，黎良顺和工人们终于平安冲出被台风打乱了的蚝排包围圈。

晨曦乍现,曙光熹微。胜利就在前方招手。黎良顺浑身湿透,用嘴唇舔着发咸发苦的海水,发红的双眼中涌动着滚烫的热泪。他手握双桨,和工人们拼尽力气,开着装载蚝排的大船,向着家的方向一点点挺进。

想着妻儿老小期盼焦虑的目光,死里逃生的工人们又饿又累。虽然是为老板打工,但此时无人抱怨。为了守护承载祖祖辈辈希望和梦想的生蚝养殖产业,他们已经习惯了与大海搏击,习惯了充满凶险的寸寸航程。

历尽艰辛后,黎良顺终于抢回几船货物,将其放到安全的避风港,待风平浪静后再从珠海运回台山的基地。台风过去了,惊魂未定的黎良顺,看着每船价值二十万元的生蚝带着被台风肆虐的痕迹,静静地躺在眼前。那一刻,他泪流满面,为了减少一些损失,他们竟差点以生命为代价。

损失少了,但被风浪冲刷过的心,却多了沧桑。

他庆幸,他和工人们捡回了一条命。

在这样的台风中,蚝民不敌风浪,命丧大海的案例,已不鲜见。

可,这就是蚝民的命。他们离不开大海啊!

作为大学生的黎良顺,从决定做蚝民的那一刻起,就做好了各种思想准备。多次与风浪搏击的惨痛经历,非但没有让他退缩,反而使他越挫越勇。他笃定,自己就是一只打不死的"小强"。

这只打不死的"小强",在一次惊魂之夜中再次经历死里逃生。

忘不了,忘不了。那个无风无月的夜晚,从珠海回台山的夜航,他与工人们一起拉着一船货,由于夜航开灯反而会误导航线,所以船上没有开灯，与海上之物互不相见。夜黑如墨，伸手不见五指，海上也是黑漆漆一片，不辨西东。

谁料，前方一只轮船如庞然大物，在同样的航线上正迎面驶来。

不好！等到他们发现险情时，两船相距已不足十米。就像泰坦尼克号遇上冰山那样，黎良顺吓出一身冷汗，情急之下快速调转航向。所幸，数秒之内两船擦身而过。

真险！差一点就酿成了船毁人亡的大祸。

这样的经历，让以海为生的蚝民刻骨铭心；这样的生活，有时候感觉活着真的比死了还要痛苦。

那么多的风险和未知，就在前方某处潜伏着，让蚝民们防不胜防。

曾经温文尔雅的黎良顺，经历了数次大风大浪的磨砺之后，不仅言行渐渐变得粗犷起来，生命力也像盘根错节的大树一样，变得超乎寻常地坚硬和顽强。

时势逼人强。这份顽强，使才四十岁的他感觉自己好老，不仅双手起茧，心也沧桑密布，长满了厚厚的茧子。

这三起三落的养蚝经历，在他心中洒下了层层风霜，不时从两鬓冒出来，追问他：蚝途艰险，你还要往前走吗？

历尽苦难痴心不改

要！当然要！

因为他相信，只要人品好、人缘好，前路再险也难不倒。

他相信并期盼着"山重水复疑无路，柳暗花明又一村"的境界，一定会在生命的拐点出现。

黎良顺从小得益于父亲的教诲：做事先做人。想想自己在最糟糕的时候，连工费都给不起，每隔十分钟就会有人打电话来催债。就是因为他人品好，人们相信他的为人，他才靠着赊账，一次次渡过难关。

虽然在靠天吃饭的生蚝养殖市场，难逃天灾人祸，但，大海在呼唤，生蚝在呼唤。台山拥有几百千米的海岸线，但是以前没人知道那一望无际的大海里，究竟藏着多少生财致富的密码。

财富的密码一旦被破解，就会让人眼花缭乱，吸引着各色人等纷纷入市。原本纯粹的养蚝市场，现在除了天灾之外，再加上市场风云变幻莫测，很多既定规则不断被打破，甚至被打乱。

在这种情况下，黎良顺初生牛犊不怕虎，反而看准了这个市场。

父亲说，蚝好吃，但养蚝真的很累。黎良顺的父亲是台山本地最早的一代蚝民，他叮嘱黎良顺："你千万不要养蚝，养蚝是发不了财的，到时可别后悔啊。"

血气方刚的黎良顺是个理想主义者。他试图说服父亲，他选择养蚝，不仅仅是想发财。他深信，你给我一根竹竿，我可能撬不起整个地球，但你若给我一艘船，我肯定能长风破浪会有时，直挂云帆济沧海。

他听过这样一个故事——两个欧洲人到非洲去推销皮鞋。由于天气炎热，非洲人向来都是打赤脚的。第一个推销员看到非洲人都打赤脚，立刻失望起来："这些人都打赤脚，怎么会要我的皮鞋呢？"于是放弃努力，失败而归。另一个推销员看到非洲人都打赤脚，惊喜万分："这些人都没有皮鞋穿，皮鞋市场大得很呢！"于是想方设法，引导非洲人购买皮鞋，最后发大财而归。

同样的景象，你看到的是绝境，他看到的却是转机，这就是人与人之间的差异。多年以来，这个故事一直激励着他，让他屡败屡战。

2005年大学毕业之后，黎良顺在家人支持下，到顺德开办工厂，一路顺风顺水，事业发展顺利。不仅自己挣到了钱，还养活了二三十个工人。彼时，黎良顺年纪轻轻，可谓人生得意。

只是办工厂也很累。那时他才二十多岁，有的是干劲，每天六点起床，出去跑业务，晚上回到家时已十一点多。父母心疼他，劝他回台山老家找事做。

他不肯。直到有一天，遇到了一个心仪的姑娘。他与这个姑娘两情相悦，不久步入婚姻的殿堂。妻子不忍丈夫日日辛劳，好言相劝，终于让他把工厂卖了。

他们回到了台山，回到了父母身旁，承欢父母膝下。2008年，黎良顺顺利考进了政府单位，在海晏镇做了第一届大学生村官，成了党的十七大以来党中央做出的这项重大战略决策下的受益者。他踌躇满志，以为可以为振兴家乡贡献自己的聪明才智，只是这份工作并未给他提供施展满腔抱负的舞台。

两年之后，他毅然决然挥别体制，走上另一条异常艰辛的道路。

彼时，台山蚝产业发展正轰轰烈烈，充满了机遇和挑战。他一头扎了进去，于2013年正式开始从事生蚝养殖。为了振兴家乡生蚝养殖业，黎良顺花费大量时间研究生蚝养殖技术，专注于台山原生态生蚝养殖、深加工和销售，依托自有的万亩养殖基地，为国内外客商提供优质生蚝。

十年，三次历险，三次破产。

历经磨难之后，黎良顺终于信了父亲的话。十年来，他没有一天安宁过，没有一天打心眼里快乐过。下雨要担心，刮风要担心，出海要担心。他怕，怕台风，怕大水，怕很多未知的风险。

他仔细算了一笔账，按目前的市场价，带壳生蚝四元左右一斤，八千元一吨，一船二十吨，就有十几万元的收入。一条蚝排，能装三到四船。理论上讲，每个蚝民都可能是百万富翁。十几年前，蚝民每年的确能赚一两百万元。但，在海上生活，你赚多少钱都是没有社会地位的。

养蚝是个技术活。新手基本都会半途而废，只有内心很强大的人，才能留得下来，坚持下去。以前，黎良顺有好些个老表，养蚝养了七八年，亏了，没本钱了，就不养了。与其日日担惊受怕，不如果断放弃发财之梦。于是，年轻人回家打麻将，老年人回家抱孙子。

能继续待在海上的，都算是强者。

这正应了那句老话："不听老人言，吃亏在眼前。"

他相信了。确如父亲所言，养蚝成不了亿万富翁，没有办法像滚雪球般积累财富。因为上一个三年即便风调雨顺，下一个三年可能就血本无归。这一回可能遇到台风，下一回可能遇到赤潮，还有可能遇到海盗。赤潮与台风还可以预判，在安全期内拉走。那些无法预料的人为因素，往往让你措手不及。

这是个优胜劣汰、弱肉强食的世界，看谁有本事能笑到最后。十年过去了，黎良顺不能说自己笑到了最后，因为当下永远是起点，前方却没有终点。但他认为只要痴心不改，坚守着自己的蚝田，就是胜利，就必须笑到最后。

这一次亏了几百万元，爬起来还是继续干。赊账，还账；再赊账，再还账。养蚝之路，就像波浪一样起伏不定。他的心，也跟着起起伏伏，从未出离。只是，时间一长，他变了，变得不认命，不愿意随波逐流，不愿意输给自然和天灾。

他深知，不积跬步，无以至千里；不积小流，无以成江海。每一次遭难的经历，都像肥料一样，一点一点撒在他谋求创新与出路的脑海中，为新一轮的成长积淀出肥沃的土壤。

黎良顺一直在想：靠天吃饭，三年一个轮回的规则，如何能改变？台山蚝出路在何方？台山蚝民的出路又在何方？

他不仅是在为自己担忧，更为风里雨里求生活的蚝民担忧。

他有多少次死里逃生，就有多少次能深刻体会蚝民日晒雨淋的艰辛。他应该站出来，为蚝民做点什么。蚝民太苦了，他们的切肤之痛很难被治愈。

何况，在过去的年代，蚝民除了靠天吃饭，还要看人吃饭。天灾如猛虎，而那些收保护费的地头蛇则如怪兽。没有组织的保护，蚝民如一盘散沙，不堪其苦，面对歪风邪气敢怒不敢言。

虽然近些年这种现象已不多见，但各种风雨总是层出不穷，阻挡着蚝民走向大海的路。只有团结起来，才能形成合力，才能与时俱进，共赢共生，为蚝业的风调雨顺保驾护航。

他该做点什么呢？

海边出生，海里成长，这大海，就是他的故乡。为了故乡的富足与安宁，黎良顺多方奔走。他想把蚝民聚集起来，把台山这张生蚝名片打得更响。十年养蚝经历，让他有了更深的感悟和更广阔的视野。

他深知，养蚝虽然辛苦，但千百年来，蚝民与生蚝相互依存的情感早已浓得化不开。生蚝与蚝民，彼此相知。每当成熟季节，用蚝喙打开第一只生蚝，看到在咸淡水交汇的海域长大的"一大、二肥、三白、四嫩、五脆"的台山蚝，蚝民布满风霜的脸上，便会绽放出幸福的笑容。

他常常和外乡人聊天，讲起台山蚝的肥美："一大"指蚝壳凸起显著、个体大，最大可达40厘米以上，普遍上市规格达15厘米；"二肥"指蚝体肥满、出肉率高；"三白"指蚝肉色泽光洁、呈乳白色，煮熟后仍饱满白净；"四嫩"指蚝肉嫩滑爽口、味道鲜甜无渣；"五脆"指蚝肉脆口、富有弹性。

这一二三四五，犹如天赐，让听者口舌生津。

年年辛苦，换得如此人间美味，值了。

让黎良顺和蚝民欣慰的是，现在台山通过海上吊养、咸围吊养，蚝的种类丰富起来了。珠三角客户偏爱三年生长的白蚝，省外客户喜爱"三倍体""四倍体"生蚝，台山蚝已经建立起完善的销售渠道。

每当台山蚝成熟季节，来自全国各地的客商，尤其是沙井客商，云集台山各生蚝码头。在客商眼中，台山出品的生蚝不仅个体肥大、色泽乳白，而且肉质鲜美无渣，极富营养价值，品质极佳，属蚝中珍品。无论是清蒸、鲜炸、生灼、煮汤等，堪称桌上众多美味中的上上品，让食客爱不释手。

因此，往往运载生蚝的船一到码头，一批又一批前来批发的客商，很快将滴着海水的带壳鲜蚝，一箱箱装入货车，运往全国各地，往往当日就能抵达人们的舌尖，往人类的灵魂和肉体中输送天地精华，输送生生不息的澎湃之力。

让黎良顺羡慕的是深圳沙井的蚝民，他们每年可以在政府支持下做沙井金蚝节，大力弘扬沙井蚝文化，更是以此拉动了当地文旅消费。曾经名扬海内外的沙井蚝，魅力不减当年，通过异地养殖，虽客居台山等地，但品质始终如一，所以沙井蚝的品牌至今依然响亮。

沙井人对蚝的执着和偏爱，让黎良顺颇为感动。蚝一入口，很多老蚝人竟能吃出此蚝产自何处。比如沙井的忠叔、洪哥、开哥等，一辈子与蚝难舍难分，一生都在为蚝的事业奔忙。

黎良顺盼着有一天，台山蚝也能像沙井蚝一样，穿上更多华服，把它的故事传向四方，让每一个坚守蚝场的蚝民，都能成为一道美丽的风景。

电视剧《大宅门》的主角白景琦说，人这辈子做一件愿意做的事，做成了，就算没白活。为了此生不白活的这件事，黎良顺一直在苦苦追索，不惜出钱出力、流血流汗。

峥嵘岁月何惧风流

为了这件事,他熬过的不眠之夜已长成了一棵大树。多少辛苦的分分秒秒、时时刻刻,像树叶一样缀满枝头,上面结满了风霜,染白了青丝、惊动了流年。

终于,他等来了2018年的那个秋天。彼时,台山市委、市政府提出,要重点打造特色农产品,于是成立了六大协会,着力打造六大农产品品牌。台山市蚝业协会就在这样的背景下成立了。作为台山蚝业中敢拼敢闯的传奇人物,协会会长之职,黎良顺当仁不让。

他隐约觉得,为台山蚝民做点事的时机,或许来了。

台山市蚝业协会的成立,让曾经单打独斗的蚝民看到了希望,也激发了蚝民的热情,大家纷纷响应,争相加入协会。据统计,目前台山生蚝养殖产业从业人数约五千人,带动相关产业实现就业人数约两万人。其中,加入台山市蚝业协会的会员约两千人。

两千人,起码代表了两千个家庭,聚集了两千份新的期待和新的梦想。

为了不辜负这两千份期待和梦想，甚至不辜负整个台山蚝民的期待和梦想，协会一成立，黎良顺就马不停蹄，响应政府号召，着手申报台山蚝国家地理标志认证。他与协会主要成员一起，商量筹划、四处奔走，准备各种材料，把心血渗透到申报的每个环节。同时，他还与会员单位一起，对科学养蚝方法不断创新探索，积极为养殖企业做好产前、产中和产后服务工作。

所有付出，只盼春华秋实，只愿风雨友善。

那时，看到蚝业队伍中，多数是上了年纪的老人。他们几十年如一日，用长满硬茧的双手和颤颤巍巍的双肩，铆着劲撑着这个产业。黎良顺的内心很不是滋味，这个在海上劈波斩浪的男儿豁出去了。

什么风险都担过了，还有什么风险担不起？虽然在别人眼中，这些都是吃力不讨好的事。但经历大风大浪的人，决不困于飞短流长。

没有经费怎么办？申请台山蚝国家地理标志证明商标需要花费二十多万元。黎良顺不怕，除了积极申请政府补贴外，他以身作则，亲自带头捐款，协会会员群起响应，积极赞助。

三年辛苦无人问，一朝功成天下知。经过提交材料、机构审查、补充说明、复审和公示等环节，台山蚝终于脱颖而出，以其特殊的品质、独特的自然生态环境和深厚的历史人文底蕴，在2020年成功获得国家农产品地理标志登记保护。此后，又是三年的辛苦和等待。2023年，台山蚝成功获批国家地理标志证明商标，台山市蚝业协会为该商标持有人。

人间六个春秋，生蚝两个轮回。这个商标，如同为台山蚝戴上了一顶光芒四射的华冠。蚝民兴致勃发，握紧的拳头更有劲了。黎良顺也同蚝民一样,目光更坚定了。接下来,他要思考的,是如何规范会员单位,合理使用台山蚝商标,持续打响台山蚝知名度。

艰难困苦,玉汝于成。国家地理标志证明商标是带动地方经济发展的标杆。台山蚝国家地理标志证明商标的成功注册,对台山地方经济发展及乡村振兴战略实践而言,意义重大,不仅充分调动了蚝民养蚝的积极性,也为台山蚝插上了一双名扬四海的翅膀,将进一步提升台山蚝的知名度,进一步带动市场营销,形成台山优质农产品品牌效应,从而促进企业和养殖户、经营户增收致富,助力餐饮业、旅游业消费市场恢复向好。

千淘万漉虽辛苦,吹尽狂沙始到金。此言,道尽个中辛劳。

那一天,参加台山市知识产权强县建设试点示范县工作推进会议,站在台山蚝颁证仪式的讲台上,黎良顺接过证书时百感交集。他想起三年前,协会经费紧张,台山蚝国家地理标志证明商标的标志牌,还是他自己掏钱买回来的。

但站在台上的那一刻,他内心是欢喜的。虽然前路未卜、世事难料,但作为台山市蚝业协会会长,他总算为蚝民做了点实事,为自己的家乡做了点贡献。

那个初夏的夜晚,凉风吹动着窗外的玉兰树。黎良顺坐于窗前,望着窗外浩渺无垠的星空,抚摸着来之不易的注册证书,他想起"宝剑锋从磨砺出,梅花香自苦寒来"这两句诗,想流泪,也想放声歌唱。此时,玉兰树似乎懂得他的心思,将一缕芳香送入鼻息,顿时勾起他的万千思绪。

六年前,在没有拿到台山蚝国家地理标志证明商标的时候,台山蚝产业都以养殖业为主。以前,台山蚝只有白蚝一个品种。白蚝,是依靠海洋营养繁殖的天然苗种，从养殖到上市需要历经三年时间。即使它品质好、市价高，但上市时间仅从每年十月到次年四月，而四月至十月则是上市空白期。

为了填补这个空白期，聪慧的台山人引进了人工苗种，即仅需半年至一年时间即可上市的"三倍体"和"四倍体"，该品种可在每年四月至十一月上市。品种的丰富，再加上台山蚝国家地理标志证明商标的加持，为台山蚝业的发展建设以及第三产业的发展奠定了基础。黎良顺同业内人士一样，认为现在是整个台山蚝产业化的最好时期。

台山蚝业，或将迎来新的曙光。

在新机遇、新挑战面前，黎良顺心中装着的那幅台山蚝业养殖地图，正发出大海般澎湃的声音。濒临南海的台山，有16个镇，海岸线长达698千米，滩涂1.3万公顷……如此丰富的海域资源，使台山成为广东省七大养蚝基地之一，生蚝养殖产业化、规模化前景可谓广阔。

而目前，台山蚝养殖面积6200公顷，年产量85300吨，产值仅有15亿元。如果天时地利人和，走向产业化的台山蚝业，每个镇每年的蚝业产值预估会有十几亿，16个镇的产值或将超过100亿元。如此巨大的市场和潜力，必须有更好的统筹与规划。

想到这，黎良顺的眉头又拧成了疙瘩。因为目前，台山蚝业仍存在养殖分散、合法养殖进程缓慢，以及工业化程度极低等问题。台山蚝业只有团结起来，拧成一股绳，才有可能把得天独厚的优势发挥到极致，为产业化、规模化发展架桥铺路。

让他略感欣慰的是，为了解决这三大难题，目前根据各镇资源分布特点，八大台山蚝定制养殖示范区已在逐步规划建立，为实现科学养殖、市场运作和统一管理，绘出一幅美好蓝图。

在都斛，建立蚝文化文旅美食基地，如台山蚝文化美食城，是以电商基地为基础打造的蚝文化文旅综合体；在赤溪，建立台山蚝人工苗种繁殖基地；在广海，建立以净化蚝为主的净化养殖供应基地；在川岛，打造肥蚝供应基地；在海宴，打造以批发为主的初级加工基地；在汶村，打造以金蚝为主的供应基地；在北陡，结合当地旅游资源，打造蚝文化与红树林相结合的观光基地；在深井，打造台山蚝定制养殖的蚝油工艺基地。

蓝图鼓舞人心。随着市场需求量的持续增加，台山市逐步整合和发展现有资源，利用先进科学技术，推动台山蚝实现育苗、养殖、销售、加工、深加工产品研发、蚝壳综合利用的全产业链发展。在政府牵头下，"龙头企业＋合作社＋养殖户"的方式已渐渐成型。

规划细密，远景可期。

这是黎良顺的梦，也是台山蚝业高质量发展之梦。他多么希望，通过八大台山蚝定制养殖示范区，打造台山蚝产业链，推进第一、二、三产业融合，把台山蚝的品牌越擦越亮。如果台山蚝产业链建起来，台山蚝业产值或将有望突破千亿元。

不愧是新时代青年，黎良顺勇毅前行，争做时代弄潮儿。为了与时代接轨，在申请台山蚝国家地理标志证明商标的同时，他积极利用各种资源，率先在都斛打造蚝文化文旅美食基地，创建电商直播基地和生蚝批发基地，大力弘扬台山蚝文化，讲好台山蚝文化故事。

沙井金蚝节让沙井蚝声名远播。黎良顺相信，台山蚝的文化传播之路也必将一片光明，亟待有识之士前来挖掘。他亦记得，台山悠久的养蚝历史，可以追溯到五百多年前。在明嘉靖《新宁县志》中，便记载着川岛海域盛产蠔（蚝）；1963年《台山县志》记载："台山渔场广阔,盛产各种鱼类、贝类,以蚝最为知名";《台山百科全书》记载:"台山蚝远近闻名,生产方式不断创新"……

曾经的故事,不能让它随风远去。只有聆听历史的足音,才能迈开大步砥砺前行。

只有把目光深入台山海域海底,深入那些深藏的鹅卵石、石排、暗礁,对台山蚝种群繁衍的绝佳条件给予深情的注视,才能为丰富的蚝种群布局广阔的未来。只有用心细数生蚝的万千呼吸,才能发现蚝肉肥美鲜甜的源头秘密。

难道不是吗?如今,在台山,聪慧勤劳的养殖户选用吊绳养殖法,使蚝苗摄食的空间更大,悬吊让海水回流更充分,蚝苗摄取的生物更多,养殖出来的生蚝肉质更肥美。这是爱的回馈。

这一口美味,如诗如画。他想让这样的诗画,惠及更多追求生活品质的人。

而直播,或不失为一条快速传播的通道。做直播,需要场景,需要营造进货环境。于是,黎良顺在蚝文化区做了很多规划:蚝油生产线、生蚝批发零售区、蚝文化展示区……彼时,黎良顺已计划跟海天集团签约,共同打造海天蚝油台山蚝定制养殖供应基地,同时也面向其他企业供应原料,以此进一步驱动台山蚝产业化建设。

他把生蚝放在直播展示区,作为示范,既帮自己,也帮整个行业。利人利己,何乐而不为?但深加工不仅需要钱,更需要人才;而做直播则需要流量、需要网红……很多难题,亟待攻克。

台山蚝文化基地建好了。万事俱备,只等游客送来东风。

可,都斛镇太小,尚不为人知。虽然蚝文化城里,有蚝餐厅、有酒店、有娱乐城,吃喝玩乐一体,但聚不起人气。

开弓没有回头箭。看到基地门庭冷落，黎良顺不敢气馁，也不能气馁。他思谋着，如果把这个基地放到台山市里，估计会人满为患，但那需要更大的财力支撑，需要多方支持与参与。

有时，他也觉得很累，怕自己再也折腾不起，时常陷入忧思。他为自己算了一笔账：目前，他主要的经济收入，还是靠蚝场来支撑。而蚝场、养殖场和展示区一年的租金，超过三百五十万元。

这是不小的压力，何况现在处于亏损状态。一想到这些，黎良顺的心头就布满了阴云、压满了大石。

他深知，接下来，台山将采用先进养殖技术和养殖设备，推广规模化、机械化、标准化、生态化的生蚝全产业链发展模式，并拓宽购销网络，推动台山蚝养殖产业新旧动能转换，助力乡村振兴。

台山蚝产业化、规模化发展之路势不可挡。

流年笑掷，未来可期。在这片大海上躬耕了一辈子的蚝民，在新型发展模式的洪流到来之前，准备好了吗？

为了母亲的微笑，为了大地的丰收，峥嵘岁月何惧风流。在重大机遇面前，黎良顺该如何带领协会蚝民，勇敢冲出重围？我们拭目以待。

第十章 台山蚝文化大使

夜幕下，台山市海宴镇蓬岛生蚝养殖基地像一位智者在深思。这里，是2022年被评为广东省乡土专家的黄陆荣守望生蚝的阵地。

春雨绵绵，润泽万物。几间低矮的小屋匍匐于山脚下，陪伴着静静的码头。屋前，摆放着一排电动摩托车，像严阵以待的士兵，只等将军一声令下，随时准备呼啸驰骋。一根长长的铁杆临海而立，把一面五星红旗升得老高。海风一吹，红旗发出呼啦啦的声音，像是在为信仰宣誓。

海岛的夜，宁静而安详。空气中流动着一股温柔的力量，呵护着万物，呵护着黄陆荣在春雨中滋滋生长的梦想。作为台山市蚝业协会指定的台山蚝文化大使，代言具有国家地理标志证明商标的台山蚝，以及弘扬颇具传奇色彩的台山蚝文化，他深感使命在肩，责无旁贷。

托起基地的黎明

嗷、嗷……两只海鸥尖细的鸣叫划破了黎明，晨星点点，在天际调皮地眨眼。嗷、嗷……这是多么动人的韵律。黄陆荣睁开眼睛，每天，他习惯性地在海鸥动情的鸣叫声中醒来。

天刚蒙蒙亮。迎接每一个蓬勃的早晨，是他作为蚝民、作为台山蚝文化大使的使命和责任。而这样充满朝气的早晨，使他带着泥沙的生活充满了诗意。

一晚酣睡，他浑身蓄满了能量。他"吱呀"一声推开房门，被春雨打湿了的海风有些调皮，像在门外等候多时的老友，迫不及待地挤进门内，轻轻抚摸停留在他脸上的岁月，抚摸那几条海浪般凝固在他额头和眼角的皱纹，抚摸他凸出的颧骨、有神的双眼和微抿的嘴唇。在抚摸那双长满硬茧的双手时，海风似乎哆嗦了一下，放慢了速度。

这不是一双灵动自如的手，而是一双如钢似铁的手。海风感叹着他的沧桑，抚摸着他右手小指再也直不起来的关节。那呈九十度弯曲的手指，像一把锄头，当手掌与地面平行时，它固执地与地面垂直；当手掌与地面垂直时，它执意与地面平行。它那么倔强，那么格格不入，又那么骄傲。

海风感受着他的桀骜不驯，继而抚摸他的无名指、中指、食指和拇指。他的手指韧带紧绷，关节像生了锈，透出一种执着的钝感力。他的双手皮肤粗糙，手背上的纹路纵横交错，像干涸皲裂的大地，裂纹凹陷处泛着白光。指甲也凸凹不平，上面残留着的褐色印迹，是某次工作时为硬物砸伤所致。指尖与指腹相连的地方，也坚硬如铁，堆满了钙化了的硬皮肉，把指甲缝塞得满满的。

再看看手心。布满了茧子，硬硬的茧，黄褐色的茧，一颗颗、一粒粒，像小石子一样，嵌入手心。那些茧子，像战士的勋章，也像时间的果实，稳稳长在黄陆荣隐忍的双手上。

这双手，长期抡起蚝喙，敲打蚝壳，开采出无数鲜嫩多汁的珍宝。日复一日，年复一年，这双手就像两棵根深叶茂的大树，经沧海桑田，采日月精华，结了坚果，长了珍珠，飘了风雪。

他以拥抱的姿态，向天空伸出双手，深呼吸，把晨曦纳入胸怀。继而发出一声长叹，哪个台山蚝民的手上，没有几座长满石头的小山峰呢。

作为蚝民的后代，黄陆荣既坦然接受命运的安排，又不甘心受命运摆布。他用坚毅的五官，向生活展示刚强和执着；他用长满茧子的双手，深挖幸福生活的富矿。不仅海风知道，这里的蓝天、大海、礁石，就连石缝里顽强生长的野草都知道，他是个不服输的人。从深井镇大井头村，一路走向广州，走向深圳，走向梦想的远方，再回到梦想的出发地，扎根于此，驻留于此，耕耘于此。靠海而生，与蚝相恋，他与大海早已心心相印，与台山蚝更是难舍难分。踏平生活的坎坷，虽无大富大贵，但他心安于当下，拥抱阳光，拥抱皓月，拥抱清风，拥抱光荣与梦想。

此刻，他豪情满怀，不念过往，只想拥抱清晨，拥抱三月，拥抱春天，拥抱每一只生蚝绮丽而多彩的梦。

而此刻，海风正拥抱着他的拥抱。在海风轻抚之下，黄陆荣顿觉神清气爽，心潮起伏。他把眼睁大，再睁大，使劲向远处眺望。只见海天之间，黑夜未完全将幕布撤去。山影朦胧，海色披挂着夜色，只等那一轮红日喷薄而出，换一袭万道霞光的硕大红袍，装点海天之广阔。

每天，他都期待着这动人心弦的场景。他倚着门框，静静地等待，偶尔回头看看凌乱的房间，虽然狭窄，但却容纳着与他的生活紧紧相连的物质和精神。触目即是床，床上的被褥团成一团，不肯醒来的样子。天大地大，一张床足矣，足以承载他的七尺之躯，足以承载他不断拓展的胸怀和视野。

左边的橱窗里，顶层放着又长又大的蚝壳，在岁月的风化与磨砺之下，已褪去海水的深蓝色，变得又白又光，像是珍珠的颜色，也像是岁月的颜色。每望一眼，都让黄陆荣心生柔情。有了它们的陪伴，哪怕同事们都离开这里了，都回去感受家的温暖，感受城市的繁华，只留他一人，独守这片天地，他也不会觉得寂寞。有它们和他同呼吸，共命运，相守晨昏日夜，他就无所畏惧。在万籁俱寂的夜晚，他可以收回白日的眺望和纷乱的思绪，观照自己的内心，或想念自己的亲人。亲人，才是他内心最深的牵挂。自父亲过世后，他就想着为他争光，要做出一番成绩来，让父亲在九泉之下能够含笑安眠。

蚝壳下层，摆放着几个大大的音响。只需拧开开关，就会有抒情的、豪迈的、纵情恣肆的旋律，从里面流淌而出，把他内心各种各样的情感呼喊出来。它们是生活中的盐，是灵魂里的花。

除了歌曲，音响还有更大的作用，可以收听广播，与一旁的小电视一起，让身居海天一隅的黄陆荣，依然可以知晓天下大事，知晓国家各种养殖政策。作为台山蚝文化大使，他是有使命感的，他必须不停地学习，背熟蚝的种类，熟悉蚝的生长习性，了解蚝的营养价值。这样，每当有记者或游人前来采风采景，他蹲下能现场开蚝，起身能口吐莲花。开蚝时激情满满，说蚝时蚝情四溢。

台山蚝文化大使不是自封的。他是有证的，由台山市蚝业协会颁发。在他的工作证上，就印着"台山蚝文化大使"几个醒目的红色大字。作为台山市蚝业协会的理事、台山市大蚝门水产专业合作社副社长，只要生命不息，就奋斗不止。这些年来，他参加过很多培训。比如参加2020年华南农业大学农业经理人培训班，参加中国水产种业博览会等活动，他走到哪儿，就把台山蚝的名气打到哪儿。

他为此拿过很多证书，包括很多荣誉证书。比如2022年由广东省农业农村厅颁发的广东省农村乡土专家证书，2022年8月由中国绿色食品发展中心颁发的绿色食品优秀检查员证书，2021年由国家知识产权局颁发的"一种蚝类育种悬吊结构及养蚝装置"实用新型专利证书等。

更可贵的，是很多捐赠荣誉证书，他还发扬慈善精神，"点亮微心愿·共筑大槐梦"，为江门市恩平市大槐镇公益创投项目进行爱心捐赠，那张2019年由大槐镇党群服务中心颁发的爱心捐赠证书，至今依然亮堂着他的胸襟，激荡着他的热血。

好几块牌匾，就挂在音响旁边，那么醒目，一进门就能看见。它们不时提醒他的身份、他的责任、他的使命。进门再往右看,触目所及,是他的烟火人生,几十个红的、黄的铁丝衣架,挂在横杆上,下面堆着一些衣服,可能来不及整理,或是没有时间整理,或者就是随意为之。旁边纸箱里放着杂物、电钻、蚝喙,以及大小不一的几个塑料菜篮之类,那些都是生活必需品。特别显眼的,是一张木桌上放着几个红酒杯和两瓶待开的红酒。

美好的生活,怎能没有红酒呢。日子再平凡,也要喝出绚烂的色彩。那么艰苦的劳动,怎能亏待自己,得适时犒劳一下自己,这才是生活啊。在清风朗月下,一盘香煎金蚝、一盘白灼生蚝、一盘台山青蟹,再拔几棵发菜炒上一盘,三两个人,边喝边吃边聊,听着浪拍礁石的哗啦轰响,说着人间快乐事。

在那样的时刻,常常想起小时候读书时,每次去菜场都会在海鲜摊前买两只生蚝,看老板熟练地撬开蚝盖,递上一汪肥腴多汁的透亮蚝肉,看着就让人口水满溢。挤上两滴柠檬汁,囫囵吸进嘴里,甘鲜嫩爽,吃完很长一段时间,都能感受到那清甜的余味,感觉嘴里呼出的都是海风。

想到这里,黄陆荣的嘴角露出一丝微笑。他似乎看到了自己生命的全部色彩。再转身时,海面已经亮起来,波浪一圈圈地随风闪动,一轮红日已从海天相接处露出半边脸来。

他轻轻掩上门,径直向远处的码头走去。

他的身影,清瘦却健壮。那张镌刻着沧桑的脸,被紫外线晒得黝黑,眼神中结着忧愁,眉宇间写着牵挂。不用问,海风最懂他的心。

风从海上来,为他带来万亩蚝田平安的消息。那一只只通过圆圆的浮球,吊养在海平面下生长了三年的蚝,是他心尖上的牵绊。日日与海为伴，与山相依，风吹雨打中，为的就是能日日夜夜守护着它们，聆听它们的呼吸。

每个丰收的年份、每个没有台风的日子、每片咸淡适中的海域，是蚝民共同的期盼，更是黄陆荣朝思暮想的事。为了这海之骄子，黄陆荣耗尽了半生的光阴和热血。

此刻的他，倦意顿消，精神抖擞。他抬起头，闭上眼睛，深吸一口气，腥咸的气息顿时溢满脏腑。他边走边伸懒腰，向旁边那块巨大的礁石走去。

这个码头是个海岛，叫蓬岛，位于海宴镇东南沿海，靠近广东西部沿海高速公路，与上川岛、下川岛隔海相望。这里，有近五千米长的沙滩，沙质细嫩、色泽润白、平坦柔软，宽度达一百米，还有一百多米宽的马尾松绿化带。阳光下树影婆娑，一派亚热带南国风光。

是大自然的鬼斧神工劈开山石，才使得这里山石怪异，风景秀美，不仅散发出某种安定人心的力量，连大海都乖巧了许多，风浪也似乎小了许多。码头不远处，有不少景点跟石头有关，其中天然海滩、天然石室、仙石奇洞、石安古奇榕树、石刻巨书等种种石景，用瑰丽和神奇为大自然背书，成为蚝民忙碌身影最美丽的背景。蚝舟送月、渔舟唱晚，他们各安天命，不负韶华，只争朝夕。

海边有很多礁石，清晨可以站在上面看海上日出，看远处用浮球吊养的蚝排，感受蚝民创业的激情；夜间可以哼着小曲，看一轮明月从海上升起，看银河在天边闪耀。

多年来，黄陆荣守望着这里的安乐与岁月静好。

而今天是个特殊的日子。在台山市蚝业协会的推荐下，有几位深圳客人对台山蚝慕名而来。为了不负台山蚝的名气，作为台山蚝文化大使,他要现场向客人打开蚝门,尽情展示台山蚝富饶多汁的神奇世界。

开启神奇的蚝门

天色尚早,黄陆荣已经和工人们一起用了早餐:几个包子、一碗海鲜粥、一碟咸菜,为新一天的航程开足马力。

此前,当霞光还未铺满整个海面的时候,码头就开始热闹起来。各种货车进进出出,上百吨的生蚝一批批上岸,从凌晨开始,被来自深圳和台山等地的客商陆续拉走,很快将被端上百姓的餐桌,融入城市的发展与脉动。

从大海到陆地,一只只生蚝撑起了一条产业链,为区域经济发展赋能,成为一道魅力四射的风景。自然资源的富足,为勤劳的人们提供了赚取天然财富的机会。

蚝对生长环境要求颇高,水质较淡的地方,可以用来繁殖蚝苗;而海河交汇处,则适宜幼蚝的成长。沙井蚝民发明了三区养殖法,有着较长海岸线的台山十分适合沙井蚝异地养殖。台山,是广东七大养蚝基地之一,海宴又是其重要产区,在得天独厚的镇海湾,咸淡水交汇，形成了巨大的天然蚝场。

但这里的蚝民经常感叹，养蚝不易，不但成本高，如果遇上恶劣天气，更是血本无归。在黄陆荣的眉宇间，也流露出这样的担忧。即使大获丰收，蚝民也常居安思危，他们深知自然无常，财富亦无常。他们努力赚取财富，却从不炫耀，低调得如同岸边的礁石，任凭风吹雨打，我自岿然不动。

阳光晃得人睁不开眼。黄陆荣从运蚝归来的平板船上，留下几吊带壳生蚝，摆放在码头边上。看看约好的时间差不多了，他从房间里拿出蚝喙、菜盆、红色塑料凳、白手套。他身穿一件白色羽绒背心，配一身黑色衣裤，对比强烈，既写意，又随意。

他坐下来，左手戴上白手套，右手拿起蚝喙，背对着阳光，咔咔、咔咔开起蚝来，那双长满茧子的手熟练地开启蚝门。几个工人站在一边，看着又大又肥的蚝肉被敲出，不住感叹："今年的蚝真肥！"

阳光有些强烈，从海面斜射过来，把他们的影子拉得好长。蚝壳带着泥沙，和蚝肉分离后，带着寄生在壳上的无数小贝类，零零碎碎散落一旁，大有功成身退的意味。白花花的蚝肉躺在盆里，在阳光下透着光，欣然接受人们的赞美。

咔咔、咔咔……认真开蚝的黄陆荣并没有意识到，他等待的深圳客人，此时就站在他面前，正惊奇地看他开蚝，大家的目光和情绪随着他开蚝的动作兴奋地跳跃。

"原来，蚝长这样，要打开它要费这么大的劲，天长日久，手都会变形。"看着黄陆荣一双骨节突出的手，第一次观看开蚝的阿红、阿娟和阿和，仿佛发现了新世界，既惊奇，又为那双手感叹。

得知眼前的众人就是他所等之人后，黄陆荣的表情变得丰富起来。

他用左手托起一只已经打开的蚝，露出白花花的蚝肉，边展示边介绍："台山吊蚝素来有名。所谓吊蚝，是采用水泥板作为蚝生长的家，水泥板长和宽均十厘米左右。在水泥还没有凝固之前，在中间放一根长长的塑料绳，把几十块水泥板串连在一起。等水泥板凝固以后，蚝民就像撒网一样，把水泥板放进海水中，吊在塑料球上，靠塑料球的浮力，将一串水泥板悬挂在海水中。蚝民在育苗时守株待兔，等着蚝苗自动到水泥板上来安家落户。"

黄陆荣接着讲述蚝苗的由来。他说："生蚝有一个独特的技能——能够根据周围环境，自由转换性别。在温暖的水域，食物丰盛，生蚝通常会变成肥腴鲜美的雌性，此时的生蚝肉质柔滑饱满，体内的蚝卵也同样提供了鲜美的风味；在冷凉的水域，生蚝生长速度放缓，更容易积累风味物质，通常会变为雄性，肉质清瘦爽脆。"

原来，生蚝也是雌雄同体之物。造物主用一双神奇的手，让世间变得如此丰富多彩。

作为此行的特邀摄影师，阿和早已迫不及待，半蹲半站，既拍奇物，也拍奇物与美人。只见阿红身着素雅旗袍，体态婀娜，一吊生蚝重达几十斤，阿红提在手上，累得面红耳赤。阿和眼疾手快，抓拍下这生动画面。贵哥则拿起蚝喙，抡起尖尖的喙嘴，可难得开蚝要领的他，差点扎到自己的手。被蚝壳拒之门外的贵哥感叹道："好难开嘎。"

黄陆荣赶紧重新戴上手套示范，连开几只大蚝，引得一行人哇哇尖叫。

"这个蚝真漂亮，起码要卖十块钱。"贵哥俨然一个行家。

"哇，这个好大好肥。"阿娟张大了嘴巴，睁大眼睛叫了起来。

"哎哟，真想尝一口。"阿红眯着眼睛，幽幽地说。

黄陆荣被大家的兴奋逗乐了,露出难得的笑容。他把打开的肥蚝一一排在地上,以便让大家真实拍摄和记录台山蚝刚出蚝门的样子。他说:"太阳照在海水上,如果流水太急,蚝长出来就像玻璃一样不健康,只有微生物充沛,它们才能长得肥嫩水灵。"

黄陆荣指着其中一只肥蚝说:"你们仔细看,蚝的心脏还在跳动,蚝壳里面那些深红色的印迹,就是它的心脏搏动留下的血印。这些裙边是金色的,抗海水咸度能力较强,我有个培养金裙蚝的专利,专门对此进行研究,以应对海水环境的变化。正常台山蚝以黑裙居多,因为金裙蚝很难养肥,它的外壳是脆的,吊养时容易掉下去,黑裙则不然,贴得紧,产量高。我们正在不断摸索,不断提升养蚝技术。"

黄陆荣一边开蚝,一边细致讲解。

阿娟由于昨晚失眠,虽倦意未散,但决不能错过这千载难逢的机会。她听得有些发愣,蹲下来,好奇地看着它们。这些蚝像一个个沉睡三年的美人苏醒过来,它们伸着懒腰,打着哈欠,睁着眼睛,和眼前的人们互相打量着。

"美女,别看啦,这些可是我们今天中午的美餐,再看就不鲜了。"黄陆荣准备收起蚝肉,拿回冰箱冷藏。

这时,有人提议,留几只在盆里,去海边拍个视频,把内心的惊喜使劲喊出来,让海鸥帮忙分享出去,传播出去,也不枉来此地一回嘛。得让仪式隆重些,再隆重些!

黄陆荣的情绪彻底被点燃了。他选出几只大蚝,放在盘子里,用手托着,配合这些激情满满的异乡人,轮流拍视频发朋友圈。

"亲爱的朋友们,大家好,这里是广东台山海宴镇,蓬岛生蚝养殖基地。阳光明媚,大海和我们一样兴奋。听,这是海浪在拍击沙滩的声音。大家请看,远处工人们正在把船上的生蚝装到货车里,运到城里销售。这是中国沿海最好吃的生蚝,真正的黑裙土蚝,鲜甜、爽脆、肥美、无渣,如果你心动……"

视频一经分享,很快便引来一众食客围观、询价。这是一种得意的感觉:你们与蚝隔着屏幕,而我们与蚝只隔着一片海。虽然不能乘船去深海蚝田观看,但能深入码头,如此近距离地感受,已经知足。天涯咫尺,等机缘一到,一切就圆满俱足。

"希望深圳的作家,把台山海宴的土蚝写成文化蚝。"黄陆荣在视频中补了一句。

呜、呜……远处响起了刺耳的汽笛声,码头上的人突然多了起来。原来,又一波平板蚝船满载而归。

壳蚝归来,还不赶快一睹芳容!

在黄陆荣的带领下,大家一路小跑,迫不及待地观赏这难得一见的生产场景。卸货的码头像一条粗壮的手臂,依靠着矗立一旁的巨大礁石向外延伸,企图用力抓住大海的辽阔和浩荡。

没有任何护栏的平板船,目测有二十几米长、五六米宽,正停靠在这条手臂边缘,仅用一条绳索固定在礁石上。船上,堆积成山的壳蚝湿漉漉的,在我们看来,它们好像刚刚经历了一场分离。是啊,从生活了三年的海水中离开,如果离愁有重量,该以吨计。而这沉重的离愁,伴随着丰收的喜悦,正随着海水一起一伏,像荡秋千一样,上下晃荡,撩拨着蚝民的心弦。

平板船上,穿着蓝色或白色防晒衣的蚝民有说有笑,正抡起一吊吊沉重的壳蚝,铆足劲用力一甩,稳稳落在等候一旁的蓝色大卡车后厢里。轰轰的声音不断传来,惊得近旁的海鸟在空中盘旋,发出一声声清脆的鸣叫。

卸货的十几个工人，有皮肤酷似古铜色、肌肉鼓突突的壮年男子，也有身板结实的中年女人。女人们是快乐的，她们懂得生蚝的奉献，懂得离愁的价值。阳光把她们的脸庞吻出了两坨深红，她们的微笑像海浪一样，在心底和眼底荡漾。在天意和世事的无常面前，女人们更会享受当下的生活。男人们则不然，习惯了与风浪搏击的他们，表情深沉，内心的坚韧像礁石一样耸立。他们不断挥动有力的手臂，挥动这让人欢喜让人忧伤的人生。

此时，要是能听到一首活泼诙谐的台山咸水歌，堪称完美。

"台山是个好地方咧，海宴码头好风光咧，万亩生蚝养得好呀咧，个个睇到好开心咧……"恰在此时，歌声从远处传来。

眼前场景，引人遐想，让诗人们兴奋、着迷。阿娟看着贵哥说："反正贵哥是有证的救生员，掉下去也不怕。"贵哥愣愣神，哈哈一笑，自知责无旁贷，便带着几个美女，跳上平板船。大家弯下腰低下头，一一抚摸生蚝的头部，有些爱不释手，又有些无可奈何，相处时间太短暂，来不及深入交流，就要与它们挥手告别。阿和赶紧举起相机，拍下一幅幅动人场景，拍下所有的忧伤和喜悦、离愁与激情。

深呼吸，空气中飘着又腥又甜的蚝味道，飘着蚝民浸着汗水的吆喝声，以及那些蚝肥蚝瘦的牢骚话。尽管听不懂，还是想多待一会儿，想等蚝民卸完了货，和他们痛痛快快地喝几杯、聊一阵儿，离他们的心灵更近些，看看他们曾经经历了怎样的风霜雨雪和怒涛狂澜，怎样把一个个小小的黑点蚝苗，培育成香飘万里的肥嫩生蚝。

"走啦，走啦，美女们，太阳越来越烈，该到吃午饭的时间啦！"看着大家依依不舍的样子，黄陆荣内心涌起一阵感动，没有蚝民的负重前行，哪有食客在餐桌上的激情澎湃。台山蚝文化大使的忧患意识，使他发出一声长叹。

大家又何尝不知粒粒皆辛苦的道理？大家离开码头，准备回到黄陆荣的码头驻地参观。一转头却发现，在礁石的遮挡下，阴凉处有几个阿婆，身穿花衣服，头戴竹编尖顶遮阳帽，脚蹬防水靴，靴子上沾满了沙土。她们戴着白手套，敲得叮叮当当响，是在开蚝吗？走近一看，原来她们在一堆开过的蚝壳里，耐心寻找被老板舍弃的蚝仔，积少成多，差不多每人都攒了一小饭盒。

"这个没啥奇怪的，有人专门在蚝市场拣别人开过的蚝柱，在蚝壳堆里寻找小蚝呢。"贵哥不觉为奇，一笑而过。其他几人则蹲下来，眼神惊讶，像发现了一个新大陆。

看着这些戴着墨镜和时尚太阳帽，挎着相机，穿得像明星一样，甚至有些大惊小怪的外地人，阿婆们毫不怕生，笑眯眯的，一开口就问："你们是不是来搞抖音的？"

"搞抖音？你们好时尚哦，连抖音都知道。"阿娟和阿婆们打趣，问她们拣这些蚝仔干什么。

她们毫不隐瞒地说："我们家不养蚝，老板们不要的小蚝，我们就拣出来。偶尔还能拣到漏网的大蚝呢。每天都来，拣来吃不完的，就拿去卖啰。蚝仔可以炒鸡蛋，可以煮粥、煮汤，好好吃。"

一口地道的海宴方言，听起来呢呢喃喃，很柔美。

咔、咔、咔……她们轻轻敲打着蚝壳，这些小蚝可能不够成熟、不够肥美，有的开出来可能比拇指还小，但只要打开它，里面就有惊喜，就有涛声从里面澎湃而出。

走远了，再回头看，她们帽子上的牡丹花在阳光下那么惹眼，既有知足常乐的豁达，又有惊鸿一瞥的绝美，与远处热火朝天的场面形成鲜明对比。她们不羡慕别人家生蚝满舱，只求平常的日子里桌上蚝烙添香。

咔、咔、咔……连日来，这是我听到的最刻骨的声音。

不计成败往前飞

黄陆荣说，这就是台山海宴的妇女，就像他的母亲一样，与世无争、吃苦耐劳。她们年纪大了，就偏安一隅，想办法把烟熏火燎的日子过得有滋有味，让儿孙们不管走到哪儿，都会心生牵挂，就像曾经的他一样。

"曾经……"黄陆荣笑笑，欲言又止。回到驻地，他指着墙上的各种证照，大方展示自己的各种身份。显然，这里有他的曾经，有他的现在，也有他的未来。

"我这里太乱，典型的蜗居，但红酒、茶、音乐与美食，样样不缺。"他自我解嘲地笑笑，轻轻拧开了音响的开关。打开音响，就像打开了一道生活的闸门，清风从里面徐徐吹来，清泉随风发出淙淙之声。

如果音乐有形，那一定跟台山蚝一样，把黄陆荣的精神和情感，滋养得绿意盎然。所以，这样的乱看似乱，实则如土壤，很肥，把主人的情怀滋养得粗壮又细腻。这情怀，有礁石的质地，有红旗的鲜艳，有海浪的深沉，有金沙的柔软。所以，他绝不轻易开口，他怕自己表达不当，抹黑了灵魂美好的色泽。

得酝酿一个适合表达的氛围，唤醒那些久远的记忆。黄陆荣早已计划好了一切。

"出——发——啦！"时近中午，贵哥有些着急，为了尽快采摘故事的花朵，他扯着嗓子，唤回与礁石依依不舍的阿红和阿娟。阿和瘦长的脸上挂着浅浅的微笑，他手捧相机，走在她俩身后。相机里，大概已经装下海宴的阳光和海水、肥蚝的心跳和呼吸、人类的欢喜与泪水。

去海宴镇的路上，两旁尽是彰显岭南风情的村庄。三月的春风拂动着山川田野，绿意恣肆，一派生机。路边的电线桩像站岗的哨兵，于空中高高撑起几束平行的电线，将绵延不绝的能量，输送到各个角落。这些道路，以及道路上的一景一物，与黄陆荣似乎早已心有灵犀。天长日久，它们或许早已知道，这个眼神忧郁的台山人，有着怎样的曾经。

曾经，有着怎样的艰难与顺遂？黄陆荣陷入深思。"现在养蚝的环境跟以前不一样了，搞基围，把自然滩涂破坏了。没有基围时，太阳一晒海泥，会分泌一种生蚝必需的营养。以前老爸常说，流水急，蚝就长得好。其实不然，以前流水很急的时候，虽然一个潮汐，蚝苗就可以长得很大，但蚝壳长出来像玻璃一样，易割手。"

车过海宴华侨农场时，黄陆荣打开了车载音乐，一首许冠杰的《财神到》如福音响起："财神到，财神到，好心得好报。财神话，财神话，揾钱依正路。财神到，财神到，好走快两步。得到佢睇起你，你有前途……愿夫妇恩爱，体贴入微，成日有吉星照……"

歌声像阳光一样温暖，让我和阿娟情绪有些激荡，仿佛财神正在对着我俩哈哈大笑。

成日有吉星照，这是蚝民的心声。在蚝民的灵魂深处，都供着一尊财神。但财神给人的福分是分时候的，不会一下子全给一个人，而是先让你经历一些挫折，接受一些失败，感悟一些沧桑，等你胸怀足够宽广、品德足够丰厚时，财富的光才会照亮你。

这，便是黄陆荣风风雨雨几十年的人生体会。

且敬往事一杯酒，岁月峥嵘可回头。

"荣仔，出工啦，太阳晒屁股啦，四个哥哥和你阿爸已经去山上炸石头啦，你阿姐都去帮忙了，就你偷懒……"往事排山倒海，母亲的声音一直那么清亮。桌上，摆着她刚为儿子盛的一碗蚝仔粥。她在凳子上坐下来，用围裙擦干了双手，捶了捶有些酸痛的腰，长叹一口气。如果不是孩子他爸有野心，改革开放以后，看上小江村生产队的蚝田，盘了百分之九十回来，导致家里的活一下子多起来，也不至于让荣仔初中没毕业，就回家做劳力吃苦啊。养蚝太辛苦，很多村民不愿意养蚝，所以没有办法请人帮工，就靠家里几个人没日没夜地干，如果不是几个亲戚互相帮忙，这活哪干得完。虽然荣仔才十二岁，但多一双手就多一份力啊。

好在……母亲笑了笑，作为台山蚝发源地的小江村，因为靠近珠江口，养蚝环境很有利，辛苦付出也收获满满。在那个物质贫乏的年代，家里已是村里的万元户了。母亲想起了什么，收住了笑容，连忙站起身走到院子里。原来，几十只小鸡正发出饥饿的叫声，它们也该吃食啦。

听到母亲走远了，黄陆荣一骨碌从床上爬起来，朝母亲的背影做了个鬼脸。他走到桌边闻了闻，好香！端起碗筷，呼噜几下就把粥喝得干干净净。他舔了舔嘴唇，心满意足地拿起一把铁锹，出了门。

"阿妈，我上山去啦。"黄陆荣生怕母亲啰嗦一堆要小心、别偷懒之类的话，说完一溜烟就跑没影了。小时候的他很调皮，静不下心来读书，正好家里缺人手，十二岁的他就开始跟着大人们上山下海。

干农活真的太苦了。小小的他，肩膀还很稚嫩，还挑不起和生活一样重的石头，所以经常偷懒、逃避。但他脑子灵活，到真正开始下蚝田养蚝时，黄陆荣不知从何处得知，用瓦片育苗比用石头省力又方便，产量也高。

那时，育蚝苗所用的石头，要到山上去采。得先用炸药把山上的巨石炸开，再从山上运到山下的蚝田，劳动强度非常大，相当辛苦，走不了几个回合，黄陆荣的手和肩膀就开始红肿，痛得他哇哇叫。这时，父亲就瞪着他说："你几个哥哥像你这么大时，早就和大人干一样的活了。"父亲表面上对他严厉呵斥，心里却对他刮目相看。

黄陆荣很委屈，往往一边背着石头下山，一边眼泪汪汪嘟着嘴发牢骚。

好在小江村属于深水区，用浮排养殖，不像沙井蚝田是建在滩涂之上，要乘着连板赶海作业。乘船比乘连板方便多了，但也要在涨潮前抓紧作业。

石榴花绽放的五月，潮汐却很调皮，下午六点海水还迟迟不肯上涨，所以蚝民还得继续赶海修整蚝排。待到星月满天，已是晚上九点，听到潮汐发出信号，蚝民才收起工具，踏着满地银辉，带着一身仿佛散了架的骨头，疲惫归家。那样的辛苦，每个蚝民都尝过，奈何他们放不下，躲不开。很多受不了这份辛苦的蚝民，忍痛离开蚝田，另谋生计。

慢慢长大的黄陆荣也受不了，天长日久，一身风雨。他满心荒草，脑袋里无时不在思谋着离开之策。

这一切，小江蚝仿佛看在眼里。眼见蚝民如此辛苦，它们就使劲生长，以又肥又大的品质，报答蚝民的血泪滋养。在丰收的年份，往往五六个蚝就有一斤。只是在那个物质匮乏的年代，物非所值，尚未形成成熟的生蚝销售市场。三四元一斤的价钱常让蚝民感叹：这蚝价太贱了呢！

小江蚝出路何在？黄陆荣的人生出路又何在？

干着，逃着，愁着，想着。1983年，黄陆荣十五岁了，已经长成一个能挑能扛的健壮劳力了。四肢健壮的他，脑子也越来越灵活，他一边上山下海，一边观察和了解形势。看见父亲和几个哥哥任劳任怨侍弄着蚝田，而蚝价却低得可怜，得不到人们重视，他有点不甘心。这么鲜嫩肥美的食品，本该是人们餐桌上的美味佳肴啊！年轻的他意气风发，有一股敢想敢闯的劲，于是在征得父母同意后，决定独自去广州闯荡，开发台山蚝销售市场。

彼时繁华的广州，会以怎样的姿态，迎接一个野心勃勃的少年追梦人？

黄陆荣浑身是劲，正如歌中所唱：曾经年少爱追梦，一心只想往前飞。到广州后，他稍作安顿，就去市场调查。市场人头攒动，海鲜摊生意兴隆。喜欢吃海鲜的广州人，促成了海鲜市场的繁荣。黄陆荣发现，有不少台山老乡在那里经营海鲜生意。他灵机一动，决定借鸡生蛋，就和海鲜档口的老乡商量，租用他铺头的一个角落来卖蚝。老乡很讲义气，对初来乍到的黄陆荣很是照顾。

首战告捷，黄陆荣干劲十足，就想办法托人把带壳鲜蚝运到广州海鲜市场，边开边卖。每天天还未亮，黄陆荣就兴致勃勃地前去接货，然后把货拉到铺位，摆摊开战。那时用的是杆秤，不像现在的电子秤，既方便又省时；也没有蚝刀，而是用一字螺丝刀劈开蚝，开蚝效率很低。独自在外打拼的黄陆荣，开始学会吃苦，直面横亘于眼前的种种困难，脚踏实地地开创着梦想的天地。

"听说市场的生蚝便宜又好吃呢，肥美鲜甜，每天都是新鲜的呢！我妈牙齿不好，这东西没骨头没刺，正合适老人孩子……"没几天，黄陆荣的小江蚝就赢得了人们的口碑，这白花花肉乎乎的东西，渐渐吸引了爱吃海鲜的广州人的目光。在黄陆荣的热情介绍下，他们犹犹豫豫地把生蚝买回家，按他教的烹饪方法做成美食。这一吃不要紧，竟是人间美味。很快，回头客多了起来，生意好了起来。市场慢慢打开了，小江蚝逐渐闻名于广州，受到越来越多人喜爱。

可是问题来了。在广州打开天地后，蚝需求量增大，但运输却出了问题。从小江运到广州南方大厦，要靠那种四十座的大巴车，单程七八个小时，连泥巴一起装麻袋，根本运不了多少货。

货少了，怎么做得大，怎么能赚到钱？

夜深人静，血气方刚的生意人黄陆荣，准确地说，是少年老成的生意人黄陆荣，透过出租房的窗户，望着广州的万家灯火，皱着眉头开始盘算，开蚝人工成本大，运输成本也大，这样下去如何是好？他开始琢磨，可否把蚝开出来，直接运蚝肉，在广州稍作加工，煮熟，晒几个小时，入冰箱冷冻，保质期加长，可随时出售？

黄陆荣辗转难眠。

正在焦虑之际，他认识的一位李老板拿湛江蚝来广州批发。他眼前一亮，计上心头，不如买他现成的货，省去运输之累，做二手蚝买卖，赚取中间差价，这样就解决了运输难的问题。

只是好景不长，另一个问题随之出现。黄陆荣发现湛江蚝咸度太大，在运输过程中，因生蚝的内脏和蛋白质遭到破坏，很多蚝未死先臭，根本卖不出去。

考验一个接着一个，黄陆荣却并没有被困难吓倒。等到运输条件较好时，他又认识了几个批发蚝的老板，他们来自广西北海高德的一个码头。他们售卖的北海蚝很大很肥，适合加工。于是，他转而批发北海蚝肉，以熟晒方式稍作加工后，主动出击，上门推销。

每天，他把自己打扮得精神利落，带着加工好的样品，骑着自行车频繁出入广州当时档次不错的餐厅和酒楼。数次被质疑、被拒之门外后，幸运之神终于降临，广州一家深井烧鹅店看中了他售卖的蚝产品，双方开始长期合作。

销路由此打开后，他信心大增，脑子更加活络，在把蚝卖给酒楼时，他先跟酒楼的后厨套近乎。一个厨师问他："为什么你的蚝炒出来没有缩水，反而越炒越大，是不是没有炒熟啊？"黄陆荣尝了后，说："熟了，太熟了，只有好蚝才会越炒越大，以后你就按这个方法去炒。"厨师恍然大悟，对黄陆荣竖起大拇指，同时对他卖的蚝产品深信不疑。为了拉拢厨师，黄陆荣常常连买带送，以品质和信用赢得了客户，销路由此越来越广，有些酒家甚至把他的蚝样品展示在陈列柜里，又肥又大的蚝静静地躺在柜中，仿佛一种巨大的诱惑，让食客见之无不食指大动。

在不断求新求变中，蚝的保鲜度提升了，品质也上去了，蚝的成本自然降了不少，黄陆荣售卖的蚝产品赢得了买家和消费者的信赖。

那时，一斤蚝肉的成本在二十五元至二十八元之间，卖给酒楼四十元一斤，利润像遇热的温度计噌噌上涨。1994年前后，黄陆荣每年能赚一百多万元。

他的生意看似越做越大。然而好景不长。和酒家熟了之后，按照销售合同约定，账款由以前的现付变成了月结。可酒家财务在付款时却开始耍赖，总是拖欠，往往一拖就是五十多天，有时甚至拖欠两个月。这可害苦了黄陆荣，他等于把钱全押给了酒家，只能用现金去购货，导致订单多了根本没钱周转。撑了一段时间后，他无力扭转败局，生意受到重创。

从当初干活偷懒的毛头小子，到满脑子生意经的成熟青年，黄陆荣已快三十岁了，算是久经沙场的老将。都说三十而立，可如今的他生意失败，拿什么立？

他焦虑、彷徨、苦闷，突然之间失去了前进的动力和方向。

只不过是从头再来

敢问路在何方?

1996年时,改革开放轰轰烈烈,"三来一补"企业在南方各地如雨后春笋般蓬勃生长,来自全国各地的追梦人云集南方,特别是大城市广州。思考着新出路的黄陆荣,每天看报纸、听新闻。"时间就是金钱,效率就是生命""三天一层楼的深圳速度"等深圳观念,被各大媒体炒得沸沸扬扬。黄陆荣禁不住热血沸腾,跌落的梦想再次抬头。他相信,只有不断试错,才能找到正确的方向,跌倒了再爬起来就是。

他想去深圳闯一闯。

就这么定了!黄陆荣拎着背包,拖着行囊,在一个阳光灿烂的春日早晨,乘坐着前往深圳的中巴车,向着梦想之地进发。一路上,各种施工现场在窗外快速闪过,到处都是热火朝天的城市建设景象。他一闭上眼睛,脑海中就晃动着泥头车、脚手架、钢筋水泥,以及戴着头盔的建筑工人。

天地之大，可有我黄陆荣的立足之地？那颗年轻的心依然充满期待。他听说蛇口是国家改革开放的"第一窗口"，第一声开山炮就在那里响起。他想去南山，去蛇口，开发台山蚝市场。

没承想，他坐的是黑车。彼时，很多车匪路霸横行，肆无忌惮地"宰猪仔"。他们收全程的车费，却往往在前不着村后不着店的地方，要么把乘客扔到半路，要么威胁增加路费。你若是和司机理论，车上就会有人对你拳打脚踢，让你流点血后，敢怒不敢言。

这样的事被黄陆荣碰上了。车到新桥路口时，一车人被威胁，要么下车，要么加价。黄陆荣的目标是去蛇口，所以他没有下车，而是很识相地加价去了蛇口。当他战战兢兢在蛇口码头下了车后，已是下午。又累又渴的他，走在路上，狼狈之时一抬头，发现一个工厂的外墙上，写着那条让他心动的标语：时间就是金钱，效率就是生命。他精神为之一振，很快联系上了一个朋友，准备大干一场。

但命运似乎又和他开了一个玩笑。几天调查下来，黄陆荣有些泄气，他发现南山没有成规模的蚝批发市场，而那时，小江蚝也不像十年前那样肥了，想要在这里开拓台山蚝市场，真是难上加难。

黄陆荣的创业再次受挫。

"深圳不是随便去的，一定要有足够的心理准备，不然只会拼得头破血流。"谈及当初，黄陆荣大发感慨。如今想来，不免遗憾，只觉那时脑子没开窍，如果当时在新桥下车，在新桥落脚，而不是去蛇口，如今跟沙井蚝的缘分可就深了。

开发生蚝市场这条路行不通，黄陆荣只好另谋出路。于是，他用原本准备做生蚝生意的最后一笔资金，孤注一掷，开了家装修公司。野心勃勃的他，以前单打独斗惯了，对经营公司缺乏足够认知，未做好周密计划之前,只管一味向前冲,结果可想而知,两年后公司破产,血本无归。

一路跌跌撞撞,一路砥砺前行。在一个夜晚,黄陆荣登上世界之窗的埃菲尔铁塔,看着灯火璀璨的南山,心中万般惆怅。虽撞得伤痕累累,但他并没有自怨自艾,而是安慰自己说:不管是成功,还是失败,一切不过是一个过程而已。爱过方知情重,醉过方知酒浓,而每个地方、每个领域都去尝过试过,方知能力和运气的深浅。

荣仔,回家吧,爸爸妈妈、哥哥姐姐都好想你。一阵风吹来,他似乎听见母亲的声音在耳边回荡。他突然好想家,好想那个他曾经想方设法逃离的家。如今,他早就不怕吃苦了,再也不会逃避了。故乡,可还愿意接受他这个游子,这个历经风雨仍一无所有的游子?

他抬起头,仰望着星空。几朵云悠悠荡荡悬在头顶,像是从故乡飘过来呼唤他的。他突然想起费翔的歌:天边飘过故乡的云,它不停地向我召唤。当身边的微风轻轻吹起,有个声音在对我呼唤。归来吧,归来哟,浪迹天涯的游子……

那一刻,他禁不住泪流满面。多年来从不曾轻易掉泪的他,忽然明白了,原来故乡才是他梦想最肥沃的生长地。

知道了未来的方向后,黄陆荣的心突然亮堂了。

一切释然。他回到家,承欢父母膝下,积攒着重新出发的力量。

这一休整,就是数年。他变得更加踏实了,沉稳了,老练了。

2003年,黄陆荣来到海宴镇,向亲戚借钱购买了一台五菱面包车代步,开始从事生蚝养殖所需的浮球业务。小时怕吃的苦,现在全部还回来。他每天不惧风吹日晒,开着五菱面包车,走遍台山各大生蚝养殖基地和码头,全力推销浮球,由此认识了很多有实力的生蚝养殖老板。从他们身上，黄陆荣看到了一股力量，一股踏踏实实干事创业的力量。这才是他想要的。

从此，他在海宴沉下心来，学会了怎么开蚝、怎么养蚝，怎么用浮绳进行深水养殖。虽然依旧没赚到多少钱，甚至信用卡上还有了一些欠款，但他无怨无悔，因为他找到了想真正为之拼搏奋斗的东西。曾经怕吃苦的他，现在什么苦都能吃。虽然手上的茧子多了起来，手掌心厚了起来，但他看问题却更加透彻起来。

2005年，黄陆荣巧遇了阳江蚝老板李柏林。提到李柏林，就不能不提被誉为"中国蚝乡"的阳江程村，那里如今可是国家扶持的蚝业示范基地。事业腾达的李柏林初次看到黄陆荣时，对这个充满激情的青年极为赏识。见他穿着朴素，就给了他两千元钱买衣服，又通过自己的关系，在程村阳西鉴质蚝业的帮助下，让黄陆荣从蚝民技术工，转型为商贸市场的生蚝鉴质人，这一干就是两三年。

黄陆荣学会了一步一个脚印，走好每一步，不再像以前那样瞎折腾，也不再想着赚大钱，稳扎稳打，从不盲目扩张生意。他的身边，有了几个值得信赖的好兄弟，不再像以前那样独自闯荡，这让黄陆荣感到非常踏实。

2008年，黄陆荣再遇贵人，得到台山市大蚝门水产专业合作社老板谭仲培赏识，邀请他加入公司，做生蚝鉴质人，成了海宴市场负责人。几年中，大蚝门水产专业合作社效益明显，黄陆荣有了更好的发展平台。尤其是加入台山市蚝业协会后，协会鉴于他对蚝文化宣传所做出的重要贡献，给他颁发了蚝文化大使的牌匾。

有人耻笑他说："你不务正业，你的荷包里是负资产，你老是搞什么蚝文化宣传，还搞个蚝文化大使称号，又不能当饭吃，图个啥？"

图啥，燕雀安知鸿鹄之志哉。黄陆荣从来不信邪，更不会为他人所左右。为了提升自己，他通过各种途径不断学习，拿了很多证书。

三月的风清清凉凉，微微吹在海宴镇珍奇西餐厅外面那把撑开的大太阳伞上，吹在黄陆荣一一排在桌上的各种证书上。

"我拼命学习，这是我取得的各种证书，你们看……"黄陆荣从车里拿出一个袋子，里面装着几个又长又大的蚝壳，一堆证书和一堆资料。翻开资料，不仅能看到他不惧挫折的梦想，还在本子上看到了一些莫名的感伤和情绪："我最不忍看你，背向我转面，要走一刻请不必诸多眷恋，浮沉浪似人潮，哪会没有思念，你我伤心到讲不出再见……"与其说是表达对一个女子的思念，我们宁愿相信，他是借用歌词，表达对往昔的怀念和对未来的期许。

为了将祖辈蚝业发扬光大，他甚至负债好几十万；为了到华南农业大学上学，他还买了一部豪车；为了对台山蚝做进一步宣传，他甚至在同学会上给同学们一一送出蚝礼……黄陆荣深信，只要有了技术，有了文化，有了底气，福气一定会不请自来。

望着海宴河岸的一排铁冬青，黄陆荣正说着，服务员上菜了。

菜香扑鼻，大家的味蕾被激活了。

"这些菜确实很别致哟。大家赶紧品尝一下，这就是今天上午我们向深圳的朋友展示的生蚝，现在已经端上我们的餐桌啦。"阿娟拿起手机，准备再度宣传。

"你们可不要小看这家餐厅，虽然装修不怎么样，但菜品却是出了名的好吃，有很多老板喜欢来这里，还有一些有钱人开着保时捷来这儿只为买一杯奶茶。"黄陆荣发出由衷赞叹。

他所言非虚，几道精致的小菜，竟让人回味悠长。

"你们看看这些黄脚立,就像十五六岁的女孩子,充满朝气。这个蚝很大,像你这么漂亮。"黄陆荣突然幽默起来,他抬头对着正在拍照的阿娟说,"希望你们十一月再来,到时请你们吃更大更肥的蚝。"

他的幽默,让我们感觉到手可以僵硬,脸可以沧桑,而心却会越来越丰盈。就像河岸的铁冬青,多么坚硬的名字,而树上却簇拥着一串串鲜红欲滴的小红豆,在阳光下晶莹闪亮。

翻开黄陆荣的朋友圈,你能看到无数的小红豆,正结在生命之树上:无知的喧嚣,有时会盖过智慧的思考。此时,不妨保持沉默,将目光与力量投向可以绽放的地方。征途上,只要方向正确,不怕塞车……

原来,黄陆荣并非不再有野心,只是经历了多变的世事后,他的野心更接地气了。比如,台山蚝文化大使这个身份,就足以说明一切。

代后记

生蚝为何物？情不知所起，一往而深。

十多年前，刚认识洪哥时，我们热烈地交谈了半个多小时。

因为外地人听不懂本地话，本地人听不懂外地话，交谈过程有点滑稽。我们在微笑中比画手势，热情告别。

但是情愫，就在那一次热烈交谈中开始萌芽生长了。

过了大约半个月，洪哥打来电话。

"早晨，过来食蚝啦。"

"啥？啥？你是哪个？福永啊，福永啊。哦，我想起来了，你是福永海鲜市场的那个老板洪哥。"

再相约，缘分注定。欣然前往。

这次我们交流得比较久。除了工作，我们聊了很多关于美食的话题。洪哥介绍海鲜细分远洋和近海，何为生鲜、冰鲜，鱼虾蟹螺贝，清蒸白灼煎焗滚烫的各种做法皆有讲究。

那天的一顿海鲜大餐，刷新了我对海鲜的认知。酒酣耳热，我告诉洪哥，我曾学过厨艺，了解八大菜系的大体情况，我还在报社负责美食版块，积累了很多美食知识。

酒逢知己，我和洪哥相见恨晚。

后来，我经常在洪哥的楼顶喝茶聊天做蚝菜，遥望福永河，河水静静地流过弯弯河道，进入珠江口的大湾区。

洪哥经常感叹，改革开放后日新月异，湾湾河流带走了祖祖辈辈的蚝田和产业，今天的后生仔已经没有多少人知道先祖是怎么做蚝的了，蚝的文化和产业正在断层和消失。

作为宝安区餐饮服务行业协会会长和水产行业协会会长的他，还经营了两个海鲜批发市场，市场蚝品年销售量过亿。但是蚝文化和产业的流失，让洪哥染白了双鬓，也让他的脸庞如今沧桑得如同荆棘密布。

机缘巧合下，我、洪哥与同样有情怀的甘利英老师谈起了此事。

大家深有感触，千年蚝文化需要弘扬，不能就这么随风而逝。起源于宋代的沙井蚝文化和产业，需要不断被人提及，乡愁和记忆不能忘，悠久的蚝文化历史不能忘，曾经的辉煌和历代蚝人的情怀不能忘！

我们要写一本书，来记录沙井蚝的前世今生，来记录那些为了蚝文化和产业发展传承，贡献智慧和力量的人，向他们敢闯敢拼的改革精神致敬！

在全面深化改革背景下，在"双区"建设机遇前，我们要讲好湾区蚝故事，为深圳塑造展现社会主义文化繁荣兴盛的现代城市文明做出一点贡献。

谈到这，我们三人皆激情澎湃，仿佛接到了上苍赋予我们的使命。

大家一拍即合，说干就干。做方案、找资料、精选行业代表人物。

此后一年多，我们顶风冒雨，加班加点，走遍上下沙、白石洲、西乡、福永、沙井，去了沙井蚝异地养殖基地台山，寻访了很多产业从业者，得到很多人的大力支持。

　　书稿写好了，却因没有足够的经费支持而苦恼。

　　正当我们一筹莫展之际，深圳出版社抛来了橄榄枝。

　　感谢深圳出版社，感谢独具慧眼的编辑老师，感谢洪哥积极统筹，感谢作者甘利英老师辛勤书写，感恩书法家骆锦树先生慷慨题写书名，感谢所有支持我们的受访者，感谢所有为这本书得以出版给予帮助的人。

　　感恩之情无以言表，我们在此一并叩谢。

赖安贵于深圳南山